民國文化與文學 研究文叢

（四川大學特輯）

八 編

李 怡 主編

第 8 冊

重審中國文學的現代起點
——現代文化語境中的晚清文學史敘述研究

王 琳 著

國家圖書館出版品預行編目資料

重審中國文學的現代起點——現代文化語境中的晚清文學史
敘述研究／王琳 著 — 初版 — 新北市：花木蘭文化事業有限
公司，2017〔民 106〕
目 2+176 面；19×26 公分
（民國文化與文學研究文叢 八編；第 8 冊）
ISBN 978-986-485-039-6（精裝）
1. 中國文學史 2. 晚清史
820.9   106012791

ISBN-978-986-485-039-6

9 789864 850396

民國文化與文學研究文叢
八　編　第八冊　　　　　ISBN：978-986-485-039-6

重審中國文學的現代起點
——現代文化語境中的晚清文學史敘述研究

作　　者　王　琳
主　　編　李　怡
企　　劃　四川大學現代中國文化與文學研究中心
　　　　　北京師範大學民國歷史文化與文學研究中心
總 編 輯　杜潔祥
副總編輯　楊嘉樂
編　　輯　許郁翎、王　筑　美術編輯　陳逸婷
出　　版　花木蘭文化事業有限公司
社　　長　高小娟
聯絡地址　235 新北市中和區中安街七二號十三樓
　　　　　電話：02-2923-1455／傳眞：02-2923-1452
網　　址　http://www.huamulan.tw 信箱 hml810518@gmail.com
印　　刷　普羅文化出版廣告事業
初　　版　2017 年 9 月
全書字數　155513 字
定　　價　八編 12 冊（精裝）新台幣 22,000 元
　　　　　　　　　　　　　　　版權所有・請勿翻印

重審中國文學的現代起點
——現代文化語境中的晚清文學史敘述研究

王琳　著

作者簡介

王琳，1981 年生於湖南郴州，文學博士。現任教於四川師範大學，副教授，主要研究中國現代文學史及現代寫作理論。

提　　要

　　清末民初是中國文學發展歷程裏具有重大歷史意義的轉折時期。對於晚清文學的關注始於二十世紀初，基本與中國現代文學史的建構同步。但在以往關於晚清文學史的研究中，關注較多的是晚清時期的作家、作品與文學思潮的研究力度，而忽略了這種微觀研究背後的內在理路尤其是「晚清──五四」之間的邏輯關係。本書鎖定「晚清文學史敘述」這一研究對象，通過對二十世紀初以來的晚清文學史書寫活動的描述與分析，探討不同時期與階段裏晚清文學史敘述的範式、動因和特徵。

構建中國現代文學研究「川大群落」的雛形──《民國文化與文學研究文叢》四川大學特輯引言

李　怡

　　2012 年，我開始與花木蘭文化出版社合作，按年推出「民國文化與文學」論叢，2014 年以後又按年加推「人民共和國文化與文學」論叢，可以說，鼓舞我完成這兩大學術序列的堅強的動力就在於我本人的「四川體驗」，更準確地說，是我對於四川大學學術群體的深切感受和強烈期待。「民國文化與文學」與「人民共和國文化與文學」論叢自誕生的那一天起，就是以中國現代文學研究「川大群落」的存在為「學術自信」的，四川大學學人的身影幾乎在每一輯中都有出現，儼然就是這兩大序列的內在的紐帶和基石。迄今為止，我們已經在論叢中集中推出了「南京大學特輯」、「中國人民大學特輯」與「蘇州大學特輯」，編輯出版「四川大學特輯」則是計劃最久的願望。

　　在當代中國的學術版圖上，四川大學留給人們的印象常常是古代文化的研究，包括「蜀學」傳統中的中國古代史、古代文學、古代漢語研究，新時期以後興起的比較文學研究也擁有深刻的古代文學背景，其實，中國現當代文學的發展和學術研究也與四川大學淵源深厚。

　　作為西南地區歷史久遠的高等學府，四川大學經歷了一系列複雜的演化、聚合與重組過程，眾多富有歷史影響的知識分子都在不同的時期與川大結緣，構成「川大文脈」的一部分。例如四川省城高等學校下屬機構的分設中學堂時期的學生郭沫若與李劼人，公立外國語專門學校時期的學生巴金，成都高等師範學校時期的受聘教師葉伯和，國立成都大學時期的受聘教師李

劫人、吳虞、吳芳吉，國立四川大學時期的陳衡哲、劉大杰、朱光潛、卞之琳、熊佛西、林如稷、劉盛亞、羅念生、饒孟侃、吳宓、孫伏園、陳煒謨、羅念生、林如稷，新中國以後的川大學生中則先後出現過流沙河、童恩正、楊應章、郁小萍、易丹、張放、周昌義、莫懷戚、何大草、徐慧、趙野、唐亞平、胡冬、冉雲飛、顏歌等。作為學術與教學意義的中國現當代文學，也在川大早早生根，文學史家劉大杰在川大開設「現代文學」必修課的時間可以追溯到 1935 年，是中國較早開展新文學創作研究高校之一。新中國成立後，隨著中國現代文學（新文學）學科的建立，四川大學的相關學者代代相承，在各自的領域中成就斐然，成為中國現代文學研究界的主要力量。林如稷、華忱之先生是新中國中國現代文學學科的奠基人之一，新時期以後，則有易明善、尹在勤、王錦厚、伍加倫、陳厚誠、曾紹義、毛迅、黎風等持續努力，在郭沫若研究、李劫人研究、四川作家研究、中國新詩研究等方面做出了引人注目的貢獻，是中國西部地區最早培養碩士生與博士生的學術機構。〔註1〕

我是 2004 年加入四川大學學術群體的，當時中國高校的「學科建設」的大潮已經開始，許多高校招兵買馬，躍躍欲試，而川大剛好相反，老一代學者因年齡原因逐步淡出學術中心，相對而言，當時地處西部，又居強勢學科陰影之下的川大現代文學學科困難重重。在這個情勢下，如何重新構建自己的學術隊伍，尋找新的學科優勢，是我們必須面對的頭等大事。幸運的是，我的川大經歷給了我許多別樣的體驗，以及別樣的啓迪。

首先是寬闊、自由而富有包容性的學術環境。雖然生存在傳統強勢學術的學科陰影之下，但是川大卻自有一種巴蜀式的特殊的自由氛圍，學人生存方式、思想方式都能夠在較少干擾的狀態下自然生長，也正如「海納百川，有容乃大」的川大校訓所示，古典的規誡中依然留下了現代學術的發展空間。在學院的支持下，四川大學現代中國文化與文學研究中心成立，中國現當代文學學科有了學科設計、學科活動的平臺，2005 年，《現代中國文化與文學》創刊，除中國現代文學研究會的《中國現代文學研究叢刊》外，這在當時屬於國內僅有一份由高校創辦的現代文學研究叢刊。八年之後，該刊被南京大學社科評價中心列為 CSSCI 來源輯刊，算是實現了國內學界認可的基本目標。

其次是相對超脫、寧靜的治學氛圍。進入川大以前，我所服務的高校正

〔註1〕參見程驥：《四川大學與中國現代文學》，《現代中國文化與文學》2008 年第 5 輯。

處於「學科建設」的焦慮之中，那種「奮起直追」、「迎頭趕上」的熱烈既催人「奮進」，又瓦解著學術研究所需要的從容與餘裕心境。到川大沒幾天，我即受毛迅教授之邀前往三聖鄉「喝茶」，山清水秀的成都郊外風和日麗，往日熟悉的生存緊張煙消雲散，「喝茶」之中，天南地北，學術人生，無所不談，半日工夫雖覺時光如梭，但卻靈感泉湧，一時間竟生出了許多宏大的構想！毛迅教授與我一樣，來自步履匆忙、心性焦躁的山城重慶，對比之下，對成都與川大的生存方式多了幾分體驗，在後來的多次交談中，他對這裡的「巴蜀精神」、「成都方式」都有過精闢的提煉和闡發，據我觀察，這裡的「溢美之辭」並非就是文學的想像，實則是對當今學術生態的一種反省，而只有在一個成熟的文化空間中，形形色色又各得其所的生存才有可能，學術生活的多樣化才有了基礎，所謂潛心治學的超脫與寧靜也就來自於這「多元」空間中的自得其樂。〔註2〕春日的川大，父親帶著孩子在草坪上放風箏，老者在茶樓裏悠閒品茗，學子在校園裏記誦英文，教授一時興起，將課堂上的研究生帶至郊外，於鳥語花香間吟詩作賦、暢談學問之道，這究竟是「學科建設」的消極景觀呢？還是另一種積極健康的人生呢？真的值得我們重新追問。

第三是多學科砥礪切磋的背景刺激著現代文學的自我定位。在四川大學，中國現當代文學並非優勢學科，所以它沒有機會獨享更多的體制資源，但應當說，物質資源並不是學術發展的唯一，能夠與其他有關學科同居於一個大的學術平臺之上，本身就擁有了獲取其他精神資源的機會。與學科界限壁壘森嚴的某些機構不同，我所感受到的川大學術往往形成了彼此的對話與交流，例如文學與史學的交流，宗教學、社會學與其他人文學科的交流，就現代文學而言，當然承受了來自其他學科的質疑與挑戰——包括古代文學與西方文學，然而，在古今中外文化的挑戰中發展自己不正是中國現當代文學的實際嗎？除了挑戰，同樣也有彼此的滋養和借鏡，例如從中國少數民族文學中發展起來的文學人類學，原本與中國現當代文學關係密切，但前者更為深入地取法於文化人類學、符號學、民族學、社會學等當代學科成果，在學術觀念的更新、研究範式的革命等方向上大膽前行，完全可以反過來啓示和推動現當代文學研究的發展。

以上的這些學術生態特徵也是我在川大逐步感受、慢慢理解到的。可能也正是得益於這樣的環境，我個人的學術方式也與「重慶時期」有所不同了，

〔註 2〕 李怡、毛迅：《巴蜀學派與當代批評》，《當代文壇》2006 年 2 期。

更注重文學與史學的結合，更注意史實與史料的並重，也有意識地從其他學科中汲取靈感，跳出現代文學研究閉門造車式傳統套路，將回答其他學科的質疑當做學術展開的新起點。也是在四川大學，我更自覺地在一個較爲完整的歷史框架中思考中國現代文學的發展方向，進而提出了「從民國歷史發現現代文學」、「民國文學機制」等新的設想，在構想這些新的學術理念的時候，我能夠深深地意識到來自周遭的歷史信息與學術方式的支撐力量，那種生發於土壤、回應於知音的精神基礎，那種彌漫於空氣中的「氣質型」的契合……是的，新的學術之路也關聯著現有的社會文化格局。幾年之後，我重新打量這裡的學術同好，在毛迅對「巴蜀自由」的激賞中，在姜飛對國民黨文學挖掘中，在陳思廣對現代長篇小說史料的鉤沉中，啓示也都透出了某種共同的文史互證的趣味，這可能就是悄然形成的中國現代文學「川大學術群落」的氣質吧。

最值得稱道的還是在這一氛圍中成長著的年輕的學子們，從某種意義上說，努力將前述的「川大學術氣質」融入研究生教育，這可能是我們自覺不自覺地一種追求。在我的印象中，可能源於毛迅教授，我自然也成爲了自覺地推手。在三聖鄉的「茶話會」誕生了「西川讀書會」，從讀書會發展成爲全國性的「西川論壇」，繼而將「論壇」開到了日本福岡，成爲中日現代文學學者的兩國對話，從《現代中國文化與文學》的格局開闢出了《大文學評論》的方法論探求，最後兩岸合作，創辦《民國文學與文化》，誕生《民國文化與文學》論叢、《人民共和國文化與文學》論叢，以及《民國文學史論》、《民國歷史文化與中國現代文學研究》等大型叢書，一批又一批的四川大學的博士研究生在這樣的學術格局中發現了新鮮的話題，滿懷興趣地耕耘著他們自己的學術領地，關於民國文學，關於解放區文學，關於魯迅，關於通俗文學……作爲導師，能夠「快樂著他們的快樂」，大概再沒有比這樣的時刻更讓人興奮的了。這至少說明，我們對川大學術積極意義的理解和發掘是正確的選擇，這樣的選擇無愧於川大，無負於我們自己，也對得起中國現當代文學！

限於論叢規模，《民國文化與文學研究文叢·四川大學特輯》在 2017 年只收錄四川大學資深學者的論著，以及四川大學中國現當代文學專業畢業的博士生尚未出版的論著，這樣的原則，顯然是將兩類川大學子排除了：一是著作已經先期出版了，二是在川大接受了良好的碩士訓練，並繼續沿此道路在其他學校取得博士學位者。這樣一來，某些洋溢著「川大氣質」的優秀論

著便無緣進入論叢了。不過，我想，遺憾只是暫時的，在不久的將來，我們完全可以重新編輯一套完整的「中國現當代文學川大學人論叢」，只要這「川大學術氣質」眞的不是曇花一現，而是持續性的日長夜大，在當代中國的學界引人矚目。在那時，作爲川大學術的曾經的見證人，作爲川大氣質的第一次的闡釋者，我們都樂意以「川大群落」的一員爲驕傲，並繼續爲它添磚加瓦。

2017 年春節於成都江安花園

目次

緒　論

　　作爲晚清文學研究中的一個關鍵詞──「晚清」，是歷史言說中的一個段落，指一個相對模糊的時間概念，大體上涵蓋了從 1840 年鴉片戰爭以後直至辛亥革命近八十年的歷史。以 1911 年辛亥革命爆發作爲「晚清」這一概念的時間分期下限基本上沒有異議，但是「晚清」的上限應定於何時，至今都仍無定論。目前對「晚清」的上限時間界定主要有兩種意見：一是以 1800 年；一是以 1840 年。在文化研究中最早提出以「1800 年」作爲上限對「晚清」這一歷史時期進行考察的是美國學者費正清。費正清主編的《劍橋中國晚清史》將 1800 年以後的清朝歷史劃入晚清階段，「晚清」作爲一個獨立概念也由此而來。1800 年是乾隆帝駕崩後的第二年，將 1800 年作爲晚清時期的起始點，費正清提出了自己的理由：首先，人口急劇上升。在十八世紀裏，中國人口從一億五千萬增加到了三億多，暴漲了一倍，這給清廷帶來了巨大的壓力；其次，清王朝的政治、經濟狀況都開始急劇惡化，於 1796 年爆發的白蓮教起義對清王朝造成了沉重的打擊；第三，出現了外交危機。不但俄國對新疆和東北懷有覬覦之心，英國也企圖通過印度殖民地染指西藏。所以，1800 年前後，大清王朝已是危機四伏，內外交困，面臨著前所未有的危機，已經走上了分崩離析的末路。費正清因此將 1800 年確定爲「晚清」的上限。目前，另一主要意見以「1840 年」爲上限則由歷史學家胡繩所提出。胡繩 1953 年在中共中央高級黨校講課時，在《中國近代史提綱》中提出要爲中國近代史分期，就需要具體地考察中國近代歷史的特徵，主張將中國近代史的上限定爲 1840 年，下限取 1919 年。1954 年，再次發表《中國近代歷史的分期問

題》首次提出了「三次革命高潮」〔註1〕說，進一步詮釋了劃分時期的依據。胡繩認爲，中國近代史是充滿了階級鬥爭的歷史。中國從封建社會一步一步演變爲半殖民地半封建社會，在這一演變過程中產生了民族資產階級和無產階級，由此引起了中國社會力量的分化，進而導致了中國社會各階級相互間以及它們和外國帝國主義侵略勢力間出現了錯綜複雜的關係，同時在中國人民反抗帝國主義的鬥爭也加劇了階級鬥爭的複雜性和激烈程度，因此，以階級鬥爭爲標誌才是最合理的分期依據。根據此理論預設，胡繩總結出了中國近代史上的三次革命高潮：第一次革命高潮是 1851～1864 年的太平天國時期；第二次革命高潮是中日甲午戰爭之後幾年，在這幾年中發生了 1898 年的戊戌維新運動和 1900 年的義和團運動；第三次革命高潮是由 1905 年同盟會成立到 1911～1912 年的辛亥革命的時期。胡繩提出的「三次革命高潮」說通過對具體歷史事實的分析呈現、凸顯了在外國帝國主義侵略中國的條件下，各個新階級如何誕生於近代中國社會內部，隨著革命鬥爭形勢的發展變化，各階級之間的關係發生了什麼變化，這一描述基本上吻合了毛澤東在《新民主主義論》的論斷。因此，「三次革命高潮」說在理論上確認鴉片戰爭和五四運動爲近代文學的上下限很快便獲得了正統意識形態的認可，其對中國近代史社會性質、特點等問題的論述是其時學界的主流意見。參照胡繩的觀點，「三次革命高潮」說被植入了晚清文學研究之中，晚清文學與之相應地被劃分爲這樣三個時期：第一階段，資產階級啓蒙時期的文學，從 1840 年鴉片戰爭到 1984 年甲午中日戰爭，即太平天國前後時期的中國文學；第二階段，資產階級改良主義時期的文學：由甲午中日戰爭至 1905 年同盟會成立，即戊戌變法前後時期的中國文學：第三階段，資產階級民主革命時期的文學：從同盟會成立至五四運動，也就是辛亥革命前後時期的文學。資產階級啓蒙時期文學、改良主義時期文學到民主革命時期的文學三個階段直接對應了中國近代革命史，將晚清文學的發展流變塑造得同中國革命史的演變進程一致。不過，文學史上所說的晚清時間要更晚一些，一般定在「1898 年」〔註2〕。就在這一年裏，嚴復的《天演論》刊行，梁啓超撰寫了《譯印政治小說序》，裘廷

〔註1〕 1953 年，胡繩在中共中央高級黨校講課時，在《中國近代史提綱》中提出了「三次革命高潮」一說。

〔註2〕 此觀點在錢理群、黃子平、陳平原等聯名撰寫的《論「二十世紀中國文學」》中首次提出。

梁創作了《論白話文爲維新之本》。另外，還有兩種頗具影響的不同分期。一種是以 1851 年太平天國運動的爆發作爲晚清的上限，這是由王德威提出來的，其所述晚清文學即以 1851 年作爲上限。一種是單正平所提出的從民族主義視野來考察中國文學的現代性起源與轉型，將晚清歷史的開端推進到了 1895 年中日甲午戰爭清廷戰敗。本書將採用目前學界的主流意見，所指涉的「晚清」跨越清朝和民國兩個歷史時期，大致上是，1898 年前後至五四新文學運動之間。

一

　　清末民初作爲一段具有重大歷史意義的轉折時期，對晚清文學的關注開始於上個世紀之初，而系統的晚清文學史的撰寫始於胡適。1922 年，胡適作《五十年來中國之文學》，站在新文學的立場上審視這五十年文學變遷的歷史時，首先發現「這五十年在中國文學史上可以算是一個很重要的時期」，它的重要就在於這五十年「乃是新舊文學過渡時代不能免的一個階級」。而後 1923、1924 年魯迅先生的《中國小說史略》的最後三章專門近代主要的三種小說類型：「清之狹邪小說」、「清之俠義小說及公案」、「清末之譴責小說」。陳子展相繼於 1929 年、1930 年出版《中國近代文學之變遷》、《最近三十年中國文學史》，詳盡地呈現了戊戌維新以降中國文學的沿著「詩界革命」、「小說界革命」、「新文體」、詞曲這一主線由舊而新的轉型和進化過程，首次對晚清至五四這一段歷史進行了梳理。除此之外，錢基博《現代中國文學史》、吳文祺《近百年來的中國文藝思潮》、周作人《中國新文學的源流》、趙景深有關近代小說戲曲的考證、安英的《民初小說發展的過程》，以及陳衍《近代詩鈔》、楊世驥《文苑談往》和錢仲聯《人境廬詩草箋注》也都涉及了對晚清文學的研究，是這一時期晚清文學研究成果的代表性著作。〔註3〕1937 年，阿英的《晚清小說史》由商務印書館刊行，這是中國文學史上第一部論述晚清小說的斷代史與專門史。

〔註3〕錢基博《現代中國文學史》於 1932 年由無錫國專學生會出版；吳文祺《近百年來的中國文藝思潮》；周作人《中國新文學的源流》於 1932 年周作人在北平輔仁大學講演新後由人文書店出版；趙景深著有《明清曲談》、《中國小說叢考》等；以及陳衍《近代詩鈔》於 1923 年出版，收錄了清咸豐年間至民初的詩人 369 人；楊世驥《文苑談往》爲關於晚清小說的書話集；錢仲聯《人境廬詩草箋注》於 1936 年 11 月商務印書館鉛印線裝出版。

　　新中國成立後，以「近代文學」作爲學科依託，晚清文學開啓了另一種形態的探討。在政治風雲密佈的建國初期，晚清文學研究與三十年來近代文學研究和整個國家政治形勢發展變化之間的密切關係。1956～1966 年是近代文學研究的高峰期，而在 1956 年之前與 1966 年之後的若干年裏，基本處於空白狀態。與這一時期在政治上的正確與錯誤、經濟上出現的繁榮與蕭條的基本上是一致的。五十年代中期，鑒於對這段文學史研究的淡漠和忽視，丁易、李何林、舒蕪等學者分別撰文《中國舊民主主義革命時期的文學》、《從鴉片戰爭「五四」的社會背景和文學概況》、《開展自鴉片戰爭到五四時期文學史的研究》〔註4〕，勾勒了晚清時期文學發展的概貌，首先發出了開展對從鴉片戰爭至「五四」運動這一段文學史研究的呼籲。而後學界掀起了兩場有關晚清文學的大討論。首先是，1952 年關於詩人黃遵憲的討論，而後 1955～1956 年間又對小說《老殘遊記》進行了爭論。六十年代，整理了龔自珍、黃遵憲、譚嗣同、康有爲、嚴復、秋瑾、陳天華、王國維、柳亞子等作家的全集、別集和選集。並且，出版了大量晚清時期的文學作品，諸如《老殘遊記》、《孽海花》、《官場現形記》、《二十年目睹之怪現狀》、《三俠五義》、《恨海》、《文明小史》、《九命奇冤》、《痛史》、《六月霜》。在研究論著方面，這時期出版的重要專著有：譚彼岸《晚清的白話文運動》、麥若鵬《黃遵憲傳》、張庚《中國話劇運動史初稿（第一章）》、四川師院中文系古典文學教研室撰寫的《龔自珍詩研究》、吳劍青《黃遵憲評傳》、佘樹森《如何在文學上評價梁啓超》、葉秀山《王國維的文藝思想簡評》、梁淑安《近代小說理論初探》、王立興《梁啓超的小說理論與「小說界革命」》、陳丹《略論譚嗣同詩》、蕭善因《近代女革命詩人秋瑾》、章培恒《論高旭的詩》、王俊年《怎樣看待〈二十年目睹之怪現狀〉》、舒蕪《中國近代文論選·前言》，等等。〔註5〕尤以阿英最爲

〔註4〕　丁易《中國舊民主主義革命時期的文學》，發表於《新建設》第 1 卷第 5 期；李何林《從鴉片戰爭到「五四」的社會背景和文學概況》，發表於《新建設》1954 年第 10 期；舒蕪《開展自鴉片戰爭到「五四」時期文學史的研究》，發表於《光明日報》1956 年 1 月 15 日。

〔註5〕　譚彼岸《晚清的白話文運動》1956 年由湖北人民出版社出版；麥若鵬《黃遵憲傳》1957 年由上海古典文學出版社出版；張庚《中國話劇運動史初稿（第一章）》載《戲劇報》1954 年第 1～4 期；《龔自珍詩研究》載《四川師範學院學報》1960 年創刊號；吳劍青《黃遵憲評傳》載《華南師範學院學報》1960 年第 2 期；佘樹森《如何在文學上評價梁啓超》載 1960 年 9 月 25 日《光明日報》；葉秀山《王國維的文藝思想簡評》載《文學遺產增刊》第 8 輯；梁淑

勤勉，除撰寫了《晚清戲曲小說目》、《晚清文藝報刊述略》外，又出版了按西方列強侵略中國的重大歷史事件編輯的文學總集《中國近代反侵略文學集》，包括《鴉片戰爭文學集》、《中法戰爭文學集》、《甲午中日戰爭文學集》、《庚子事變文學集》、《反美華工禁約文學集》等五種；編輯《晚清文學叢鈔》小說戲曲研究卷、說唱文學卷、傳奇雜劇卷、域外文學譯文卷、俄羅斯文學譯文卷和小說四卷；另有已整理未刊行的《中國近代反侵略文學補編》，以及此外尚有已編好未出版的《晚清文學叢鈔》文學論卷、詩詞卷、散文與雜文卷。此外，《中國近代文學史》的編寫也極大地推動了晚清研究的發展。1958年，北京大學中文系文學專門化 1955 級集體編著的《中國文學史》第一次專門列出了「近代文學」一編，在文學史的編撰史上具有開拓性的意義。時隔兩年，中華書局又發行了復旦大學中文系 1956 級中國近代文學史編寫小組編著的《中國近代文學史稿》，這是有關中國近代文學史的第一部斷代專史。1978年，文化大革命結束後，時萌發表《關於評價晚清譴責小說的一些看法》拉開了重新認識與評價晚清文學的序幕。該論文對學界過去評論譴責小說存在的三種錯誤傾向進行了反思與批判：首先是過份強調作家的「身份家世和主觀思想」，把作家的世界觀等同於藝術創作，「無視於作家世界觀本身的矛盾和變化」；二是批判譴責小說未能反映出醜惡現象和社會制度的關係；三是有的研究者「強調晚清譴責小說寫於資產階級民主革命蓬勃發展的時代，因而斷定其爲歷史前進的絆腳石」。時萌認爲，這些論斷都是對前人所做的苛求，違背其時的歷史條件，不符合「馬克思主義探討問題的基本原則」。〔註 6〕爲聲援對晚清文學的重評，就在同年，洪克夷、王祖獻、任訪秋、王元化等分別撰文《評鴉片戰爭時期的愛國詩歌》、《〈官場現形記〉的思想成就及其局限》、《林紓論》、《龔自珍思想筆談》〔註 7〕，對晚清文學中的作家作品進行重

安《近代小說理論初探》載《江海學刊》1963 年第 7 輯；王立興《梁啓超的小說理論與「小說界革命」》載《南京大學學報》1963 年第 3～4 期；陳丹《略論譚嗣同詩》、蕭善因《近代女革命詩人秋瑾》載《文學遺產增刊》第 12 輯；章培恒《論高旭的詩》載 1965 年 9 月 19 日《光明日報》；王俊年《怎樣看待〈二十年目睹之怪現狀〉》載 1965 年 4 月 18 日《光明日報》；舒蕪《中國近代文論選・前言》見《從秋水蒹葭到春蠶臘炬》，人民文學出版社 1987 年出版。
〔註 6〕　時萌：《關於評價晚清譴責小說的一些看法》，《光明日報》1978 年 11 月 28日。
〔註 7〕　洪克夷：《評鴉片戰爭時期的愛國詩歌》，《杭州大學學報》1978 年第 1 期；王

評，以期從歷史反思和總結教訓的角度撥亂反正，解放遭到禁錮已久的晚清文學研究，這是重評晚清文學的先聲。

邁入新時期，晚清文學獲得了前所未有的關注，晚清文學研究進入了高潮期，也取得了不俗的成績，簡要說來，主要體現在以下四方面：一是研究範圍日益擴大。不再局限於幾位重要作家和幾部重點作品，挖掘、還原紛繁蕪雜的文學現象，許多鮮為人知或少有論述的作家，甚至還有過去被認為反面人物的作家，也有專門文章論述；對一些重要流派、社團、文學運動、文體演變、期刊雜誌等等，進行專題研究，如關於桐城派、南社、詩界革命、戲劇形式、文學觀念變革的專著；過去被簡單否定而難以涉論的詩文流派、小說作品，長期尤為薄弱的領域如戲曲和詞，幾乎無人探究過的少數民族文學，現在都已經展開研究，有些已相當深入。二是對異彩繽紛的各類文本，研究者或引入西方各種新式的批評方法，或沿襲傳統的方法與手段，進行了大量而又不同角度的解讀，凸顯了晚清文學的價值，從而確立了晚清文學的地位。三是重視《中國近代文學史》的編寫。文學史的編寫不單直接反映了編撰者的個人學術水平，同時也在很大程度上體現了整個學界的研究與把握狀況。這一時期出現了大量近代文學史：陳則光的《中國近代文學史》（中山大學出版社，1987 年 3 月出版），任訪秋主編的《中國近代文學史》（河南大學出版社，1988 年 11 月出版），季鎮淮主編的《中國近代文學史》（該書是中國社科院文研所主編的 14 卷本《中國文學史》中的近代部分，兩卷），郭延禮著的《中國近代文學發展史》三卷本，管林、鍾賢培等編著的《中國近代文學發展史》（高校教材），中國社科院文研所近代室諸同志合著的《中國近代文學史》，上海社科院文研所近代室合著的《中國近代文學史》、張正吾編著的《中國近代文學史略》，以及范伯群等合著的《中國近現代通俗文學史》等。四是一支陣容龐大的多元化研究隊伍逐步形成和壯大。這其中既有長期從事近代文學研究的學者專家，也有立足現代文學的研究者。除了大陸學者之外，還有一大批臺、港、海外學者，也致力於這一領域。不同的文化背景、不同的學術資源、不同的學術傳統，巨大的差異性帶來了晚清文學多樣的研究風貌。研究者開始逐漸擺脫傳統的「史料＋作家＋文學思潮」文學史寫作

祖獻：《〈官場現形記〉的思想成就及其局限》，《安徽大學學報》1978 年第 2 期；任訪秋：《林紓論》，《開封師院學報》1978 年第 3 期；王元化：《龔自珍思想筆談》，《中華文史論叢》第 7 輯。

模式的禁錮，摸索和創建個人化的新的寫作模式。除了各種中國近代文學史、小說史、詩歌史、散文史、理論批評史、美學史之外，還湧現了一批具有代表性的專著：任訪秋《中國新文學淵源》與《中國近代文學作家論》、時萌《中國近代文學論稿》、關愛和《古典主義的終結：桐城派與「五四」新文學》、袁進《中國小說的近代變革》、季鎮淮《來之文錄》及其續編、顏廷亮《晚清小說理論》、徐鵬緒與張俊才《中國近代文學研究概論》、劉德隆的《劉鶚散論》、聶振斌的《蔡元培及其美學思想》、陳平原的《中國小說敘事模式的轉變》、夏曉虹的《覺世與傳世：梁啟超的文學道路》。

　　雖然，從「近代文學」這一學科創立開始，在這一研究領域湧現了一大批富於激情、積極開拓的研究者：任訪秋、張畢來、徐中玉、賈植芳、柯靈、施蟄存、章培恒、時萌、季鎮淮、錢仲聯、魏紹昌、郭延禮、歐陽健、袁進、林薇、范伯群等，在近代文學研究和史料整理中，取得了引入矚目的成就。與此同時，河南大學、華南師範大學、山東大學長期重視近代文學研究並形成了學科建設特色。但是，「近代文學」的孤立格局使得晚清文學難以凸顯出其在中國文學進程中的重大意義和實際地位，這種狀況直至 80 年代中後期「二十世紀中國文學」概念的提出才得以打破。「二十世紀中國文學」文學史觀打通了近、現、當代之間的專業界限，首先解除了晚清文學研究的孤立困局。1988 年，陳平原的博士論文《中國小說敘事模式的轉變》確立晚清小說為中國現代小說的「起點」，是拉通晚清與五四的首次嘗試。其次，「二十世紀中國文學」的概念的提出，同時也引發了一個具有重大學術價值的問題，即中國文學之現代性的轉型和起源問題。中國文學之現代性的轉型和起源問題是近年來學術研究的一大熱點問題。范伯群、欒梅健等一批學者都主張將現代文學的上限前移，將晚清納入現代文學的研究體系。其中范伯群的《在十九世紀二十世紀之交，建立中國現代文學的界碑》、柳珊的《民初小說與中國現代文學的起源》、欒梅健《社會形態的變史與文學轉型》，都提出了古典文學與現代文學之間的「楚漢之界」應該是晚清或民清時期。嚴家炎主編的《二十世紀中國小說史》及對應資料《二十世紀中國小說理論資料》四卷，郭志剛、孫中田主編的《中國現代文學史》，紛紛將晚清作為中國現代文學的源頭而納入了文學史的敘述。劉納的《嬗變》聚焦於文學史通常忽略的民初（1910～1916 年）文學，通過返回歷史現場，發掘出民國初年眾多的作家作品，揭示了在五四之前的晚清文學已經開始了向現代「嬗變」。徐德明《二十

世紀中國文學的雅俗流變》通過對晚清和五四以後的重要小說家的文學品格及其語言的「雅」「俗」區分與追求進行個案分析，從文體與語言兩方面展示了晚清以來小說現代化的過程。對中國文學之現代性的轉型和起源問題的探討，帶來了晚清文學史敘述的轉變，將晚清與五四以來文學進行「打通」的研究，已然成爲中國現代文學研究的新趨勢。九十年代以來，晚清文學敘述所呈現出另一重要特徵就是對中國現代文學的反思，如以《海上花列傳》作爲中國現代小說的起點，晚清通俗小說的「欲望現代性」，舊體文學要求寫入文學史，等等。這一系列由晚清文學研究衍生出來命題對現代文學研究成果提出了質疑，甚至於對現代文學的合法性提出了前所未有的挑戰。

以上所述，主要是國內學界關於晚清文學的研究狀況，而晚清文學研究在海外同樣可謂源遠流長、積澱深厚。海外對於晚清文學的研究則可以追溯到上個世紀的五十年代初，以捷克的亞洲文學研究專家奧德里奇‧卡拉爾（Oldrich Kral）爲始。奧德里奇‧卡拉爾等捷克的亞洲文學研究專家意識到晚清文學所發生的變化及其將其作爲過渡現象加以研究的必要性，在其所撰寫的《亞洲現代文學的興起與發展研究論集》（第三卷）將晚清小說視爲中國傳統小說與現代小說的過渡階段。蘇聯漢學家謝曼諾夫（V. I. Semanov）以李寶嘉、吳沃堯爲例探討了晚清小說與此前的中國文學之間的聯繫與差異，進而論證晚清小說對於魯迅文學理論與創作實踐之發展的重要性，由此把晚清小說納入一個更爲廣闊的前現代和現代文學發展的框架〔註 8〕。在臺灣地區，晚清研究的基礎雄厚，李瑞騰的《晚清文學思想論》《〈老殘遊記〉意象研究》、王德威的《想像中國的方法》、康來新的《晚清小說理論研究》、林明德的《梁啓超與晚清文學運動》。由王孝廉等主編、臺灣文雅出版有限公司1984 年出版的《晚清小說大系》，精裝 37 巨冊，收錄 78 種小說，是出版較早的一套近代小說叢書。在資料整理上，當推日本學者樽本照雄。樽本照雄致力於發掘和搜集 1902 年「小說界革命」即《新小說》創刊始，至「五四」文學革命前夕的 1918 年的中國著、譯小說的文獻、史料。於 1988 年出版的《清末民初小說目錄》是其時首次出版的涵蓋清末民初小說書目最爲完備的專書。此後，歷時近十年後，樽本照雄又出版《新編清末民初小說目錄》（日本‧清末小說研究會發行、木村佳文社印刷，1997 年 10 月）。歷時近十年，

〔註 8〕〔蘇〕謝曼諾夫：《中國小說的演進》（1970 年）和《魯迅和他的前驅》（1967
年）。

1997 年《新編清末民初小說目錄》刊行，其所收書目的 1.7 倍，舉凡創作小說和翻譯小說、通俗小說和文言小說、單行本或報紙所載單篇都在著錄之列，共得小說 16,046 目。其中創作小說 11,074 目，翻譯小說 4,972 目。該書所錄書目是阿英編《晚清小說目》（1957 年版增補本）的約 2.4 倍，是 1988 年以來迄今最完備可靠的清末民初小說目錄專書。在當下現代文學研究中佔用重要一席的美國現代文學研究界從夏志清開始就已經注意到晚清文學了。夏志清撰《中國古典小說導論》，也評論過《老殘遊記》、《玉梨魂》，嘗試推動晚清的研究。二十世紀七十年代以來，海外漢學界開始對晚清文學表現出了極大的熱情，湧現一大批專業學者。1973 年，李歐梵將晚清與現代性聯繫起來，在名爲《現代中國作家浪漫主義的一代》一書中，將清末民初的林紓、蘇曼殊視爲中國現代浪漫主義文學的起始者，將中國文學的現代轉型上溯到晚清時期。應該說，李歐梵是將中國現代文學定位於晚清的始作俑者，也是對此不遺餘力加以倡導的鼓吹者。「我覺得很多東西是連續的，要找它的源流很難就從『五四』開始，往往很多東西是從晚清開始的」，「很多我認爲是屬於現代的東西，都是從 1900 年開始的，也就是從晚清開始」。〔註9〕近年來，在美國學界更是形成了一股晚清研究熱潮：王德威語出驚人──大膽提出「沒有晚清，何來五四」，爲晚清文學中「被壓抑的現代性」搖旗吶喊，認爲五四文學單一的現實主義追求，壓抑了晚清開創的多元的現代性局面。他嘗試從理論上顛覆五四敘事傳統，建構起了晚清現代性文學史敘事，再次引發了曠日持久的爭論。李歐梵先後完成了《未完成的現代性》、《摩登上海》等，都以晚清爲研究對象。此外，還有西馬諾夫（V. I. Semanov）、米列娜（Milená Delezelová）、林培瑞（Perry Link）、柳存仁（Liu Ts'un-yan）以及韓南（Patrick Hanan）等海外漢學家都聚焦於晚清文學，以期開創晚清文學研究的新局面。

由此可見，不論是在國內還是海外，晚清文學研究均形成了一股熱潮，展開對晚清文學史研究的研究具備了充分的必要性。

二

「晚清」時期是中國現代性工程的開端，它開啓了日後中國社會各個方

〔註9〕〔美〕李歐梵：《徘徊在現代和後現代之間》，上海三聯書店，2000 年，第 87、89 頁。

面的一系列變遷。重審中國文學的現代起點，要更新的不僅僅是研究方法，更重要的是必須具備一種全新的文學觀念和文學眼光。過去，反思晚清文學研究的途徑之一，是比較注重從微觀上考察晚清文學研究中對晚清時期的作家、作品與文學思潮的研究力度。本文認爲，這種微觀研究難以全面呈現晚清研究的風貌並深入揭示晚清研究發展的內在理路。海登‧懷特的歷史書寫理論提出了「文本的歷史性」（the historicity of texts）與「歷史的文本性」（the textuality of histories）兩個相互依存的方面。「文本的歷史性」指作爲批評家研究對象的文本以及批評家研究之後所撰寫的一切文本都具有特定社會性和文化性內容；而所謂「歷史的文本性」則包括了兩層：一是歷史是以「文本」的形式作爲載體來展示自身；二是指歷史在文本的書寫與解讀中建構起自身的意義。在海登‧懷特看來，歷史與文學屬於同一符碼系統，歷史書寫所運用的敘事方式，所具有的虛構成分都是與文學類似的，把歷史作品視爲敘事性散文話語形式中的一種言辭結構。所以，在深層結構上，文學與歷史之間是相通的。而「文本性」就成爲了溝通歷史事實與讀者之間的橋梁，這又包括了兩個轉化過程：一是由歷史事實向文本的轉化，歷史學家根據個人對歷史事實的理解來「敘述」歷史，並在「書寫歷史」時選擇能夠賦予歷史事實以詩性文學性的解釋和再造的敘述的結構形式或論證解釋模式。那麼，歷史文本的形成就絕非是偶然形成的，而是經由文學家有意選擇而後解釋、描述、加工而變爲文本。二是從文本向讀者接受的轉化。讀者依據個人的理解對文本進行解碼，歷史經由文本的傳載又回歸於「歷史」。前者是歷史書寫的編碼活動，後者則是閱讀文本的解碼活動，因此，「歷史在本質上是一種語言的闡釋，它不能不帶有一切語言構成物所共有的虛構性。」〔註10〕

在這個意義上，文學史可以被認爲是一種文本歷史，一種話語，一種敘述。晚清文學史作爲一種敘述，通過文學敘事來確立自身「發展」的合法性的歷史。具體說來，就是研究者依據有關的知識和能力包括在社會環境和文化環境中所培植起來經驗從而作出自己的感性和智性判斷，實現對晚清文學現象的排列組合與意義重構。「敘述」和「如何敘述」是問題的關鍵所在，換而言之，在言說與書寫過程中主體性佔據著主導作用，所以對敘述主體的研究將是本書的討論重點。並且，由於敘述主體相關的知識和能力是在其生活

〔註10〕 盛寧：《人文困惑與反思——西方後現代主義思潮批判》，生活‧讀書‧新知三聯書店，1997 年，第 166 頁。

的生活環境和社會環境中所塑造、成型的。因此，一切有關文學史的話語實踐及表述形式，會伴隨當下的經濟境遇、政治狀況、文化傳統與道德規範等研究者所遭遇其中的範疇的改變而改變，晚清文學史敘述就在不斷變遷的社會境遇與文化關係的變動中被重新闡述與評估。

三

　　學術研究的本質在於通過對歷史的繼承與反思尋找並明確未來的發展方向，而研究之研究則旨在回顧歷史、考察現狀、總結得失，以期尋求研究的突破。對文學研究、文學史寫作方法的反思，在九十年代中後期開始得到學界的重視。目前對於晚清研究的反思主要是關注晚清研究對具體文學現象、文學文本的研究深度與廣度，而未將晚清文學史的書寫作爲一種敘述形式來進行考察。在「重寫文學史」的呼聲中，文學史寫作已不是單一理論或實踐範疇的問題，而是植根於世紀末諸多複雜的歷史文化語境，構成了一種「文學史寫作」的文化現象，由文化、思想、文學諸多因素整合、建構起來的。晚清文學史敘事對傳統與現代性的重新認識，對「五四」新文化運動的重新解讀，與當代各種社會文化思潮直接地、密切地相關。因此，撥開歷史的面紗，探尋在當代語境下各種文化勢力對現代性問題的反思，對五四新文化運動所持的立場以及各種文化勢力相互間的膠著、鬥爭和妥協，借助新時期以來熱烈而又持久的晚清文學史寫作這一文化現象無疑是再好不過的。如果說對傳統與現代性的重新認識，對「五四」新文化運動的重新解讀，成爲現代文學及文化研究的新趨向。那麼，深層的變化就是人們思維方式和敘述模式的轉換。對當代知識分子的精神特徵、思維模式進行細緻的體察，進而加深對文學史敘事深層動機和隱含立場的把握和理解。而且，海外漢學界對晚清文學也表現出了極大的熱情，湧現了樽本照雄、韓南、林明德、李德瑞等專業學者，像李歐梵的現代性研究，王德威的晚清文學研究，都在國內學界產生了巨大的反響，形成了國內外學界共同關注的新態勢。新時期以來，海外漢學乃至整個西方文化對中國現代文學研究都產生了廣泛而深遠的影響，這其中既有積極的作用，也有負面的效應。在二十世紀的最後二十年中，海外漢學界與本土學界不約而同地聚焦於晚清文學，呈現相互交融合流之勢，這在現代文學研究史乃至國內研究界都是鮮有的文化現象。以晚清文學史寫作爲研究點，可以透視海外漢學如何影響本土研究，可以考察海內外研究界之

間的交流互動，也可以總結其中的利弊。因此，將晚清文學史寫作作為一種
文學敘述來認識，審視晚清文學史敘述的話語特徵，考察其經典敘述的建構、
生成動因、存在方式，辨析、清理的是文學與政治意識形態的複雜的深層關
係。因此，本書既具有重要的文學史研究價值，同時也隱含了深刻的思想史
意義。

　　第二，在重審晚清的同時，重審晚清與五四之間的邏輯，辨析現代文學
研究中的諸多糾纏不清的問題。本書旨在關注當下的研究狀況，重審中國現
代文學發生歷史，重審中國文學從古典到現代的轉型。從晚清到五四，中國
文學演繹了一個從古典形態向現代形態飛躍的過程，如何描述這一過程的走
向，闡釋它的變遷規律，反思它的歷史局限性，首先直接決定著現代文學史
的時間起點與邏輯起點問題。晚清文學史敘述在打通古代文學與現代文學的
同時，潛藏了把新文學起點從 1917 年向前延伸的意圖。對新文學運動源流的
梳理與尋繹，一直是一個誘人的課題。「晚清說」是關於新文學的源流五種主
要觀點之中最為聲勢浩大的。早在 1930 年，陳子展在《中國近代文學之變遷》
中將五四新文學的源頭定位於晚清的戊戌維新運動。上個世紀八十年代中
期，黃子平、陳平原、錢理群等人所提出的「二十世紀中國文學史」的構想，
可以說是這一學說的前驅。80 年代末，陳平原的博士論文《中國小說敘事模
式的轉變》，是五四以來率先從藝術層面探討晚清小說現代性發生的論著。隨
後，王富仁、譚桂林等就撰文反對將中國現代文學的起點前移到晚清。王富
仁在《當前中國現代文學研究中的若干問題》中指出，二十世紀中國文學理
論將新文化與新文學起點前移大大降低了五四文化革命與五四文學革命的獨
立意義與獨立價值，因而也模糊了新文化與舊文化、新文學與舊文學的本質
差別。他認為，起點對一種文化與文學的意義在於，它關係著對一種文化與
文學的獨立性的認識，是文學史研究一個很重要的內容。譚桂林《「二十世紀
中國文學概念」性質與意義的質疑》認為將現代文學的起點前移，是表現了
「二十世紀中國文學」倡導者的理論保守性。那麼，為什麼大家一直苦苦糾
纏於這一問題？五四起源說不單是從表面上看來的單純的文學史分期問題，
而是關乎到現代文學的一系列基本命題：舊文學和新文學之間存在本質的斷
裂，傳統與現代之間存在著本質的斷裂，文學與政治之間存在著本質的斷裂，
個人認同與民族國家認同之間存在著本質的斷裂。這些對於現代文學研究而
言，都是具有重要意義的問題，而晚清說直接危及到了中國現代文學乃至現

代性的五四起源說。可見，晚清文學史的敘述不僅直接決定著現代文學史的時間起點與邏輯起點問題，更關乎現代文學史整體敘述的思想審美基調，乃至現代文學史觀的確立問題。通過對晚清文學史敘述的研究，審視、反觀現代文學的起點與分期、現代性的起源與發生、傳統與現代的關係這些基本命題。由此，對現代文學研究中一系列基本問題進行辨析，是重審晚清文學的第二要義。

四

　　基於這一研究目標，本書設計從思想史的角度切入晚清文學史寫作這一文化現象。近年來，晚清文學史的寫作一直吸引了眾多學者的關注，但總體而言，對晚清文學史的研究是很不夠，還未見以晚清文學史寫作為研究對象的專著。從思想史這一角度切入晚清文學史的寫作，散見於一些研究者的零星單片論文，本書將新時期對晚清文學的闡釋、賦予晚清價值意義的研究工作理解為一種歷史敘事。筆者嘗試系統地把梳、還原這一敘事的建構歷程，考察其文學史研究價值，同時呈現在世紀末複雜的歷史文化語境下，中國社會思想文化的變遷與文學研究之間內在的深層的張力。從思想史這個角度切入晚清文學史的寫作，已散見於一些研究者的零星單片論文，如韓毓海《二十世紀中國文學景觀——「民間社會敘事」的失敗與張愛玲小說的意識形態性》，抓住晚清現代性文學史觀的兩個基本支撐點「日常生活敘事」的現代性敘事和上海租界所具有的哈貝馬斯式的「公共空間」特徵，結合四十年代新儒學思想對晚清現代性文學史觀進行了有力的批判。又如鄭闖琦《從夏志清到李歐梵和王德威——一條 80 年代以來影響深遠的文學史敘事線索》梳理從夏志清到李歐梵和王德威這一文學史敘事線索及其影響、所激起的回應。〔註11〕《當代文學研究中的四種文學史觀和三條線索》分析近年來中國二十世紀文學研究思路的，清理出近二十年來對當代文學研究產生重大影響和制約的四種文學史觀和三條現代性線索，即傳統左翼文學史觀、「啓蒙主義」文學史觀、「晚清現代性」文學史觀、「新左派」的文學史觀四種文學史觀，「救亡」的現代性、啓蒙的現代性和欲望的現代性。他詳細分析這四種文學史觀的出現與中國當代思想發展，特別是自由主義與新左派之爭之間錯綜複雜的關

〔註11〕 鄭闖琦：《從夏志清到李歐梵和王德威——一條 80 年代以來影響深遠的文學史敘事線索》，《文藝理論與批評》2004 年第 1 期。

係，並認爲近年來二十世紀中國文學研究的熱點，幾乎都和這四種文學史觀、三種現代性所交錯對抗形成的內在線索有著密切的聯繫。這些論文都從思想史的角度立論，來研究晚清文學敘事的得失及其對現代文學史寫作的影響。〔註12〕《以晚清研究爲方法》已經觀測到晚清研究在研究中的當下意義。〔註13〕其次，從思想史這個角度切入晚清文學史的寫作，還有的是在相關論述中順便論及，如王富仁《突破盲點》等等。但是，以上研究成果都只是針對某一論著，是局部的、單一的，沒有從整體上來看待這一文學現象。而且也未將晚清文學史寫作放置於新時期以來的複雜的社會和文化思潮的變遷的大框架之中，在社會和文化思潮的大框架之下系統地梳理這一文學現象，考察其發展演變的內在邏輯，只是聯繫和涉及到某一社會思潮或流派。從思想史的角度切入晚清文學史的寫作，可以展現在世紀末複雜的歷史文化語境下，思想文化的變遷與文學研究之間內在的深層的張力。從而實現對當前晚清文學研究的審視與反觀。總的來說，從思想史的角度入手，切入晚清文學史研究，基本近於空白狀態。本書嘗試系統地梳理了晚清文學研究的發展脈絡，考察其研究方法，總結其研究成果。從思想史、文化史的角度切入晚清文學史敘事，以此爲基點，再一一論及現代文學研究中的基本問題以及當今學界的熱點問題，力圖深入到文學背後，透過複雜斑駁的文學現象，找尋文學之外卻又決定著文學研究發展的因素，從一個廣闊的背景下開掘這些熱點問題的深層動因。

〔註12〕 鄭閩琦：《當代文學研究中的四種文學史觀和三條線索》，《唐都學刊》2004
年第 3 期。
〔註13〕 李楊、陳平原：《以晚清研究爲方法》，渤海大學學報（哲社版）2007 年第 2
期。

第一章　從文學話語到政治話語：
晚清文學敘述與中國文學現代性發生的內在邏輯

　　晚清文學史敘述的建構與中國新文學史敘述的建構處於同一發展歷程，並互為對照、補充，本章將描述、分析晚清文學敘述從文學話語到政治話語的演變過程，探析晚清文學史敘述的建構與中國新文學史敘述之間的潛在「對話」。

第一節　多元的晚清文學敘述

　　十九世紀末到二十世紀初葉的晚清民初時期是中國歷史上的一個震蕩整合期，在這一時期，整個社會文化結構發生了深刻的嬗變：中國社會在西方列強的強大外壓下由傳統社會向現代社會、農業社會向工業社會、農民社會向市民社會轉型；中國自古的文化觀念受到諸多挑戰與顛覆，諸如從文學觀念、史學觀念、敘事機制等都在這一時期產生了突破性變化。百年來的中國社會遭遇了千古不遇的天翻地覆變化，清人稱之為「千年變局」。生活在那個年代的人們都隱約感到他們的時代是一個與眾不同的時代，已經認識到這一時期的文學不同於古代的文學，「中國三十年來的文學，在文學史上是一個最重要的時期。這個時期，文學的各部分都顯現著一種劇變的狀態，和前一時期大兩樣。……以前的中國文學，重在摹仿古人，摹仿古代；到了這個時期，就開始要求創造現代的現代人的文學了」。對於晚清文學的研究，幾乎是

與新文學的誕生同步。胡適《五十年來中國之文學》（1923 年）距離 1918 年
魯迅《狂人日記》的發表不過短短五年，是中國第一部有關晚清文學的研究
著作，也是最早發掘於晚清文學與新文學發生之關係的文學史。而後知識界
開始了對晚清文學的關注，不過相關的論述比較零碎，缺乏規模，本節將採
擷四位重要學者關於晚清文學的代表性論著：胡適《五十年來中國之文學》、
陳子展《中國近代文學之變遷》與《最近三十年中國文學史》、錢基博《現代
文學史》、吳文祺的《近百年來的中國文藝思潮》，都是較早對晚清文學有著
獨立見解的研究性著作，分別代表了三種不同模式的晚清敘事，構成了晚清
文學研究發軔期多元的文化景觀。

　　作爲新文學運動的倡導者，當二十世紀中國文學的革新運動首先從詩界
革命拉開歷史的序幕時，當新文學運動的倡導者站在時代的浪尖上，運用自
己掌握的西方文學理論的資源對中國文學傳統中最難攻克的堡壘發起攻擊
時，如何從理論上確認新文學的歷史價值，如何建構新文學史的思考也就開
始了。胡適《五十年來中國之文學》是中國第一部有關晚清文學的研究著
作，同時也是第一部新文學史專著。早在 1917 年，胡適就表現出一種清醒的
文學史意識，他認爲「文學者，隨時代而變遷者也，一時代有一時代之文
學」，「古人已造古人之文學，今人當造今人之文學」，文學的發展是一環扣一
環的鏈條，每一環都各有所工，「因時進化，不能自止」。〔註1〕對於文學，胡
適始終抱著歷史進化的態度，主張文學進化論。在胡適看來，古文讓位於白
話文，新文學取替舊文學，是不可逆轉的大勢了。該著原本是 1922 年胡適應
「《申報》五十週年紀念」之邀所作，而 1872 至 1922 年的五十年也是一種硬
性的時限規定。恰巧，桐城派古文大家曾國藩卒於 1872 年，胡適便以曾國藩
這位桐城派古文中興的「第一大將」之死隱喻、暗示古文必然衰退、毀滅的
命運，進而賦予了 1872 至 1922 年的「五十年」具有劃時代意義的特殊內涵。
那麼，「變」的趨勢又是如何表現的呢？在如何凸現紛繁多變的晚清文學新文
學的思考中展開？爲了勾勒出 1872 至 1922 年五十年的「變遷大勢」，紛繁多
變的晚清文學是如何被塑造的呢？胡適根據是否「要表現著作人的性情見解」
（即「要有我」）以及是否「與一般的人發生交涉」（即「要有人」）爲標準，
把五十年間的文學劃分爲了「活文學」和「死文學」兩種類型。「活文學」即

〔註 1〕 胡適：《文學改良芻議》，姜義華編：《胡適學術文集・新文學運動》，中華書
　　　　局，1993 年，第 21 頁。

「有我就是要表現著作人的性情見解」，「死文學」即「有人就是要與一般的人發生交涉」〔註2〕。胡適則以進化論爲先導，設計出了一個雙線敘事框架，在傳統與現代、進步與腐朽、新與舊的二元對立模式下演繹古文／白話文學、死／活文學之間的矛盾張力，形成雙線並行的文學史格局，構建起晚清消長起伏構建文學史，呈現了「死文學」古文的末路，也描述了「活文學」新白話文學的萌芽。爲了強調的是新文學運動前所未有的革新性質，他著力開掘古典文學向新文學轉型的種種表象：對《九命奇冤》、《老殘遊記》結構手法創新的分析。由其對此階段文學的品評可見一斑：對於短短五六年間白話文學的創作，胡適也自知因時間並不長，實績並不顯著，但他的評價仍非常高。如認爲「白話詩可以算是上了成功的路了」，「短篇小說也漸漸的成立了」，「白話散文很進步了」〔註3〕等等，其核心觀點仍是新文學的發生完全符合文學進化的態勢，所以應以發展的眼光給予充分的肯定。即便是他本人對譚嗣同與梁啓超一派的議論文，章士釗一派的政論文以及章炳麟的述學文章頗爲欣賞上述諸家的功力與成績，特別是章炳麟，胡稱之「清代學術史上的押陣大將」，認爲其著作無論內容或形式都能成一家之言。然而，胡適堅信古文寫作雖精到，由於其語言和文體終歸不適合承載、傳達現代人的現代思想與感情，所以，縱然輝煌與耀眼，也不過是晚清古文那最後的幾道光亮，是光榮的結束。因爲他認爲從歷史發展看，林紓所取得的一度輝煌的成績「終歸於失敗」，原因在於「古文究竟是已死的文字，無論你怎樣做得好，究竟只夠供少數人的賞玩，不能行遠，不能普及」〔註4〕。可見，胡適一方面期望在「五四」文學革命的新觀念、各種新的研究方法中獲得對文學史的全新理解；另一方面也試圖通過對中國傳統文學的再闡述而找到建設新文學的邏輯起點和持續動力。在文學「發展」的理論預設之中，它進一步發掘和整理潛藏與晚清文學紛繁複雜的文學現象之中的進步文學因子，以此作爲對現代文學發展進程合法性的有力例證，第一次將新文學對古文學的勝利用「史」的方式確立了下來。

〔註2〕　胡適：《文學改良芻議》，姜義華編：《胡適學術文集・新文學運動》，中華書局，1993 年，第 134 頁。

〔註3〕　胡適：《文學改良芻議》，姜義華編：《胡適學術文集・新文學運動》，中華書局，1993 年，第 160 頁。

〔註4〕　胡適：《五十年來中國之文學》，姜義華編：《胡適學術文集・新文學運動》，中華書局，1993 年，第 111 頁。

「舊文學」和「新文學」之間的矛盾一經胡適的揭示與披露，在陳子展的晚清研究中有了更進一步的發展。陳子展之《中國近代文學之變遷》、《最近三十年中國文學史》分別於 1929 年、1930 年出版。較之胡適，陳子展首先對文學新舊更替的變化過程作了更細緻的描述，力圖全面展示清末以來中國文學的歷時形態，進一步揭示新文學與舊文學之間的內在張力。儘管胡適《五十年來中國之文學》凸顯了新文學運動前所未有的革新性質，但對於新文學發生的前奏所以對於並沒有過多的說明這種變化作為「過程」。陳子展則不然，細緻而詳盡地展示了戊戌維新以降中國文學的沿著「詩界革命」、「小說界革命」、「新文體」、詞曲這一主線由舊而新的轉型和進化過程，加強了五四文學與晚清文學之間的承續，從而論證了中國文學的進化及新舊更替的必然性、合法性。對於從舊文學轉變為新文學的動力，陳子展歸納為：文學發展上的自然趨勢、外來文學的刺激、思想革命的影響和國語教育的需要等四個方面。其二，對於舊文學的關注。陳子展在秉持文學進化觀的信念，強調文學因時遞進的發展這一規律的同時，也注重文學的審美價值，認為《五十年來中國之文學》過於偏重新文學而忽略舊文學而不足以反映晚清文學的全貌。所以，陳子展的論述兼及新舊兩派，將胡適所忽視的舊詩詞，如宋詩運動、近代四大詞人等都納入了研究範疇，並且翻譯文學受到了前所未有的推崇，鑒賞林紓、蘇曼殊、馬君武等人的譯作，從而全面地展現了近代文學的全貌及其嬗變的軌跡。第三，明確的文學史意識開始形成。胡適以 1872 至 1922 年間的文學為研究對象是應「《申報》五十週年紀念」之邀的一種硬性規定的時限。但是，陳子展已經明確地提出了以「覺悟」的變化，即精神的轉變是作為其劃分文學史時限的標誌。這是文學史家第一次從創作主體的角度思考並確定中國文學轉型發生的時間，開始從文學的層面上來考察晚清文學的特質。陳子展認為，「所謂近代究竟從何時說起？我想來想去，才決定不採取一般歷史家區分時代的方法，斷自『戊戌維新運動』時候（1898）說起。……這個運動雖遭守舊黨的反對，不久即歸消滅，但這種政治上的革新運動，實在是中國從古未有的大變動，也就是中國由舊的時代走入新的時代的第一步。總之：從這時候起，古舊的中國總算有了一點近代的覺悟。所以我講中國近代文學的變遷。就從這個時期開始」。〔註 5〕這種明顯的「變化」

〔註 5〕 陳子展：《中國近代文學之變遷》，徐志嘯編：《中國近代文學之變遷‧最近三十年中國文學史》，上海古籍出版社，2000 年，第 6 頁。

就是廢除八股文、接受西方的影響、小說詞曲地位上升、白話文運動興起。
陳子展視「反抗傳統」為甲午戰爭之後的中國文學的共同特徵，是晚清時期
的文學區別於古代中國文學的標識。由此，在 1929 年出版的《中國近代文學
之變遷》將「近代文學」的起點定在「戊戌維新運動」。這一明確的文學史「分
期」意識標誌著學界開始認識並注意到晚清時期文學的獨特性及其文學價
值。日本學者柄谷行人認為：「分期對於歷史不可或缺。標出一個時期，意味
著提供一個開始和一個結尾，並以此來認識事件的意義。從宏觀的角度，可
以說歷史的規則就是通過對分期的論爭而得出的結果，因為分期本身改變了
事件的性質。」〔註6〕因此，可以認為，陳子展是中國現代文學起源「晚清說」
的最早倡導者，其肯定近代文學承前啟後的作用，承認近代文學與現代文學
是一個不可分割的發展過程，並從散文、詩歌、小說幾個方面勾勒了這個過
程的發展軌跡，在胡適的研究基礎上對晚清文學研究有了更進一步的深化、
拓展和補充。

　　錢基博的《現代中國文學史》於 1933 年出版。雖是最早以「現代」冠名
的文學史，但其所謂「現代」特指辛亥革命前後，始於王闓運而止於胡適。
較之胡適之《五十年來中國之文學》與陳子展之《中國近代文學之變遷》、《最
近三十年中國文學史》、錢基博的《現代中國文學史》同以清季民初的中國文
學為研究對象，但卻體現了迥異於胡適與陳子展二人的選擇機制和闡釋機
制，《現代中國文學史》代表了另一種文學史觀念。第一，錢基博秉持傳統的
「雅文學」觀念，以「文章」作為主要的研究對象，將晚清文學被劃分為古
文學和新文學兩種。古文學的主要類型為文、詩、詞曲，其中「文」又更細
緻地區分了魏晉文與駢文散文的不同，詩歌也可分宗魏晉、宗晚唐詩風或者
宗宋詩詩風的差異，而新文學則是指新民體、邏輯文、白話文。不管是古小
說還是新小說，都被排斥在文學史之外。第二，評價新舊文學的標準不同。
雖然，錢基博的《現代中國文學史》也以新文學與舊文學的二元對立為基本
模式，然而，錢基博的著史立場強調的是中國傳統文學和文化不可取代的價
值之所在，而堅決反對尊從西方文化和文化的標準而否定傳統。因此，錢基
博將文學史設計為上溯至上古、中古、近古、下接近代文學、現代文學，以
通中國文學的「古今之變」，由此重新確立傳統文化的價值本位，展示晚清作

〔註6〕〔日〕柄谷行人：《現代日本的話語空間》，張京媛編：《後殖民理論與文化批
評》，北京大學出版社，1999 年，第 416 頁。

家與古典文學之間的傳承關係。正因爲如此，對於晚清文學中的「新變」，錢基博似乎頗多詬病。在他看來，白話詩的出現被認爲是「蔑棄舊詩規律」，所謂的新文學就是一種模仿西方的「歐化的文學」。〔註7〕總而言之，錢基博的《現代中國文學史》勾勒了一副晚清時期古典文學的多樣風貌。

1940 年，《學林》連續刊載了吳文祺的《近百年來的中國文藝思潮》，以 1840 年鴉片戰爭至 1919 年五四文學革命的中國文學爲考察對象。吳文祺主張，應該從政治經濟變遷的角度來進入對文學現象研究，從中找到某一文學現象發生的根本原因。因爲「文藝思潮的變遷，往往和政治經濟的變遷有密切的關係」，所以，「要明白這百年來的文藝思潮，不得不先明白這百年來變法維新的歷史」〔註8〕。從這一角度切入，他提出戊戌維新運動推動了文學改良運動，廢除科舉制、棄用八股文爲中國文學的發展創作了有力條件，所以文學改良運動的動力來源於戊戌變法；而章炳麟的文學創作充滿著民族主義色彩根源於其所秉持的民族主義立場。正因爲如此，該文將考察的下限定在了五卅運動，五卅運動之後的中國文學進入了另一發展階段，不能與此前的發展混淆在一起了。由此可見，《近百年來的中國文藝思潮》是文學史上最早運用唯物主義觀點來分析近代文學現象的文學史，對建國後晚清文學敘事的具有深遠的影響。第二，該文學史明確地將戊戌維新時期確立爲中國現代文學的起點。因爲在吳文祺看來，戊戌變法之後，提倡改革文學的聲音此起彼伏，湧現了蔡元培、張鶴齡等眾多改革者，他們指斥作文章時的濫調套語、批判模仿之詬以及主張文言文不能寫「活事」等一系列文學主張，實際上與五四文學運動所倡導的須言之有物、不模仿古人、尊白話文爲的正宗等理論主張如出一轍，沒有區別。而後的文學大家章炳麟的很多文學主張同樣對新文學運動產生了積極影響。所以，中國現代文學應該以戊戌維新時期爲起點，「新文學的胎，早孕育於戊戌政變以後，逐漸發展，逐漸生長，至五四時期而始呱呱墮地。胡適、陳獨秀、錢玄同等，不過是接產的醫生罷了」。〔註9〕因此，如果說陳子展是最早從創作主體的角度確立中國現代文學的起點爲戊戌變法，那麼，吳文祺就是最早從政治經濟的視角將中國現代文

〔註 7〕錢基博：《現代中國文學史》，吉林人民出版社，2012 年，第 522〜524 頁。

〔註 8〕吳文祺：《近百年來的中國文藝思潮》，牛仰山編：《中國近代文學論文集（1919〜1949）概論‧詩文卷》，中國社會科學院，1988 年，第 89 頁。

〔註 9〕吳文祺：《近百年來的中國文藝思潮》，牛仰山編：《中國近代文學論文集（1919〜1949）概論‧詩文卷》，中國社會科學院，1988 年，第 142 頁。

學起源界定為戊戌變法，並肯定晚清與五四之間存在著一條內在發展的邏輯線索。

由上述可見，從上個世紀二十年代到四十年代晚清文學史敘述主要有三種：一是以胡適、陳子展為代表的新文學立場，主要站在新文學的立場上敘述晚清文學；二是以錢基博為代表的保守主義立場，側重以繼承傳統文學的立場批評晚清文學；三是以吳文祺為代表的唯物史觀立場，主要從政治經濟的角度來闡釋晚清文學的發展。以上三種晚清敘述之間的差異可謂涇渭分明，那麼，原因是什麼呢？「五四」新文化運動以後，在文學革命的餘溫尚存之際，為鞏固、保護新文學運動的成果，眾多新文學運動的主將都不約而同的將目光轉移到如何建設新文學上來。胡適作為文學革命的主將，將文學革命的激進立場貫徹到其中，以新文學發難者和功臣的姿態寫作了《五十年來中國之文學》。其敘事的著眼點始終在新文學，懷著向傳統挑戰的激越，以「新文學」的價值標準來建構晚清以來的文學秩序。所以，在胡適的文學史敘述中，1872 年以降的中國文學被塑造成了「新陳代謝」的歷史，是「五四」以後的「活文學」逐漸取代晚清時期的「死文學」的過程，也是晚清時期的「舊文學」逐步被「五四」以後的「活文學」淘汰的歷程。胡適以新文學運動發生的歷史必然為邏輯起點來敘述五十年文壇之變，論證五四新文學運動的合法性，得出了「晚清」是中國文學發展的歷史上一個新舊嬗替的時期。與胡適截然相反，錢基博作為國學大師，主張繼承與保護中國傳統文化反對否定傳統而跟從西方近世文明的標準，認為捨舊求新、唯新為是的偏執將導致中國文學的傳統的割裂。錢基博站在文化保守主義者的立場上認識晚清以來的中國文學，以晚清以來的「古文學」為研究重心，重文言而輕白話，重視晚清時期的文學與傳統文學各家各派之間的傳承流變。雖然，「中西」、「新舊」二元對立的思維模式為胡適、錢基博二者所共有的，但他們對新舊文學的價值評判標準卻是截然相反。在五四新文化運動後期，俄國十月革命的勝利，讓中國人看到了希望的曙光，馬克思主義隨之在中國得到了快速地傳播和廣泛地接受，歷史唯物主義的觀點與方法被運用於觀察、分析社會、政治、經濟、文學等方方面面的。吳文祺的長文《近百年來的中國文藝思潮》便是第一篇從經濟基礎決定上層建築、存在決定意識來探討從晚清到五四中國文學變遷的力作，該文還是最早把近代文學史的時限界定為從鴉片戰爭至五四運動。在這點上，陳子展與吳文祺又是相通的。陳子展也認為「中

國快要由半封建的社會走向資本主義的社會了。社會的經濟現象既然起了一個這樣大的變化，建築於經濟基礎之上的一切社會的精神現象，如政治，法律，宗教，哲學，藝術等等，當然要因其下層——經濟基礎的轉變，而決定其轉變的相當的形式」〔註 10〕，文學的發展與政治經濟的變化之間有著密切的關聯。

胡適、陳子展、錢基博、吳文祺等早期研究者從各自的立場出發尋找晚清文學的歷史座標，所構建的文學史話語空間也各異，但是相互之間依然具有共通之處。回顧、審視、清理中國文學轉型的歷史形態，從各自的立場出發尋找晚清文學的歷史座標，上承清及其前的古代傳統文學，下啓二十世紀的現代新文新，是中國文學整個發展鏈條中不可或缺的一環，它在中國文學新與舊的變革和傳統與現代的轉型之間鋪設了一條橋梁，是對清末民初文學關注的初衷與根本動因之所在。這三種文學史敘述既互相對立，也有互為的補充、糾偏，共同呈現了晚清文學多元化的敘述模式。就對後世的影響來看，相比之下，胡適所代表的進化論文學史觀影響最大，尤其是有關晚清文學是走向衰亡的舊文學幾乎成為了不可動搖的定論。而以吳文祺的唯物文學史觀影響最為久遠，到建國後，主要是從經濟政治、文化發展的角度，用經濟基礎決定上層建築、上層建築又反作用於經濟基礎的觀念，來闡釋晚清文學的發展變遷，幾乎成為了唯一的文學史觀。此四家的論述體現了三種文學史觀，從不同的角度以不同的方法進入晚清文學現場，相互間構成互動互涉的對話關係，儘管各種方法角度都難免有長短得失，正是相剋相生處於對話狀態的文學史研究與評論，呈現了中國現代文學起點的多元景觀。

第二節　晚清的「隱退」：近代文學的確立

一

新中國成立後，出現了另一使用頻率極高的代名詞「近代文學」用以專門指代晚清文學。何謂「近代」？《辭海》解釋為，「近代」是「歷史學上通常指資本主義時代（主要用於歐洲）。世界近代歷史期，一般以 1640 年英國資產階級革命為開端，終於 1917 年俄國十月社會主義革命，又可分為兩個時

〔註10〕陳子展：《最近三十年中國之文學‧序論》，徐志嘯編：《中國近代文學之變遷‧最近三十年中國文學史》，上海古籍出版社，2000 年，第 131 頁。

期：1640～1871 年巴黎公社革命前，為自由資本主義時期；1871 年巴黎公社革命至 1917 年俄國十月社會主義革命前，為帝國主義形成時期。中國近代歷史時期，一般認為自 1840 年鴉片戰爭至 1919 年五四運動，此時中國處於半封建、半殖民地時期」〔註11〕。根據《辭海》的解釋，「近代」是一表明歷史時間段落的概念，在現代文壇上其被引入文學領域出現於 1921 年。「五四」運動之後，茅盾撰寫了萬餘字的《近代文學體系的研究》，是「近代」第一次出現在現代文壇。此後「近代文學」這一概念，逐漸為學術界熟悉和接受：陳衍的《近代詩鈔》（1923）、嚴偉等人的《近代詩選》、錢仲聯的《近代詩評》（1926）、金兆梓的《近代文學之鳥瞰》（1933）、錢歌川的《近代文學之特徵》（1934）等等，以「近代」命名的文學研究著作不斷湧現。1929 年，陳子展著《中國近代文學之變遷》第一次從文學的角度明確地對何謂「近代」作出了界定，「所謂近代究竟從何時說起？我想來想去，才決定不採取一般歷史家區分時代的方法，斷自『戊戌維新運動』時候（1898）說起。……這個運動雖遭守舊黨的反對，不久即歸消滅，但這種政治上的革新運動，實在是中國從古未有的大變動，也就是中國由舊的時代走入新的時代的第一步。總之：從這時候起。古舊的中國總算有了一點近代的覺悟」。〔註12〕「近代文學」這一概念，便逐漸為學界所熟識和接受。建國之後，「近代」從時間概念轉變為具有特定內涵的專業術語。根據 1941 年毛澤東做出的關於「加強鴉片戰爭以來百年中國歷史的研究」〔註13〕的指示，開創了「中國近代文學」這一新興學科，將 1840 年的鴉片戰爭至 1918 年的「五四」運動這八十年間的中國文學命名為「中國近代文學」，「近代文學」作為一個明確的學科概念被確立下來。在《中國大百科全書》中，「近代文學」指「1840 年鴉片戰爭至 1919 年五四運動前夕的文學，即舊民主主義革命階段的文學」〔註14〕，是目前學界公認的表述。

　　稍加辨析，不難發現，構建「近代文學」這一學科概念的背後其實暗含了某種價值取向和意義的訴求。1940 年 1 月，毛澤東在《新民主主義文化》

〔註11〕《辭海》（中），辭海編輯委員會編，上海辭書出版社，1979 年，第 2395 頁。
〔註12〕陳子展：《中國近代文學之變遷》，徐志嘯編：《中國近代文學之變遷・最近三十年中國文學史》，上海古籍出版社，2000 年，第 6 頁。
〔註13〕毛澤東：《毛澤東選集》（一卷本），人民出版社，1966 年，第 802～803 頁。
〔註14〕《中國大百科全書・中國文學卷》，中國大百科全書出版社編輯部編，中國大百科全書出版社，1992 年，第 325 頁。

中，以五四運動爲界碑，把 1840 年至 1949 年間的中國文化定性爲兩段性質截然不同的時期，「在中國文化戰線或思想戰線上，「五四」以前和「五四」以後，構成了兩個不同的歷史時期」〔註15〕。前期屬於舊民主主義革命的範疇，後期屬於新民主主義革命的範疇，前者是鴉片戰爭以來資產階級民主革命的組成部分；後者是無產階級登上歷史舞臺後，領導中國民主革命的開端。所以，根據毛澤東的論述，「五四」以前中國文化戰線上的鬥爭，是資產階級的新文化和封建階級的舊文化的鬥爭，由於嶄新的文化生力軍中國共產黨的誕生，五四以後的中國現代文化轉變爲了無產階級領導的、人民大眾的、反帝反封建的新民主主義文化。而由五四之前文化的舊民主主義性質，便推導出了這樣一個邏輯結論：五四之前的文學是資產階級的文學的舊文學性質，是舊文學的餘孽和封建殘餘，逆時代潮流而動的「逆流」，這一定性也成爲近代文學敘事的邏輯起點。由此觀之，所謂「近代」與「晚清」是有所區別的，二者的能指都是 1840 年鴉片戰爭以後至 1919 年五四運動爆發以前的數年間的時間段，但「晚清」更接近於一個單純的時間概念，一個重要的歷史段落，而「近代」則是包含了某種價值判斷的專業術語。

根據這一論斷，1956 年高教部在《中國文學史教學大綱》中，就明確地對「從鴉片戰爭至五四運動的文學」和「新民主主義革命時代的文學（1919～1949）」的性質進行了區分：前者「出現過一些帶有反帝反封建傾向的富有民主主義精神的作品，也有過一些帶有改良主義色彩的文體改革運動」；後者是「一直在無產階級思想領導下發展著的，它的主流是革命民主主義與社會主義的文學」〔註16〕。晚清作爲有別於現代又不同於古代的資產階級新文化和封建階級舊文化共存的特殊歷史時段——「近代」——被確定了下來，是一箇舊文學逐漸衰退，新文學醞釀之中的歷史時期，是文學史上的一個相對獨立的階段、承上啓下的階段，所以，「過渡性」作爲晚清文學的本質特徵被確立。由此，以晚清文學爲界，晚清時期之前的中國文學被稱爲古代文學，晚清至五四劃爲近代文學，五四以後是現代文學，從一九四九年建國起爲當代文學，「古代」、「近代」、「現代」、「當代」四大板塊，「近代」擁有了相對意義，具備了研究的必要性。此爲其一。更重要的是，由於近代文學的建立

〔註15〕毛澤東：《新民主主義的文化》，《毛澤東論文藝》，人民文學出版社，1966 年，第 80 頁。

〔註16〕中華人民共和國高等教育部：《中國文學史教學大綱》，高等教育出版社，1957 年，第 284 頁。

與階級鬥爭、新中國的合法性敘述緊密相關，晚清時期的中國文學開始作為文學史上一段獨立的「近代文學」具備了研究的必要性。最終，近代文學作為一個獨立的學科知識體系正式進入了教育和科研的視野之中。由此觀之，作為一門學科，近代文學的價值標準、文化性質、指導思想乃至歷史地位等，其實早已在《新民主主義文化》等文獻中由主流意識形態作出了明確的規範。此時的近代「不但是個表明時代範疇的概念，而且是個能夠說明文學性質的概念」〔註17〕。

二

1958 年，北京大學中文系文學專門化 1955 級集體編著的《中國文學史》首次闢出「近代文學」為獨立的一編，而中國近代文學史的第一部斷代專史則溯源於 1960 年中華書局出版了復旦大學的《中國近代文學史稿》，此兩本著作標誌著清末時期的中國文學開始作為文學史上一段獨立的「近代文學」正式開啟了較為系統的探索，並逐步形成了一套固定化的敘述框架。那麼，晚清文學是如何被塑造、建構成近代文學的呢？1940 年，吳文祺所著《近百年來的中國文藝思潮》開啟了從政治經濟發展的角度考察和剖析晚清文學變遷的研究模式，已經帶有唯物史觀影響的痕跡。建國後，這一研究方法的運用才甚為普遍，甚至成為了唯一的晚清文學史書寫模式，通行的重要文學史著作無一例外地以太平天國、戊戌變法、五四運動三大歷史事件為中心對晚清文學進行了劃分、構建：北京大學中文系一九五五級編的《中國文學史》、《中國小說史稿》，游國恩等主編的《中國文學史》；復旦大學中文系一九五六級專門編寫的第一部中國近代文學斷代史《中國近代文學史稿》等都沿用了以太平大國、戊戌變法、五四運動三大歷史事件為標誌的三階段劃分，比照政治鬥爭的發展階段來編排晚清時期的文學流程。時至 1987 年，陳則光在其新著《中國近代文學史》（核實）（上冊）（中山大學出版社 1987 年版）中將近代文學劃分為「太平天國前後時期」、「戊戌變法前後時期」、「辛亥革命前後時期」，雖有不同，事實上每個時期的起止時間卻與上面三書中提到的三分法完全一致，筆者暫且將這種以太平天國、戊戌變法、五四運動三大歷史事件為中心對晚清文學展開描述的研究類型稱為「三階段」革命範式。「範式」起源於托馬斯・庫恩，指共有的範例，即「那些公認的科學成就，它們

〔註17〕劉納：《嬗變》，中國社會科學出版社，1998 年，第 1 頁。

在一段時間裏爲實踐共同提供典型的問題和解答。」〔註 18〕範式爲人們提供
了觀察和理解特定問題和活動的模式與框架,「在一段時間內爲以後幾代實踐
者們暗暗規定了一個研究領域的合理問題的方法,其成就吸引著一批堅定的
擁護者;同時這些成就又足以無限制地爲重新組成的一批實踐者留下有待解
決的種種問題」〔註 19〕。那麼,晚清文學研究在什麼時代語境下產生了「三
階段」近代文學研究範式?這一研究範式的內在邏輯理路是什麼?

　　深入來看,支撐「三階段」革命範式的理論依據是「三次革命高潮」
說,「三次革命高潮」說爲「三分法」研究範式的得以成立提供了合法性基
礎。何謂「三次革命高潮」說?胡繩 1953 年在中共中央高級黨校講課時,在
《中國近代史提綱》中提出要爲中國近代史分期,就需要具體地考察中國近
代歷史的特徵,主張將中國近代史的上限定爲 1840 年,下限取 1919 年。1954
年,再次發表《中國近代歷史的分期問題》進一步詮釋了劃分時期的依據。
胡繩認爲中國近代史是充滿了階級鬥爭的歷史。中國從封建社會一步一步演
變爲半殖民地半封建社會,在這一演變過程中產生了民族資產階級和無產階
級,由此引起了中國社會力量的分化,進而導致了中國社會各階級相互間以
及它們和外國帝國主義侵略勢力間出現了錯綜複雜的關係,同時在中國人民
反抗帝國主義的鬥爭也加劇了階級鬥爭的複雜性和激烈程度,因此,以階級
鬥爭爲標誌才是最合理的分期依據。根據此理論預設,胡繩總結出了中國近
代史上的三次革命高潮:第一次革命高潮是 1851～1864 年的太平天國時期;
第二次革命高潮是中日甲午戰爭之後幾年,在這幾年中發生了 1898 年的戊戌
維新運動和 1900 年的義和團運動;第三次革命高潮是由 1905 年同盟會成立
到 1911～1912 年的辛亥革命的時期。胡繩提出的「三次革命高潮」說通過對
具體歷史事實的分析呈現、凸顯了在外國帝國主義侵略中國的條件下,各個
新階級如何誕生於近代中國社會內部,隨著革命鬥爭形勢的發展變化,各階
級之間的關係發生了什麼變化,這一描述基本上吻合了毛澤東在《新民主主
義論》的論斷,可以說是《新民主主義論》的觀點的具體化。新中國成立後,
確立了黨對文藝的絕對領導地位,文學藝術作爲無產階級整個革命事業的一
部分,成爲了國家實施文化領導權的重要陣地。所以,「三次革命高潮」說在

〔註18〕〔美〕托馬斯・庫恩:《科學革命的結構・序》,金吾倫、胡新和譯,北京大
　　　　學出版社,2003 年,第 4 頁。
〔註19〕同上,第 9 頁。

理論上確認鴉片戰爭和五四運動爲近代文學的上下限，獲得了正統意識形態的認可，其對中國近代史社會性質、特點等問題的論述是其時學界的主流意見。參照胡繩的觀點，「三次革命高潮」說被植入了晚清文學研究之中，晚清文學與之相應地被劃分爲這樣三個時期：第一階段，資產階級啓蒙時期的文學，從 1840 年鴉片戰爭到 1984 年甲午中日戰爭，即太平大國前後時期的中國文學；第二階段，資產階級改良主義時期的文學：由甲午中日戰爭至 1905 年同盟會成立，即戊戌變法前後時期的中國文學：第三階段，資產階級民主革命時期的文學：從同盟會成立至五四運動，也就是辛亥革命前後時期的文學。資產階級啓蒙時期文學、改良主義時期文學到民主革命時期的文學三個階段直接對應了中國近代革命史，將晚清文學的發展流變塑造得同中國革命史的演變進程一致。

三

　　「三階段」革命範式是一定歷史時期的特殊產物，由於這種理論框架與政治權威話語相契合，因而得到強有力的權力支持，使之成爲建國後晚清研究中不可簪越的一種定式。那麼，「三階段」近代文學研究範式給晚清文學研究帶來了怎樣的研究面貌？《中國文學史》、《中國小說史稿》（北京大學中文系一九五五級編）、游國恩版《中國文學史》、《中國近代文學史稿》（復旦大學中文系一九五六級編）等在「三階段」革命範式下，定義晚清文學爲發生於「半殖民地半封建社會」的時代裏反映「資產階級改良」或「資產階級革命」的文學，具有，基本由「時代背景」、「作家生平」、「主題內容」、「藝術特色」四個環節組成，層層推進。這一敘述結構影響深廣，從文革前十七年到二十世紀八九十年代之交，晚清文學研究大體上都沿用了此一敘述模式，帶有明顯的時代特徵，在當時的特殊語境中具有一定的合理性。

　　問題在於，爲了契合中國革命史的進程，「三階段」近代文學研究範式以政治事件爲界碑，用文學現象去印證歷史規律，在文學研究領域演繹中國近代社會思潮史，將晚清文學的發展流變塑造得同中國革命史的演變一致，而忽略了十九世紀中葉至二十世紀初期中國文學的發展、演變，遮蔽了十九世紀中葉至二十世紀初期中國文學的豐富性、多元性以及內部存在的衝突性、深邃性，這樣的描述能在多大程度上貼近晚清文學，與晚清文學自身又有多少吻合呢？回答是否定的以小說爲例，只出現過資產階級的改良小說和革命

小說，沒有產生過資產階級的啓蒙小說；而資產階級的改良小說和革命小說，又幾乎是同時興起，同時發達，同時衰落，並不存在「三階段」近代文學研究範式下描述的由啓蒙到改良小說再到革命小說的流變過程。細細看來，這一範式至少有三種弊端：首先，就是以文學現象去印證歷史規律，從而把文學作品的思想意義與作者的政治態度聯繫起來，甚至等同於作者的政治態度，而忽視文學超然於政治之外的主體性品格，漠視藝術性、審美性之於文學作品的價值。譬如傾向於民主革命的作家，如秋瑾、章太炎以及南社詩人柳亞子、高旭、寧調元、周實、馬君武等人，在他們的政治思想中，革命民主主義思想占主導地位，表現在他們的作品中就是傳播新思潮，呼喚民主革命。這些傾向於進步的作家、體現出革命精神的作品受到肯定，不管思想深度、藝術成就怎樣，獨創性有無，總是予以很高評價。對某些作家、流派，雖然注意到前後期的分別，或思想、藝術的某些矛盾情況，但做比較深入的分析，那結論往往是先定的，公式化了的。反之，疏離、悖逆正統意識形態規範的作家作品遭到貶斥的逆流，即使實際上在思想、藝術有某些可取之處，往往也要用各種理由去否認它或儘量降低。晚清小說常常被分爲改良派小說與革命派小說，在論述改良派小說時，既指出其思想傾向上的嚴重缺陷，又指出其自身所具有的進步價值和新的特點。在論及革命派小說時，既肯定其思想上的激進色彩，又批評其藝術上的粗糙膚淺。以作家的思想傾向作爲判定文學作品價值的主要依據是將文學研究捆綁在了政治的車輪上，以政治正確性作爲單純的評價標準。隨著政治形勢的改變，文藝觀念和文藝政策適時地作出調整，不同時段對晚清文學的認識也不盡相同，如資產階級的改良小說，曾一度被認爲因在一定程度上暴露了封建統治集團的腐朽反動而具有進步意義，卻因政治態勢的改變後遭到了嚴厲地批判。從一九六四年下半年到一九六六年上半年，文藝界開展了一場關於「譴責小說」的批判。爲了適應現實鬥爭中批判資產階級和「現代修正主義」的需要，漠視作品的實際內容和產生它的具體歷史背景，僅憑小說的作者出身於封建地主階級，政治上屬於資產階級改良主義或洋務派和作品中某些主張改良、反對革命的抽象說教，便把晚清譴責小說當作是「反對革命、美化帝國主義」的「反動」作品而予以徹底批判，晚清譴責小說成爲了其時批判近代資產階級改良派的一面學術「靶子」。因爲「主流」和「逆流」隨時可能出現變動，這就造成了眾多的作家和文人不得不緊跟政治的指揮棒，配合風雲變幻的政治運動，致

使文藝成為「時代精神的傳聲筒」，造成了文藝階級鬥爭化的惡果。其次，以文學現象去印證歷史規律，人為地把研究者的思路引向兩極對立的思維模式。如把詩歌中的南社與同光體，散文中的新文體與桐城派，小說中的革命派小說與鴛鴦派小說，看成是相互對立的兩種文學，抬高前者而貶低後者。在這種理論的誤導下，對近代文學史上一些很有影響的作家，如宋詩派的鄭珍、莫友芝，「同光體」的陳三立，漢魏六朝詩派的王闓運，鴛蝴派的徐枕亞、桐城派的梅曾亮也都給以基本否定或很低的評價。因此，造成了一方面某些晚清時期的文學現象研究異常火熱，如龔自珍、秋瑾、太平天國文學；另一方面文學史中的空白也越來越多，蘇曼殊、鴛蝴派、《蕩寇志》等無法展開。其三，影響更為深遠的是，根據「三階段」近代文學研究範式的邏輯起點，中國近代文學屬於舊民主主義革命的範疇，中國現代文學屬於新民主主義革命的範疇，在某種意義上，近代文學的研究成為了對中國「現代」文學革命鏈條進行證據發掘和理論論證的過程，這就喪失了對本時段文學事實進行獨立言說的可能，粗暴地割斷了維新文學革命與五四文學的聯繫，以五四文學為分界的新舊文學的對立被擴大化，為五四「斷裂說」的提出埋下了隱患。

晚清小說是中國小說史上最繁榮的時代之一，但建國後三十年來發表的有關晚清小說的研究論文中，幾乎沒有從小說藝術成就來探討晚清的篇章，最多只是在論及幾部「譴責小說」的時候，復述魯迅在《中國小說史略》中說過的論述。關於研究近代詩歌的文章，不僅大都著重在思想內容的分析，而且大量的是離開作品去分析作家的政治思想和階級傾向。所以說，這一時期的晚清研究不單是敍事話語單一，而且研究範疇相對縮小，深度上也未能更進一步。晚清研究停滯，走入了研究的困境，很多問題成為了鮮有涉略的研究死角，幾乎可以稱得上是晚清文學研究的空白期。

第二章 現代化：「二十世紀中國文學」命題與新時期晚清文學敘述立場的變動

　　當代晚清文學研究經歷了一個由冷門到當代顯學的轉變。在成為一門顯學之前，晚清文學敘述呈現出了怎樣的風貌？在進入當代知識場域中心之前，作為文學史研究的薄弱環節晚清文學研究是如何被建構的？本節將集中筆力回答上述問題。

第一節　晚清文學研究之困境

一

　　文革前，晚清文學被政治扭曲成了政治的奴僕，變換成了政治的工具，遠離了其本體。這些偏離、扭曲和變異給人們正確認識晚清文學設下了障礙，造成了誤導，留下了難以消除的陰影。「文革」的結束，意味著文化大一統的格局被打破，一個能容納更多對立和矛盾的思想空間逐漸形成。對「文革」的徹底否定，使在「文革」中受到壓抑的諸多話語有了重新浮現、再次重組的可能。新時期的晚清文學研究就在清理、反思極左思潮影響的撥亂反正中啟動了重建工作，1982 年 10 月在古城開封召開了第一次全國近代文學學術討論會，首先面對的問題是如何正確評定「近代文學」的歷史意義。建國三十年來的「近代文學」一直定位於五四新文學的對立面，被認為是文學革命前

的一段灰暗歷史，那麼，究竟「近代文學」的歷史意義何在？這是新時期晚清文學研究得以重新啓航的基點。

「一個社會的精神生活，在某種特殊的歷史時期，往往會形成特別集中的思想主題，它就像一塊巨大的磁石，將社會的各種文化活動，尤其是人文學術的各個學科，都吸引到自己的發展方向上來」。〔註 1〕隨著「文革」的結束，1979 年的中國人忽然感到自己與一百年前的人們站在相似的存在情境中：面對嚴重的國家危機和尖銳的現實問題，民族處在危難時刻。發動「文化大革命」旨在通過精神上的徹底改變來消除民族的積貧積弱以及由此造成的心理傷痕，然而，願望與結果的背離，「文化大革命」非但沒有成爲積極的「療傷」行爲，反而釀成了一場深重的民族的災難。而一百年前，鴉片戰爭爆發後，西方列強對中國大舉入侵，西方殖民主義大炮和商品像高速催化劑，加速了龐大而腐朽的大清帝國的瓦解，中華民族處於亡國滅種的生死存亡關頭。新時期也處於同一危機意識之中，中國的知識分子歷來以天下爲己任，特別是在歷史巨變時期，感時傷國的憂患意識愈加深重。國無寧日的殘酷現實衝擊極大地衝擊著他們的心靈，一種前所未有的危機感心頭悄然滋生，焦慮心理與憂患意識成爲了接通兩個時代的心靈基石。所以，在文學「去工具化」、「去政治化」的浪潮中，帶著新的文化眼光重新審視晚清文學的發展歷程，呈現出來的就是另一番景象：爲了改變中國近代落後、黑暗的社會面貌，近代先進人士不辭辛勞尋找救國道路，國家的興盛和富強始終是他們思考和行動的動力和源泉。文學是他們的武器，他們以文學爲良藥，呼籲國民警醒，反對帝國主義的侵略，挽救民族危機，傳遞出那個時代的人們對國家命運的擔憂，對山河破碎的悲憤。在內憂外患的時代語境中，在千瘡百孔的殘酷現實面前，中華民族承受著雙重的壓迫，晚清文學的一點一滴都融化於國將不國的特定歷史情境中。所以，晚清文學以「反帝反封建」的思想主題，愛國主義精神是貫穿晚清文學的主旋律。「反帝反封建」的思想主題既比較契合晚清文學的眞實面貌，也與也是符合此歷史時期的當下體驗。新時期之初，晚清文學研究以深刻闡發反帝反封建思想主題爲始。

「反帝反封建」重新闡釋了中國晚清文學的內涵和性質，即鴉片戰爭到一九四九年這段文學的主流以反帝反封建爲中心內容，主要體現爲三個主要特點：反對封建專制，要求社會民主，反對賣國投降，反對帝國主義侵略，

〔註 1〕 王曉明編：《批評空間的開創・序言》，東方出版中心，1998 年。

要求救亡圖強；反對思想鉗制，要求個性解放。「反帝反封建」思想主題的確
立從積極意義上肯定了晚清文學的價值與意義，力圖打破以往晚清文學史與
舊民主主義史同步的模式，嘗試將晚清文學研究從政治話語中解放出來。所
以，對鴉片戰爭以來的晚清文學性質與內涵的重新認識與確立，也促成了新
時期之初的晚清文學研究的一次調整，迎來了新的面貌。以民族話語取代階
級話語，不管文學是代表哪個階級其最終旨歸都是維護中華民族的利益，也
就意味著從前受到批判的資產階級改良文學有了重新闡釋的可能，無論是資
產階級改良文學，還是資產階級啓蒙時期文學、改良主義時期文學，只要體
現出了反帝反封的愛國主義傾向，就都是「記錄近代中華民族苦難的文學，
也是記述中華兒女從沉睡中猛醒、奮進、抗爭、爲國家前途不屈不撓奮鬥足
跡的文學」〔註2〕。這樣「釋放」了資產階級改良主義文學，資產階級改良主
義文學也擁有了進入文學史的合法性，諸如曾頗受爭議的蘇曼殊及其作品等
都在反帝反封建的文學精神中獲得了新生，從而拓展了晚清文學的研究領域
得到了拓展，建構起更具涵蓋面的關於晚清文學的歷史敘述；其次，以反帝
反封的愛國主義精神爲線索，發掘了資產階級革命文學與五四新文學之間的
內在關聯，接通了晚清與五四。在「三階段」革命範式下，維新文學革命與
五四文學的聯繫被粗暴地割裂，晚清文學作爲五四新文學的對立參照物而存
在。但是，反帝反封的愛國主義精神作爲兩個時期文學的共同主題，並從這
個角度上，梳理出晚清文學到五四文學的發展脈絡，「近代的進步文學一直流
動著反帝、反封建的活水，其勢如長江大河浩浩蕩蕩，奔流不止，爲以反帝、
反封建爲主要特徵的『五四』新文學開啓了先河。『五四』新文學對於近代進
步文學的繼承，主要的不是在形式上，而是在思想內容上，在所反映出來的
民族、民主革命鬥爭的精神上。」〔註3〕由此可見，在這個新的空間裏，被捆
綁在政治車輪上的晚清文學在一定程度上得到了鬆綁。

二

　　經過近三十年的實踐，1840 年至 1918 年爲中國近代期、1919 年至 1949
年爲中國現代期的歷史分期方法得到學術界普遍認同之後，中國近代文學的

〔註 2〕　寧殿弼：《鴉片戰爭與近代文學中的愛國主義》，《社會科學輯刊》1991 年第 2
　　　　期。
〔註 3〕　李興武：《中國近代文學的思想傾向及對五四新文學的影響》，《社會科學輯
　　　　刊》1984 年第 4 期。

起迄年限隨之得以相對固定，中國近代文學被看作文學史上的一個相對獨立
的階段。中國近代文學研究作爲文學史的一個學科分支，也漸漸得到學術界
的認可。隨著唯物史觀的流行和深入，研究者普遍注重從經濟政治、文化發
展的角度，用經濟基礎決定上層建築、上層建築又反作用於經濟基礎的觀念，
闡釋晚清文學的發展變遷及其對近代社會、政治、文化的影響近代文學所反
映出的反帝、反封建的思想主題和作品所體現出的階級傾向和階級情感，受
到研究者空前的重視；反映下層勞苦大眾生活情感和近代志士仁人革命犧牲
主義精神的作品得到褒揚推重。八十年代初，愛國主義精神的發掘與確立是
晚清文學研究回歸文學本體的一種努力，否定了政治一尊的既定做法，在一
定程度上突破了以政治和階級審視文學史的桎梏，拉開了從文學精神、藝術
形式、創作方法等多角度研究晚清文學的序幕。對於晚清文學既看到其封建
落後的一面，有看到其中包含的反帝愛國因子。1988 年，任訪秋先生主編的
《中國近代文學史》出版，以救亡與啓蒙、反帝與反封建的主旋律爲基調構
建起了晚清文學的敘述框架，圍繞反封建思想主題對晚清時期文學的進行全
面闡釋，代表了晚清文學研究的新高度。

「反帝反封建」的視角是嘗試從文學本身的發展規律貼近晚清文學眞實
的一次努力。新時期的文學研究，倡導從文學的審美特性來衡量作品，堅信
只要回到文學，回歸審美，回到個體，文學研究就將進入新的層次，別有一
番新天地。但是，這種研究訴求在現實中卻遇到了尷尬。儘管努力地小心規
避從政治意義上審核晚清文學，期望逐步淡化晚清文學研究中的階級性、黨
派性的意識形態色彩，而進行學理性的探討，將晚清文學納入學術研究的軌
道；另一方面晚清文學作爲資產階級革命的一部分而存在的觀念又自覺不自
覺地先入爲主了。這一時期的晚清研究交織著醞釀突破的激越和習慣羈絆的
滯重。以其時兩篇重要論文爲例，可以看出其時晚清敘事的矛盾。一方面肯
定晚清小說的價值之所在，它以反帝反封建的愛國主義和民主思想爲基本主
題，豐富和發展了小說的表現形式，擴大題材範圍，從內容、觀念到形式都
超越了古典小說，具有重要的文學價值，然而從總體上晚清小說發展經歷了
兩次性質不同的大演變：「一次發生在庚子事變以後，是資產階級新小說戰勝
封建舊小說的革命性的變化；一次發生在辛亥革命以後，是封建舊小說重新
戰勝資產階級新小說的倒退性的變化。但是，辛亥革命以後封建舊小說的復
辟，也只是近代資產階級新小說向現代新小說發展過程中的一種挫折和反

覆。」〔註4〕從文學的角度看近代小說的興盛，卻又以政治的標準來勾勒其變化。再如，對晚清小說沒有產生巨著的原因的探析，因為小說觀和小說內容的高潮與藝術形式的發展高潮之間的錯位導致了與巨著產生失之交臂。其中小說內容、小說觀這一發展線索呈現著大起大落的狀態：「1897 年前是它的低潮期，小說界革命成為它的發展高潮，而小說界革命失敗後鴛鴦蝴蝶派泛濫，又使它轉入了低潮。」〔註5〕而小說形式技巧這一發展線索則呈現逐步進化、緩慢上升的趨勢，直到辛亥革命以後，才出現了一個發展高潮。由於兩個高潮發生了「錯位」，「當近代小說在現實的需要下擴展題材內容時，它還無力運用新的小說形式」，「當近代小說開始運用新的小說形式，甚至創作出個別簇新的作品時，題材內容的發展又已出現低潮」，「於是，近代小說便始終如一個跛足的漢子，帶著無法掩飾的殘疾，瘸著腿跌跌撞撞。這種狀態自然是無法產生完美的小說巨著，不能結出成熟的碩果」〔註6〕。該文應該說是從文學本體的角度來探析晚清小說，但是其判斷小說內容的標準為是否具有「空前的戰鬥性和強烈的批判精神」〔註7〕。這兩篇論文雖然都在藝術上的為晚清小說進行了「平反」，可是始終不能擺脫既定的政治評判框架，使用文學與政治的雙重標準品評文學。以上所舉的兩個例子，代表了其時普遍的研究狀況，這並不是一種單純意義上的個人評價標準的矛盾和不穩定，而是反映了晚清研究中的矛盾敘事，在階級話語和文學話語之間徘徊。

　　這一時期晚清研究呈現文學標準與政治標準同步的複雜、矛盾敘事面貌。究其原因，首先是歸咎於研究範式的制約。新中國成立後，確立了黨對文藝的絕對領導地位，文學藝術作為無產階級整個革命事業的一部分，成為了國家實施文化領導權的重要陣地。近代文學的建立與階級鬥爭、新中國的合法性敘述緊密相關，因此，近代文學的研究直接受到了其時主流政治意識形態的影響和制約，「三分法」革命範式幾乎成為建國後晚清文學史寫作的唯一範式。從 1960 年中華書局出版了復旦大學的《中國近代文學史稿》，到

〔註4〕裴效維：《試論近代小說的興盛和演變》，《浙江學刊》1985 年第 2 期。
〔註5〕袁進：《試論中國近代小說的兩條發展線索及其高潮的「錯位」》，《上海社會科學院學術季刊》1987 年第 2 期。
〔註6〕袁進：《試論中國近代小說的兩條發展線索及其高潮的「錯位」》，《上海社會科學院學術季刊》1987 年第 2 期。
〔註7〕袁進：《試論中國近代小說的兩條發展線索及其高潮的「錯位」》，《上海社會科學院學術季刊》1987 年第 2 期。

1987 年，陳則光在其新著《中國近代文學史》，不約而同地沿用了這種研究範式。在這些文學史中，晚清文學的發展與中國革命進程的演進相匹配，以反襯中國共產黨作爲先進階級的代表在中國現代社會、文化和文學中的突出領導作用。因此，在「三分法」革命範式下的晚清文學史敘事，「政治標準第一，文學標準第二」，文學史的評價標準依附於階級鬥爭標準，幾乎所有的文學現象都與階級鬥爭扯上干係作家要按階級成分排隊，並確定其創作的階級性質。雖然，七十年代末期開始歷史走入了一個轉折時期，但「從根本上、整體上來說，這種轉折並非通過一種『新』的東西對『舊』的東西的否定來完成，而是歷史上已經存在的長期處於被壓制、被統治地位的東西對長期以來處於統治地位的東西的否定，因此，這種『轉折』是與歷史緊密糾纏在一起的對矛盾雙方的重新定位。雖然完成這個歷史轉折需要思想解放，但這種解放思想還是在原來基礎上的解放，是從教條桎梏中解放出來、實事求是地面對歷史、面對現實，而並沒有注入或輸入多少『新』的文化成分——也就是說，當時歷史條件下的文化背景相對於西方 20 世紀新的文化思潮、新的價值觀念而言，仍然是一種封閉的或半封閉的狀態，並不可能馬上打開一個『全新』的文化視野」〔註8〕。在這種社會狀態和文化背景下，文學觀念的全面更新是很難發生的，文學家們的藝術主張和能量只能夠在原有的基礎上得以展開、釋放，文學作品的創作自然也就只能在「十七年」文學的「現實主義」傳統那裏找到載體和突破口。先前文學史模式中被遮蔽、屏障了的文學現象，被當作是「客觀」的文學事實查漏補缺進入了文學史，但是由於缺乏對基本文學前提，文學與「政治」之間更爲多重的複雜關係的思辯，所以，不論是「平反」、「重評」，又或是補充歷史遺漏，從某種程度上說，在新時期之初都飽含了落實政治政策的意味。研究者一方面爲不能擺脫、超越前輩的影響而苦惱。另一方面又出於慣性而自覺不自覺要向政治角度靠攏，或者儘量把評論對象往「民主主義」陣線上歸類，努力發掘辨析其可能具有某些「反帝反封建」性質，以此求得重新進入文學史的合法性。晚清文學的「眞實面貌」、「本來面目」的「意識形態」內涵其實還未被充分揭示或意識到，反思的邏輯起點並不明確。因此，即使從藝術上的「平反」也仍然未能打破原有的「三分法」革命範式的評判框架，思維的慣性仍在繼續。

〔註 8〕溫儒敏：《從學科史回顧八十年代的現代文學研究》，《北京大學學報》（哲社版）2004 年第 5 期。

另一可堪辨析的是，在「民族主義」的視野下，「反帝反封」的多重性、歧義性：既是一種審美取向，也是一種政治上的追求，既是啓蒙話語，同時也是階級話語。啓蒙精神所倡導的是反對帝國主義的侵略，挽救民族危機，反對封建禮教的束縛，高揚人性、人道主義；而按照社會——歷史的研究方法，鴉片戰爭以後，中華民族與西方帝國主義列強的矛盾、封建主義和人民大眾的矛盾上升爲國內的主要矛盾，中國由封建社會逐步淪爲半殖民地、半封建的社會，由於社會性質的改變，所產生的文學也相應地發生了質的變化，使中國文學進入了一個與封建社會文學不同的，以反殖反帝和反封建爲特點的新時期。在兩種情況下都注重在深重的民族危機下中國的回應，要團結起來共同反對世界殖民主義、帝國主義的侵略，挽救民族危亡，爭取民族的獨立和解放；強調對中國舊的、封建傳統的變革。這種巧妙的「重合」極易引起文學研究中混淆與誤導，客觀上提供了在政治、文學兩種標準之間任意換用的可能性，造成晚清研究中的評價標準似是而非。1986 年《文學評論》刊登了周揚的《新文學運動史講義提綱》。這是一篇在《新民主主義論》基本觀念指導下撰寫的評論，但是周揚站在「民族主義」的立場上審視晚清以降的文學運動，發掘清末中國文學所體現出的民族主義特徵。在「民族主義」的立場上，康有爲、梁啓超對新學的大力宣揚，嚴復、林紓對西方學術、文化的譯介，王國維對戲劇小說的重視，「新文體」、「詩界革命」的提倡，紛紛得以「呈現」。由此，這樣勾勒出來的文學形象，竟與啓蒙話語中的文學文化革新有了諸多相通之處。於是，在高歌返回文學本體的時代裏，這樣一篇堅決貫徹《新民主主義論》基本觀念的評論文章受到了如潮的好評，認爲「反映了當時中國批評界所能達到的歷史高度和思想水平」，「表現了一種文藝社會學研究的宏觀氣魄」〔註9〕。這其中的原因是深含意味的。

儘管，新時期伊始的晚清研究中的矛盾，甚至出現了價值判斷上的分裂。但是，如果反過來思考，這樣一種困境也折射出了晚清文學研究期待超越自身的企圖。雖然，一時之間，研究定勢並沒有被打破，但政治「標準」在研究者這裡已經變得寬鬆靈活。隨著 20 世紀 80 年代中國社會歷史語境的巨大變化，階級話語敘事迅速得到了學術界新一代學人的積極反思與清理，原有的文學史研究範式已經面臨著深刻的危機，引發對於自身超越的強烈渴求，文學史界有了建構更加符合晚清文學自身的書寫範式的強烈訴求。然而，文

〔註 9〕周揚：《新文學運動史講義提綱》，《文學評論》1986 年第 1 期。

學研究要想掙脫政治強權的桎梏，獲得一個相對自由呼吸和自我發展的空間，重啓回歸文學自身的旅程不可能在彈指之間發生，要求時間上的緩衝，更需要學術上的積累。慶幸的是，對新的文學史研究範式的形成和支配這種範式的價值觀念的建出現的急切呼喚已經悄然醞釀。

第二節　破冰之始：「構想」中的晚清文學

　　當交織著醞釀突破的激越和習慣羈絆的滯重的晚清研究在矛盾中徘徊之際，學界要求走出政治框架、積極反思的呼聲越來越高。眾多學者認爲晚清文學作爲中國文學史研究中最薄弱的一環其中最重要原因是，在整個中國文學研究中晚清時期是一個非常特殊的階段：既是現代文學的先聲與萌芽，又是中國古典文學的延續和終結。面對幾千年輝煌燦爛的古典文學，晚清文學不過是一個行將就木的末世文學，一方面「五四起端」說又狠狠地將其擋在了新文學的門外，這種邊緣性的尷尬處境極大地制約了晚清文學研究的開拓。經過反思，首先要打破的就是以政治爲期劃分晚清文學的文學史分期。面對這樣的困境，學界內部醞釀著一股內在驅動力。1982 年 10 月的第一次全國近代文學學術討論會上，眾多研究者紛紛指出，「五四」文學革命和新文學的主要特徵，皆非「五四」以後才有，而是在前八十年中孕育和誕生的。這些觀點或是來自近代文學研究者，或是發自現代文學研究界，換句話說，就是要打破的制約和限制，打破研究僵局需要而積極思索，即以社會政治的階段性變化作爲劃分文學發展的階段性的衡量標準。1983 年，《中國現代文學研究叢刊》第三輯特意舉辦了「如何開創中國現代文學研究和教學的新局面筆談」，就現代文學的起訖時間各抒己見。吳奔星認爲「首先要解決一個長期存在而又未解決的根本問題，就是克服中國現代文學史編寫工作中的『偏枯』現象」，其中特別指出了克服時間方面的「偏枯」，以「1917 年」爲始文學史分期難以說明中國現代文學的來龍去脈；陳學超就在《關於建立中國近代百年文學史研究格局的設想》中提出了「將鴉片戰爭以後 80 年的文學史和『五四』以後的文學史結合起來，建立『中國近代百年文學史』」〔註10〕，是最早發出的打破近、現代界限的聲音。而後，邢鐵華也發表文章《中國現代文學

〔註10〕陳學超：《關於建立中國近代百年文學史研究格局的設想》，《中國現代文學研究叢刊》1983 年第 3 期。

之背影——論發端》將現代文學的源頭追溯到 1894 年中日甲午戰爭之後。經過了漫長而短暫而醞釀與積累,一種以期擺脫左傾思潮文學工具論影響而「回到文學自身」的文學史觀——「二十世紀中國文學」文學史觀在 1895 年面世了。從學術史的視野看,「二十世紀中國文學」是八十年代文學研究領域的一次重要學術事件,不僅是現代文學研究領域的重大突破,同樣賦予強烈渴求超越自身的晚清文學以新的活力和發展的動力。伴隨著「二十世紀中國文學」命題的橫空出世,不久國內晚清文學研究就出現了新動向:陳平原的《中國小說敘事模式的轉變》與《二十世紀中國小說史・第一卷》分別於 1988 年、1989 年出版發行,這兩部著作首次將「二十世紀中國文學」凝聚的理論形態轉變爲了文學史實踐,被認爲是晚清文學研究中具有標誌性意義的事件。那麼,「二十世紀中國文學」命題對於晚清研究的開拓具有什麼樣的意義呢?「二十世紀中國文學」的提出爲什麼能引領晚清研究進入新的時代呢?

　　1985 年,在北京萬壽寺的「中國現代文學研究創新座談會」上,錢理群、黃子平與陳平原聯名撰文《論「二十世紀中國文學」》,共同提出「二十世紀中國文學」文學觀。從單純的時間概念上來說,「二十世紀中國文學」亦如「十九世紀中國文學」或「二十世紀中國文學」等概念,是某一歷史時段中國文學的一個命名。由其建構的理論範式站在相對中性、客觀的立場上對近百年來的中國文學史進行非意識形態的研究,試圖將中國文學史研究從長期以來所形成的對社會政治史研究的依附狀態中解脫出來。對於晚清文學研究來說,「二十世紀中國文學」文學觀至少具有以下三層含義:首先,「二十世紀中國文學」的構想將 1898～1911 年間的清季民初文學納入了現代文學的研究範疇,並將「1898 年」作爲二十世紀中國文學歷程的起點,從學理上肯定了晚清文學的價值與意義。錢理群、黃子平與陳平原等理論倡導者認爲,從晚清起現代文學與古代中國文學之間就已經開始了「全面的深刻的『斷裂』」,在 1898 年同一年裏,嚴復的《天演論》刊行,梁啓超撰寫了《譯印政治小說序》,裘廷梁寫作了《論白話文爲維新之本》,「從文學觀念到作家地位,從表現手法到體裁、語言,變革的要求和實際的挑戰都同時出現了」〔註 11〕。因而,將「二十世紀中國文學」的起點追溯至 1898 年。歷史敘述的起點問題,

〔註11〕黃子平、陳平原、錢理群:《論「二十世紀中國文學」》,《文學評論》1985 年
　　　　第 5 期。

並不是一個單純將起點朝前追溯幾年或往後推移幾年的時間問題，從某種意義上來說，是一個足以統攝理論範式全局的重大價值問題。對於不同「起點」的確認，就意味著對近百年來中國文學的獨特內涵、主導品格的不同理解與不同判定。從新文學產生之時起，就不斷有人把新文學從 1917 年向前延伸。對新文學運動源流的梳理與尋繹，一直是一個誘人的課題。關於新文學的源流主要有五種觀點：魏晉南北朝說（陳方競、劉中樹《對五四新文學發生及源流的再認識》）、晚明說（周作人《中國新文學的源流》）、明末清初說（鄭家建《中國文學現代性的起源語境》）、晚清說、辛亥革命說（陳萬雄《五四新文化的源流》），而「晚清說」是其中聲勢最爲浩大的一種學說。1930 年，陳子展《中國近代文學之變遷》中從精神的轉變角度將五四新文學的源頭定位於晚清的戊戌維新運動。1940 年，吳文祺的《近百年來的中國文藝思潮》從政治經濟變遷的角度有一次將中國現代文學起源定爲戊戌變。1973 年，李歐梵在《現代中國作家浪漫主義的一代》中將中國現代浪漫主義文學的起始者追溯至清末民初的林紓、蘇曼殊。不過，長久以來，學界普遍認爲中國文學的起點是「1917 年」，新文學史家都較爲強調五四新文化運動的歷史地位，文學革命之前與之後的中國文學具有本質性的區別。以「1917 年」爲中國現代文學的起點，那晚清至民初的這一時段往往被當作新文學的「背景」、「過渡階段」或是「醞釀期」而隱退於幕後了。然而，「二十世紀中國文學」的構想大膽地將「1898 年」確立爲百年來中國文學的研究界標、敍述的起點，視1898 年以來的晚清文學爲中國文學從古典向現代轉型的一部分。一直以來，在整個中國文學研究中晚清時期是一個非常特殊的時期：既是現代文學的先聲與萌芽，又是中國古典文學的延續和終結。面對幾千年輝煌燦爛的古典文學，晚清文學不過是一個行將就木的末世文學，一方面「五四起端」說又狠狠地將其擋在了新文學的門外，這種邊緣性的尷尬處境極大地制約了晚清文學研究的開拓。雖然，作爲「近代文學」一門學科體系而獲得了研究的合法性，但是這種合法性是相對於現代文學而言的，是中國現代文學一種不可或缺的反面「參照物」。不過，在「二十世紀中國文學」文學觀所建構的歷史敍事框架下，晚清文學從先前的尷尬邊緣性地位轉而變爲二十世紀中國文學的「界碑」，走入了研究的「焦點」，是不可忽視的起點，首先學理上爲晚清文學的研究掃清了障礙。很多學者都不同意將晚清文學與現代文學同日而語，也不同意將「近代文學」、「現代文學」、「當代文學」貫通起來統稱爲「現代

文學」，是因爲這些提法抹煞了「五四」時代之於文學現代化的決定性意義，
「五四」文學革命才是中國文學眞正走上現代化道路的標誌。由此可見，起
點對於理解、探討、評定某一階段文學的重要意義之所在，賦予晚清文學起
點的意義是對晚清文學價值的首肯和積極認定。

　　如果將 1898 年確立爲整個二十世紀中國文學的起點，那麼，1898 年以來
的晚清文學便與五四文學一同完成了現代中國文學與傳統文學的「斷裂」，一
起演繹了一個從古典形態向現代形態飛躍的過程，共同「走向世界」。按照這
樣的內在邏輯，1898 年以後的中國文學發展軌跡，則將是晚清文學的邏輯發
展之結果，1898 年以來晚清文學與五四新文學共同構成了一個不可分割的同
一進程，即「由上世紀末本世紀初開始的至今仍在繼續的一個文學進程，一
個由古代中國文學向現代中國文學轉變、過渡並最終完成的進程，一個中國
文學走向並匯入『世界文學』總體格局的進程，一個在東西方文化的大撞
擊、大交流中從文學方面（與政治、道德等諸多方面一道）形成現代民族意
識（包括審美意識）的進程，一個通過語言的藝術來折射並表現古老的中華
民族及其靈魂在新舊嬗替的大時代中獲得新生並崛起的進程」〔註 12〕。換而
言之，晚清文學與五四文學相成相依構成一個整體而被置於同五四新文學的
一同邏輯序列之上，拉通了晚清、五四兩個相互銜接的時段，由此，破除了
晚清與五四之間政治因素造成的阻斷與隔閡，從理論上根本否定了「三分
法」革命範式以社會政治的階段性變化作爲劃分文學發展的階段性的衡量標
準的理論根基。這爲晚清文學敘事衝破「三階段」革命範式不再用政治分期
畫地爲牢在理論上提供依據，是對革命歷史時期劃分文學史時期的方法的強
勁挑戰。晚清文學現象內在的關係得以顯現，人情、世情、社會、歷史的豐
富多彩，文學現象的多重意蘊均得以反映。文學史研究從政治史的附庸中得
以解脫，使得研究者能更好地把握文學發展的性質、特點和變化規律，與此
同時晚清文學的價值也得以自然呈現，有效瓦解了政治意識形態支配的文學
史闡釋體系。這意味著，以「1919 年」爲分水嶺，在晚清民初時期的文學和
五四時期文學之間劃分出一條清晰的界線，區別對待二者的研究局面將面臨
空前的挑戰。同時，也突破了文學研究領域內近代、現代和當代文學研究中
長期存在的專業界限和學術壁障，恰如夏曉虹所言：「八十年代以來，力求打

〔註 12〕黃子平、陳平原、錢理群：《論「二十世紀中國文學」》，《文學評論》1985 年
　　　　第 5 期。

通近、現、當代的時段劃分，將二十世紀中國文學作爲一個整體把握的新思路的建立，則使『回到晚清』成爲具有合理性的歷史敘述方式」。〔註 13〕接通晚清與五四，從文學現象的內在關係來觀照、審視中國文學的嬗變，釋放了新的研究空間則是「二十世紀中國文學」理論構想對晚清文學研究的第二層意義。

文學史對「時期」的劃分和命名當然不是一種隨意的時間標示，某一段時間範圍被規定爲某一時期，其潛在的依據是這一時期與其他時期在本質上具有相區別的特徵，同時，該時期內的各種文學現象共同反映出內在的共同性或共通性。因此，將某一個時段規定爲一「時期」並不是自然形成的，實際上是文學史敘述者的意識形態立場的直接的、典型的體現，明確地承認了某些文學現象之間的共性，同時又確立了另一些文學現象之間的異質性。而如果把 20 世紀中國文學作爲一個整體來把握，自然應該有一個整一的性質，他們所追尋的整一性，實質上就是中國文學的現代化（現代性）。那麼，「二十世紀中國文學」命題之於晚清文學研究的第三個重要意義就是對晚清文學的性質的變更。「二十世紀中國文學」命題係「架構在近百年來中國正處在現代化進程中」〔註 14〕的歷史理解上，明確地以文化和文學的「現代化」作爲基本的價值立場。「文學現代化」觀念最早出自於朱自清的詩論，「照詩發展的舊路，新詩該出於歌謠……但我們的新詩造就超過這種雛形了。這就因爲我們接受了外國的影響，『迎頭趕上』的緣故。這是歐化，但不如說是現代化」〔註 15〕。五十年代初期，馮雪峰曾用這一概念來闡釋五四文學，「『五四』新文學」在形式和精神上不同於舊文學，這正是中國文學在中國革命的要求與推動以及世界進步文學的影響之下的現代化……所謂現代化，在當時就是在思想上向民主主義革命的精神前進，在文學形式上向更適合於新的內容的形式前進」。〔註 16〕在朱自清和馮雪峰的話語中，儘管「文學現代化」的具體內涵還並不十分確定，但二者都將「文學現代化」當作時對理想文學狀態的一種構想。文革結束後，中國自近代以來第二次睜開眼看世界，我們在震驚於

〔註 13〕 夏曉虹：《晚清的魅力》，百花文藝出版社，2001 年，第 7 頁。

〔註 14〕 龔鵬程：《「二十世紀中國文學概念」之解析》，陳國球編：《中國文學的省思》，
三聯書店（香港）有限公司，1993 年，第 89 頁。

〔註 15〕 朱自清：《新詩雜話》，生活·讀書·新知三聯書店，1984 年，第 87 頁。

〔註 16〕 馮雪峰：《中國文學中從古典現實主義到社會主義現實主義的發展的一個輪
廓》，《雪峰文集》（第 2 卷），人民文學出版社，1983 年，第 431 頁。

中國與世界（西方）的巨大差距的同時，意識到惟有追趕世界的現代化潮流
才是我們唯一的出路，堅信惟有「現代化」，才是中國文學的出路，從而使得
他們強烈地渴望「現代化」。幾乎與八十年代國家推動的「現代化」進程同步，
文學主題隨之轉化爲「文明與愚昧的衝突」，文學批評也以「現代化」爲訴求，
徐遲於 1978 年重新提出文學現代化作爲文學評價標準的。1980 年出版的由唐
弢、嚴家炎主編的《中國現代文學史》（第三冊）的結束語中，業已把 20 世
紀尤其是「五四」以來的中國文學看作現代化文學，新文學三十年是「從文
學內容到表現形式無不現代化的過程」〔註 17〕；1981 年，嚴家炎首次在《魯
迅小說的歷史地位——論〈吶喊〉〈彷徨〉對中國文學現代化的貢獻》中用「現
代化」一詞概括了魯迅小說的價值，將「現代化」視角引入了現代文學的研
究，被認爲是爲現代文學研究「打開了思路」。王瑤也讚同把「文學現代化」
當作劃分文學是否「現代」的價值標準，「現代化」概念的提出「使我們研究
工作的著重點由注重現代文學與新民主主義革命時期其他意識形態的共性轉
向了現代文學自身的個性。研究工作者不僅從政治思想的層次，而且從更廣
泛的層次去揭示現代文學作品的豐富的思想內容，促使研究者更注意於文學
特徵的探索」〔註 18〕。「文學現代化」包括「文學觀念的現代化，作品思想內
容的現代化，作家藝術思維、藝術感受方式的現代化，作品表現形式、手段
的現代化，以及文學語言的現代化等多方面的意義，並且把作家作品的思想
內容、傾向與藝術表現形式統一爲一個有機的整體」，最能「揭示中國現代文
學本質」〔註 19〕。並且，從古今、中西的互動與整合這一角度提出「文學現
代化」從屬於「全面的現代化」，對「現代」作出了完整而全面的界定。最終，
文學史的現代化敘事的完成以「二十世紀中國文學」概念的提出爲成型標誌。
告別以階級鬥爭爲綱的文革時期，主流意識形態確立了國家現代化爲時代主
題，堅信中國現代史是從五四以來向西方現代化前進的歷史，想讓祖國富強
的雄心遮沒了現實世界的複雜性，這爲文學的現代化賦予了合法性。二十世
紀的中國文學具有了現代性、共時性和文體性歷史進化論與歷史決定論的文

〔註 17〕唐弢、嚴家炎：《中國現代文學史》（第 3 冊），人民文學出版社，1980 年，第
　　　　485 頁。
〔註 18〕王瑤：《中國現代文學研究的歷史和現狀》，《華中師範大學學報》（哲社版）
　　　　1984 年第 4 期。
〔註 19〕王瑤：《中國現代文學研究的歷史和現狀》，《華中師範大學學報》（哲社版）
　　　　1984 年第 4 期。

學史觀主宰著人們的意識。「二十世紀中國文學」的文學史觀是以「改造民族的靈魂」爲總主題，以文化和文學的「現代化」作爲基本的價值立場，在審美層面上追求「悲涼」的美感特徵，體現了一種鮮明的啓蒙立場上的現代尺度。「八十年代『二十世紀中國文學』命題的提出，並不是一個歷史分期的問題，而是一種現代性的思想表述。也就是說，它將現代性的追求視爲二十世紀中國文學的主題」〔註20〕。而「三分法」革命範式是以《新民主主義論》爲理論基礎的階級話語框架，「三階段」革命範式的邏輯起點是晚清文學屬於落後的舊文學，這就意味著鴉片戰爭以來的晚清文學就被置於了五四新文學對立的另一端。於是，無形之中被標榜爲舊文學的晚清文學作爲新文學的參照物就「合情合理」地被權力話語排斥和擠壓。新時期伊始，又嘗試將晚清文學定性爲反對帝國主義列強、反對封建殘餘的文學，但是晚清文學的落後性並沒有受到任何的動搖。晚清時期文學作爲現代文學研究的「他者」而存在，對現代文學價值越是值得肯定，其意義與價值就相對越是受到懷疑。因此，在很長一段時間內，研究者對這一時期的文學大體持基本否定的態度，在整體否定之下肯定「局部」。從「舊文學」轉變爲「現代化」的文學，晚清文學的性質伴隨著「二十世紀中國文學」文學觀的誕生而被重新賦予了全新的內涵。既然，在「二十世紀中國文學」文學觀下晚清文學與五四文學具有同質性，與五四所標舉的啓蒙精神具有內在的一致性，就從理論上根本否定了「三分法」革命範式中晚清文學、五四文學分屬舊、新兩種截然不同性質文學的邏輯起點，爲晚清文學從階級話語中解放出來納入「文學現代化」的闡釋框架提供了理論依據。並且，較之「反帝反封建」的思想特質，「文學現代化」的概念包含了文學觀念、作品思想內容、作家藝術思維、作品表現形式、手段以及文學語言等多方面的現代意義，並且把作家作品的思想內容、傾向與藝術表現、形式統一爲一個有機的整體。應該說，它是把現代文學「反帝反封建」的思想特質包括在內，具有更大的包融性。

　　與黃子平、錢理群醞釀提出「二十世紀中國文學」的構想打通了二十世紀中國文學，衝破舊有的研究格局，不僅將 1898～1911 年清季民初文學納入了研究視域，而且從學理上肯定了晚清文學的價值從而確立了晚清文學的文學史地位，「不但使其研究對象又煥發昂然的生命力，而且也深刻拓展了研究

〔註20〕曠新年：《現代文學與現代性》，上海遠東出版社，1998 年，第 19 頁。

主體的歷史視野和學術視野」〔註 21〕，對晚清文學研究產生了巨大而深遠的
影響。新的研究需要新的理論，晚清文學的突破指日可待。任何理論都有其
局限性，「二十世紀中國文學」理論構想也引發了我們去思考新的問題。在歷
經數十年的文化封閉與唯階級鬥爭化的理論封鎖之後，走出社會封閉與文化
封閉的中國現代文學研究，其主要的追求是如何才能「現代」。其時，「走向
世界」就被看作是「現代」的根本目標，在「世界文學」宏大背景的比照下，
晚清文學研究獲得了空前開闊的視野。在這股邁向世界、挺進現代化激情的
震蕩與衝擊之下，文學從與時代的生動聯繫中汲取活力，堅信文學歷史也具
有絕對的「眞」的和絕對的線性發展的過程。八十年代深信這一理念，「二十
世紀中國文學」文學觀便以尋找文學的「現代性」萌芽爲主要任務，試圖描
繪中國文學「從傳統到現代」的整體嬗變，在某種意義上，對晚清文學的研
究變相成爲了對中國「現代」文學革命鏈條進行證據發掘和理論論證的過程。
這樣就帶來了不同文學現象之間的矛盾、歧義和差別的被發展的視角所遮
蔽，也掩蓋歷史的表層之下的錯綜複雜的文學現象。晚清時期是一個新舊交
替、風雲變幻的歷史轉折時期，重大的政治事件接踵而至，處在不斷變更中
的晚清民初文學不同於以往任何一個時期文學，其性質是一種新舊雜糅的文
學：革新與守舊、啓蒙與蒙昧、開放與封閉、進步與落後等多重意識、多重
形式相交織相混合的文學。這一時期的創作，在表現手法方面，除了繼承古
代文學的傳統手法外，也積極吸收外國文學的表現手法。在文學體裁方面，
舊體裁仍在發揮作用，新體裁相繼誕生。在詩歌方面，近體詩、古詩、民歌
諸形式仍在廣泛被採用，同時新派詩、譯詩也應運而生。在散文方而，文言
散文仍被廣泛運用，新文體也風靡一時，而白話散文也有不少報刊在提倡。
在小說方面，可說是文言小說與白話小說並存，傳統小說與翻譯小說並舉。
從文學藝術形式、表現手法上來看，古典文學的傳統在清季民初時期的文學
中仍有延續，不過一些「新變」也已在此一時期的文學中有所顯現，處於一
種新舊共處、文白並存的「中間狀態」，這種複雜性恰恰就是晚清民初文學不
同於以往任何一個時期文學的獨特性之所在。但是，在「二十世紀中國文學」
文學觀的關注點在於那些具有現代性萌芽的文學現象，試圖追尋複雜性面貌
背後的某一種特質，而否定事實上新舊共處、文白並存的「中間狀態」。「二

〔註21〕朱德發、賈振勇：《評判與建構——現代中國文學史學》，山東大學出版社，
2002 年，第 368 頁。

十世紀中國文學」的文學觀在「走向世界」的預設前提之下，恐怕難以呈現晚清文學史的複雜性，也難以「重建」起中國文學現代性發生時刻的紛繁蕪雜的文化語境。

其次，以「文學現代化」和「匯入世界文學」價值標準爲預設的「二十世紀中國文學」文學觀標舉著現代化的旗幟。在現代化的立場上，其「明確以『白話』、『新文學』作爲自己的評述本位的，所有那些非白話、非『新』文學的作品，只有在能夠被編入新文學歷史的條件下，才能受到這個新範型的注意。與此相應，它自然是一種『精英』式的立場，它以居高臨下的姿態排出了一個新文學（或曰『純』文學）／通俗文學的偏正性的關係式，這已成爲新範型講述二十世紀中國文學史的一個基本的敘述結構」〔註22〕。「二十世紀中國文學」命題一方面將晚清文學納入了「現代性」的框架之下，如果用這一的尺度去衡量二十世紀中國文學的展開，許多「非現代」的文學實踐，如以鴛鴦蝴蝶派爲代表的通俗小說，就喪失了言說的合法性，無法還原晚清時期文學的多元景觀。那麼，該如何對待啓蒙現代性之外的文學作家和作品？

第三節　敘述焦點的突破：晚清小說研究的新走向

「二十世紀中國文學」命題打通二十世紀中國文學，衝破舊有的研究格局，從理論上確立了晚清文學的價值。從理論層面上，「20 世紀中國文學」只是潛在地蘊涵了這種對晚清文學的肯定性評判，但是如何實現研究領域學術水平質的飛躍仍是一項艱巨的挑戰。十九世紀末二十世紀初，由於小說地位的空前提高，小說創作異常繁榮，而小說評論也慢慢脫離中國古代分散、零碎、無體系的狀態的筆記、評點、序跋等傳統形式，並且隨著西方學術文化的輸入，逐漸在報刊雜誌上出現了一些具有一定學術體系的探討小說特性、社會作用等等的新型的單篇、專論。一九二二年春，胡適在《五十年來中國之文學》的第九節，專門對十九世紀七十年代以後五十年內北方的評話小說與南方的諷刺小說等中國白話小說進行了比較全面的考察和評價。但是，學界普遍認爲，晚清小說的研究始於魯迅。魯迅 1920 年在北京大學、北京師範

〔註22〕王曉明：《批評空間的開創——二十世紀中國文學研究·序》，東方出版中心，
　　　　1998 年，第 9～10 頁。

大學講授中國小說史課，寫有《小說史講義》，於 1923、1924 年整理出版了
《中國小說史略》。《中國小說史略》是我國第一部專門性的小說史研究著作，
其最後三章劃分併界定了晚清時期主要的三種小說類型，即「狹邪小說」、「俠
義小說及公案」小說與「譴責小說」，而有關狹邪小說、譴責小說的概念內涵
及其評價至今仍爲研究者所珍視沿用。稍後，1937 年阿英編寫的《晚清小說
史》由商務印書館出版，是中國第一部論述晚清小說的斷代史，從社會條件
和文化因素的角度來描述和闡釋晚清小說（1875～1911）繁榮的概況和原因，
依照小說題材將晚清小說分成十二大類，系統地對每類代表作品的思想和藝
術都進行了論述。除去這兩部奠基意義之作，另有范煙橋《中國小說史》中
《最近十五年》一章評述清末民初小說見解獨到，安英的《民初小說發展的
過程》，而胡適對《三俠五義》、《兒女英雄傳》、《海上花列傳》、《老殘遊記》
作者、成書過程的考證和思想藝術的分析也樹立起了研究的模式；郭昌鶴的
《佳人才子小說研究》涉及到近代有關題材的小說作品；趙景深對《品花寶
鑒》、《花月痕》等狹邪小說的研究；孫楷第、范鴟夷對《兒女英雄傳》等俠
義小說的研究；鄭逸梅、嚴芙孫對晚清小說資料的收輯挖掘，等等，奠定了
晚清小說研究領域的基礎。但是，在建國後幾十年的晚清小說研究中被框定
在政治闡釋的固定模式之中，其思想在政治理論分析和注釋性的解說之中已
經偏離本體，成爲一種片面的、定型的教條，前面已有詳細論述，在此不再
贅述，又或者是爲魯迅、阿英等的研究的「作注腳」，鮮有卓見。「二十世紀
中國文學」文學觀爲晚清文學研究突破「三階段」革命範式提供了理論上的
依據，但是，晚清敘事如要脫離「三階段」革命範式下的階級話語敘述，研
究者首先必須要做的是證明晚清文學自身的獨特魅力。陳平原作爲「20 世紀
中國文學」命題的倡導者之一，又公認爲是眞正引領晚清文學敘事帶入新高
度的是陳平原的研究，其《中國小說敘事模式的轉變》與《二十世紀中國小
說史・第一卷》是晚清文學研究中具有標誌性意義的事件，引領了一個時期
的研究面貌。那麼，「20 世紀中國文學」命題與陳平原的晚清研究之間是怎樣
一種關係？陳平原是否如其理論設計來構建晚清小說的研究？要如何證明晚
清小說的意義之所在？

　　從第一部晚清小說專門史阿英《晚清小說史》起，晚清小說研究以主題
思想爲研究對象，聚焦小說作品的社會意義與時代意義。陳平原設計的研究
思路是暫且繞開這一研究中的「重鎮」而明智地選擇了以小說形式爲突破口

切入晚清小說的研究。陳平原設計的研究思路是暫且繞開這一研究中的「痼疾」而明智地選擇了以小說形式爲突破口切入晚清小說的研究。小說是敘事的藝術，陳平原回歸小說文本本身，關注小說作爲一種語言形式、作爲一種藝術形態存在的價值，「如果抓住表現特徵最爲明顯而且涉及而較廣的敘事模式的轉變，也許更能深入論述」〔註 23〕。出於對以往研究中偏頗的矯正，陳平原的研究不再糾纏於晚清小說所體現的思想價值，而是在西洋文學的平行參照和中國古典文學的歷時參照兩方面來考察了中國小說形式的現代化歷程。從橫向上看，他以《新小說》、《繡像小說》、《小說林》、《小說月報》、《中華小說界》、《新青年》等主要刊物爲研究對象，進行科學的統計，通過統計數據來考察敘事時間、敘述角度、敘事結構三個環節橫向考察了晚清小說與西方小說之間的「對話」，之於晚清小說敘事模式的轉變的意義，從小說文本的敘事時間、敘述角度、敘事結構三個環節考察西方小說對中國小說現代化進程。在八十年代，敘事學是一種全新的理論，被運用於晚清小說研究令人刮目相看。不過，對晚清小說的形式進行研究並非陳平原首創，捷克女學者米列娜撰寫《晚清小說的敘事模式》，第一次嘗試用敘事學理論對吳沃堯等創作的晚清小說進行探析，提煉並劃分晚清小說中三種敘事模式：第一種是「第三人稱客觀的敘事模式」，《老殘遊記》、《孽海花》、《恨海》中使用的敘述模式；第二種是「第三人稱評述模式」，《官場現形記》、《文明小史》、《九尾龜》使用的敘述模式；第三種模式是「第一人稱參與模式」，即《二十年目睹之怪現狀》使用的模式。「第三人稱客觀的敘事模式」與「第三人稱評述模式」這兩種敘事模式都非晚清小說的創斷之舉，但又有一定的變異，而「第一人稱參與模式」則是晚清白話小說的創新之舉。王德威著《「說話」與中國白話小說敘事模式的關係》分析了晚清白話小說敘事模式的斷特點及其形成原因。米列娜、王德威二人是將敘事學理論運用於晚清小說研究色彩的先驅和前輩，特別是米列娜，從三種敘事模式同時存在於吳沃堯的創作之中看出了「強加於小說這一文學類型的傳統規定面臨著崩潰」，而「擺脫這些規定限制的各個作家現在能夠根據自己的目的選擇可行的敘述方式。源於這一選擇的作家個人風格開始決定直到那時仍由許多美學規定制約的小說結構。中國現代小說中範圍廣闊的個人敘事風格是晚清小說中已經開始的這些趨勢的

〔註23〕陳平原：《中國小說敘事模式的轉變・自序》，上海人民出版社，1988 年。

繼續」〔註24〕。陳平原在他們的研究基礎上,拓展了其研究範圍,囊括了 1902
～1927 年間報刊雜誌上的主要小說作品,不再局限於單部作品或幾部作品,
更具實證價值和說服力。

關注小說的形式的變化這只是陳平原晚清研究的一個層面。因為,敘事
模式的轉變表層現象而並非陳平原晚清敘事的最終目標。確切來說,引發陳
平原研究興趣的是中國現代小說的起源問題,「就整個中國小說史來說,從
1898 到 1927 年這三十年未免太短暫了些;但就其承擔的歷史重任——完成從
古代到現代小說的過渡——而言,這短暫的三十年值得充分重視」〔註25〕。
陳平原研究的出發點是,「新文學」起點的問題意識,由此溯源晚清小說的意
義,發掘晚清文學與五四文學之間的關係。但是,由於長久以來內容大於形
式觀念的偏執認識,「中國小說的現代化似乎成了中國小說主題思想的現代
化」〔註26〕。陳平原敏銳地覺察到敘事模式轉變研究的意義,「在敘事模式的
轉變這層面把握中國小說現代化進程的一個側面——論題轉成中國小說敘事
模式的轉換」,考察小說形式不斷演變和不斷發展的歷程。對此,他頗具新意
地提出了傳統文學的創造性轉化,這才是其真正的創新之所在。從縱向上,
在中國自身的文學傳統這一維度,探索傳統資源如何轉化融入了現代小說,
尋找傳統文學中究竟是哪些因素對中國小說敘事模式的歷史轉變起到了具體
的制約作用。按習慣性的思路我們一般會首先考慮古代白話小說的淵源,而
陳平原卻大膽地棄置了這一線索。他認為「對於敘事模式的轉變來說,中國
古典小說並沒有起過舉足輕重的積極作用。相反,這一轉變所要打破的『以
全知視角連貫敘述一個以情節為結構中心的故事』這麼一種傳統敘事模式,
正是中國古典小說的主潮——章回小說——的基本形式特徵」〔註27〕。換句
話說,古典小說的傳統敘事模式,恰恰是世紀初的小說革新所要擯棄的部分,
以《三國演義》為例,它所擁有的全知視角以及情節中心化的結構既與現代
小說的敘事模式追求相異,那麼從《三國演義》所代表的古典章回小說出發
肯定無法釐清現代小說敘事模式的傳統背景。但是,「懸置」了古典小說的淵

〔註24〕 〔加〕米列娜:《從傳統到現代——19 至 20 世紀轉折時期的中國小說》,伍曉
明譯,北京:北京大學出版社,1991 年版,第 72 頁。

〔註25〕 陳平原:《中國小說敘事模式的轉變·自序》,上海人民出版社,1988 年。

〔註26〕 陳平原:《中國小說敘事模式的轉變·自序》,上海人民出版社,1988 年。

〔註27〕 陳平原:《中國小說敘事模式的轉變》,上海人民出版社,1988 年,第 259
頁。

源，現代小說所移植的文學傳統又是什麼呢？或者說，究竟是哪些傳統文學因素在現代小說的歷史進程中獲得了創造性的轉化？一直以來，「史傳」和「詩騷」傳統被認為與是與小說創作最風馬牛不相及的文類，但陳氏卻發覺了古典文學中的「史傳」和「詩騷」傳統與中國現代小說之間的一種「叔侄繼承」關係，「『史傳』傳統與『詩騷』傳統共同制約著中國敘事文學發展的理論構想」〔註 28〕。同時，發現了笑話、軼聞、遊記、日記、書信等傳統文體中的諸種「次文類」在本世紀初葉的中國小說中的全面滲透。傳統因素被納入理論視野不單是展示了中國小說從傳統蛻變為現代的文學變革其複雜性、多元性與深刻性，更為晚清小說建構了一個二維座標——西方文學的橫向座標與中國古典文學的縱向座標，二者分別成為了晚清小說的共時、歷時參照物，在共時的上，「強調由於西洋小說輸入，中國小說受其影響而發生變化，與中國小說從文學結構的邊緣向中心移動，在移動過程中汲取整個傳統文學養分而發生變化這兩種移位的合力的共同作用」〔註 29〕，這種「中國小說敘事模式的轉變基於兩種移位的合力」的理論構想把世紀初葉那場中國小說的革新看作一個動態的結構，一個東西方雙重因素互相滲透，彼此對話的「移位」的過程。

較之此前的晚清小說研究，陳平原晚清小說的研究究竟有何不同？其研究意義何在？首先，實現了文學本體的回歸。建國後三十年來的晚清小說史研究一直屈從於文學史的總體規範，漠視小說這一文學種類自身的特徵的演變和內在軌跡，往往是在小說領域內演繹作品中的階級鬥爭史。回歸文學本體，從藝術特徵的視角考察晚清時期小說，從而取消了資產階級改良派小說與革命派小說之間的對立，突破了對晚清小說的資產階級啟蒙時期、改良時期和革命時期的原有歷史分期。而事實上，在所謂的資產階級啟蒙時期，晚清小說的創作是一片空白，為了吻合「三階段」革命範式而人為強制性地劃分出了這一階段，實在非常牽強。現在在這一新的文學觀下，晚清小說得以重新梳理晚其內在的發展線索並勾勒概貌，有利於晚清小說的演變流程被更真實的還原。有學者認為，《二十世紀中國小說史‧第一卷》是「繼魯迅的《中國小說史略》之後系統地清理晚清到民國的『新小說』的歷史脈絡」的「墾

〔註 28〕 陳平原：《中國小說敘事模式的轉變》，上海人民出版社，1988 年，第 260 頁。
〔註 29〕 陳平原：《中國小說敘事模式的轉變》，上海人民出版社，1988 年，第 255 頁。

荒」之作〔註 30〕，是不無道理的。第二，縱深考察晚清以降中國文學轉型的
細節、過程與相互關聯，從而打破幾十年來新文學「五四起端」的意識形態，
強調了中國近現代歷史的連續性。晚清小說史五四時代中國現代小說的先
驅。今天，學界已經普遍接受中國思想、學術與文學的現代轉型始於晚清而
並非始於五四的觀念，「但是二十年前，乃至十年前，在我們這個意識形態
『道統』異常堅固的環境，非有敏銳的歷史眼光和無畏的學術眞誠，是很難
有勇氣堅持不懈對之進行艱苦而細緻的論證的」。〔註 31〕陳平原首開先鋒將小
說的「形式」放置於現代性的框架下，作現代性起源的探詢，通過對晚清時
期小說形式自身特徵的演變和內在軌跡的耙梳，探討「二十世紀中國文學」
如何走向世界文學的，如何打通中國文學古典與現代之間的鴻溝。「因爲，
在我看來，正是這兩代人的共謀與合力，完成了中國文化從古典到現代的轉
型」〔註 32〕，陳平原從傳統向現代的轉型「融創」的角度，將晚清文學第一
次納入了啓蒙現代性追求的框架之下，並第一次賦予了晚清小說現代性的意
義，開掘了一條中國文學現代性的發展線索，將傳統與現代打通，晚清小說
的價值進而得到了認可。他堅持「談論『五四』時，格外關注『『五四』中的
晚清」〔註 33〕，爲「晚清」爭地位，由此也實現了晚清敘事的突破，「將敘事
模式這『小題』放到中國小說現代化的框架中來『大做』」〔註 34〕，描畫出中
國小說從傳統蛻變爲現代的歷史軌跡。晚清小說作爲中國小說從古典向現代
轉型中不能忽略的必經階段而納入了現代性的框架下，塑造、勾勒了一個現
代小說的形成過程，並最終將晚清小說定位爲中國現代小說的「起點」，晚清
至五四的環節，晚清不再是可有可無、無關緊要的。此後，嚴家炎主編的《二
十世紀中國小說史》及對應資料《二十中國小說理論資料》四卷，郭志剛、
孫中田主編的《中國現代文學，紛紛將晚清納入中國現代文學史的敘述。九
十年代中國現代文學研究將晚清與五四以來文學打通進行研究的風尚便肇始
於此。第三，開啓了一個新的研究領域——文學生態環境。因爲形式無法進
行自我說明和論證自身而必須訴諸於其他非形式的因素。因此，陳平原又著

〔註 30〕 吳曉東:《陳平原的小說史研究》,《當代作家評論》1996 年第 3 期。
〔註 31〕 楊聯芬:《「出走」之後的「返回」》,《中國現代文學研究叢刊》2006 年第 1
　　　　期。
〔註 32〕 陳平原:《觸摸歷史與進入五四·導言》,北京人民大學出版社,2006 年。
〔註 33〕 陳平原:《觸摸歷史與進入五四·導言》,北京人民大學出版社,2006 年。
〔註 34〕 陳平原:《中國小說敘事模式的轉變·自序》,上海人民出版社,1988 年。

力開掘晚清小說轉型過程中諸多的社會、文化因素，到底是那些因素起到了
作用？在傳統文學「創造性轉化」理念的框架下，對晚清小說轉型過程中
諸多的社會、文化因素一一進行觀照，找尋其中的關鍵因素。分析小說與其
外在因素之間的關聯，傳統資源在晚清時期因爲受到哪些因素的影響、制約
而開始發生變化。關注晚清小說生產方式、文學制度的變化，諸如現代文
學的形成與出版發行、媒體傳播、稿費制度之關係，商品化與書面化傾向，
等等。文學生態環境的研究在八十年代還是一個空白領域，以陳平原的研究
作爲先驅開啓了一個全新的研究領域，在成爲了九十年代的學界的研究熱點
之一。

　　「二十世紀中國文學」凝聚的理論形態第一次由陳平原通過對晚清小說
的研究轉化成了具體的文學史實踐，也引發了新的疑問。「二十世紀中國文學」
史觀體現了一種鮮明的啓蒙立場上的現代尺度：以「改造民族的靈魂」爲總
主題，以「悲涼」爲核心的美感特徵，由語言結構所表現出來的藝術思維的
現代化傾向。「二十世紀中國文學」史觀是明確地以文化和文學的『現代化』
作爲基本的價值立場的，它正是依據這個立場，將文學的現代化判定爲二十
世紀中國文學誕生和發展的內在動力。「二十世紀中國文學」命題的確將晚清
文學納入了「現代化」的體系之中，問題在於，這個框架無法容納爲數眾多
的晚清通俗小說。如果「現代化」的標尺去丈量清季民初時期的文學創作，
俠義、公案、言情小說等爲數眾多的通俗小說便都要被擋在之外。（當然只從
形式這樣的純文學問題就避開了這樣的矛盾，如《中國小說敘事模式的轉
變》）如何對待通俗小說的問題一直在現代小說研究中存有疑問。自古以來，
雅文學與俗文學的傳統同孕於中華民族三千多年的文學母體，二者之間的關
係是一個古老的話題。在中國古代，教育是社會中少數士大夫們享受的特
權，由士大夫們創作的文學被標榜爲正統文學、主流文學、雅文學，雅文學
就是這一特殊群體把玩的奢侈品，而諸如小說、戲曲、變文、彈詞等文學樣
式都屬於支流末節。所以，儘管雅文學與俗文學孕於同一母體，可一旦獨立
出來，隨即產生出人爲或者非人爲，自覺或者非自覺的對立。雅俗對峙轉到
了小說內部，形成新文學和通俗文學兩大陣營。其次，「五四」文學革命是從
否定和批判「黑幕派」、「鴛鴦蝴蝶派」發端的。二十世紀初，梁啓超等人受
西方思潮影響將小說提高到「文學之最上乘」，到「五四」文學革命之後師法
西方小說的新體白話小說進入了文學的殿堂，不過通俗小說尤其是黑幕小

說、鴛鴦蝴蝶派小說等持保留態度，仍被新文學家、文學史家擯斥於現代文學之外。通俗小說在文學界長期受鄙視而沒有地位，這種批判和否定促成了雅俗小說對峙的局面。

可事實上，通俗小說的變化同樣時中國小說從古典過渡到現代形態環節中的重要一環，在晚清小說研究中是無法迴避也不應避免的問題。科學史家庫恩提出的「範式」理論，在評價「新」的研究範式比舊範式更爲「合理」時有一個基本前提，「一個新的範式要能被接受，就必須既能解釋支持舊範式的論據，又能說明舊範式無力解釋的論據」〔註35〕。換言之，新範式的成功之處就在於它的解釋更具有包容性。任何一個新的學術範式在超越舊範式的同時也必然面臨舊範式的質詢一樣，「二十世紀中國文學」研究範式如何容納既有文學史範式包容的內容，也就成爲我們重新檢省 80 年代重寫文學史過程時的基本問題。那麼，「現代化」的框架之外的作家作品該身處何處呢？又應如何處理這一矛盾呢？針對「二十世紀中國文學」構想中這一缺陷與漏洞，陳平原策略性地提出的「矛盾動力說」，通俗文學和高雅文學的對峙既是對立也是互補，一方面是相互爭奪讀者不僅甚至給新文學構成威脅的方面，另一方面通俗文學對高雅文學二者之間的張力成爲了推動晚清小說向現代轉型的助力，所以通俗小說同時對新文學具有促進與推動的重要意義。以通俗小說與嚴肅小說的對峙與調諧，陳平原引入了通俗小說之維，並關注雅俗文學之間的互動，打破了雅俗之間涇渭分明的界限。陳平原在實踐「二十世紀中國文學」理論構想的同時，策略性地對晚清通俗小說作了一個巧妙的處理，將高雅小說和通俗小說作爲一個整體來把握，強調雅俗對峙是二十世紀中國小說的一個基本品格。高雅小說與通俗小說既相互衝擊，又相互推動，既相互制約，又相互影響，雅俗小說的交替崛起構成了文學演進的內在動力，構建了一個雅俗共生、互動的發展史，彌合了「二十世紀中國文學」理論構想與文學的眞實狀況間的分裂。

〔註35〕〔美〕A・德里克：《革命之後的史學：中國近代史研究中的當代危機》，《中國社會科學季刊》（香港）春季卷，1995 年 2 月。

第三章 繁複：九十年代晚清文學
敘述的新變

　　進入九十年代，政治意識形態對文學的政治性干預相對減少，一般說來，遠離了政治干擾的文學批評能夠在文學的範圍內就文學而討論文學。可是，事實上問題遠非那麼簡單，九十年代晚清文學研究其複雜的程度超乎了想像。晚清文學研究以自身的獨特光譜，折射著九十年代這一二十世紀學術思潮變動最為迅捷的時期。

第一節　補白：晚清通俗小說境遇之變遷

　　雅文學與俗文學的對峙、精英文學與通俗文學的對立是現代文學的本質特性之一，二者共同構成了現代文學的主旋律。但是，直至新時期為止，嚴肅文學是中國現代文學研究的一枝獨秀，通俗文學一直未能獲得主流文學的承認，因而沒有獲得合法性和充分的發展。陳平原策略性地對晚清通俗小說作了一個巧妙的處理，將高雅小說和通俗小說作為一個整體來把握，以通俗小說與嚴肅小說之間的對峙與調適，在研究中引入通俗小說之維。通俗小說作為一股非主要文學形態的進入了文學史研究範疇，並且以「雅俗對立」來替代「主流──逆流」的對立，不可不謂是前進了一大步。但是，無論如何，晚清通俗小說終究是「妾身未名」，而且通俗小說的真正價值之所在並沒有得以完全呈現。九十年代以來，學界對晚清文學敘事中留下的空白進行了填補，與八十年代的晚清研究之間構成了有趣的對照與潛在的對話關係。

一

　　晚清通俗小說走入文學史研究場域，以重評鴛鴦蝴蝶派小說爲始。鴛鴦蝴蝶派小說得以「正名」，則應該歸功於「重寫文學史」思潮。「重寫文學史」思潮是八十年代後期中國文學研究界乃至思想文化界的一次重大「事件」，這股思潮的源頭可以上溯到 1978 年《部隊文藝工作座談紀要》對文化大革命左傾路線的否定。隨後第二年，《上海文學》又刊發評論員文章《爲文藝正名——駁「文藝是階級鬥爭的工具說」》大張旗鼓地爲文藝「正名」。該評論文章強調文學自身發展的規律，重新解釋了文藝與政治的關係，從而實現了對左傾文藝思想的批判與否定。由於處於左傾思潮挾持下的偏窄視角，倡導「文藝從屬於政治」，「政治決定一切」，導致了文學圍繞著政治這個中心軸，始終要響應政治意識形態的召喚，隨時保持與政治方向的一致，保持與社會的變革同步，也導致了文學的獨立品格的喪失，更導致了文學批評由複雜的審美活動附庸於的政治評判，文學史演變爲政治運動與階級鬥爭的實錄的現象。新時期以來的文學研究開始掙脫政治強權的桎梏，獲得了一個相對自由呼吸和自我發展的空間。由最初對一大批遭受不公正對待的作家的「平反式」重評，到以「文學現代化」爲核心的「二十世紀中國」文學史觀的提出，進而對先代文學研究學科性質的深入認識。經過了近十年的醞釀和積累，終於 80 年代末「重返自身的文學」以「重寫文學史」運動達到巔峰。1988年，《上海文論》開設「重寫文學史」同名專欄，在「開欄」宣言中，主持人陳思和、王曉明開宗明義地提出開設這個專欄，是「爲了衝擊那些似乎已成定論的文學史結論，目的在於探討文學史研究多元化的可能。」〔註1〕爲建構出一種不同於 50～70 年代的文學史圖景，「重寫」的矛頭直接指向了左翼文學、解放區文學以及建國後的「十七年」文學等，顛覆以往文學史「主流」敘事。

　　借助重寫文學史的動力，范伯群在「重寫文學史」同名專欄中首開對鴛鴦蝴蝶派小說的重評。長期以來，有關鴛鴦蝴蝶派小說的認識形成了一套定論：地主思想與買辦意識的混血種；殖民地租界的畸形產兒；遊戲的消遣的「金錢主義」。范伯群對此三點定論予以剖析和質疑，他認爲，鴛鴦蝴蝶派小說中並不存在「買辦思想」，而由始至終貫穿著反帝愛國思想是；其次，比照其他國家的通俗文新發展，認爲鴛鴦蝴蝶派小說是十里洋場和殖民地租界的

〔註 1〕陳思和、王曉明：《主持人的話》，《上海文論》1988 年第 4 期。

產兒並不可靠，它其實是「中國傳統風格的都市通俗小說流派」；當然，「五四」時期批鴛鴦蝴蝶派小說的遊戲消遣的金錢主義的文學觀念是時代與歷史的必然，但時過境遷，通俗文學和傳統文學在當下也應該有他們的位置。〔註2〕范伯群對這三個定論的研究分析，無疑是衝破了在鴛鴦蝴蝶派小說派研究上長期禁錮研究者的思想束縛，以分析研究代替簡單的批判。旋即，范伯群又發表了《現代通俗文學被貶的原因及其歷史眞價》闡述了鴛鴦蝴蝶派小說一直以來被主流文學排斥和否定的原因，並具體分享其在現代文學史上所做出的貢獻，力圖還原鴛鴦蝴蝶派小說的眞實面貌。〔註3〕范伯群所撰的兩篇論文論及了鴛鴦蝴蝶派小說的發生發展、創作觀點、價值取向以及通俗文學特質等，基本上爲鴛鴦蝴蝶派小說研究開闢了一個新途，就此獲得了進入文學史的合法性。繼而，從張揚人性的角度重新詮釋鴛鴦蝴蝶派小說。以此爲起點，出現了一批重新評價鴛鴦蝴蝶派小說的文章和一批致力於流派整體研究的專著。較之前一個時期幾乎空白的研究狀況，九十年代初出現了鴛鴦蝴蝶派小說研究的小熱潮，發表研究文章數十篇，此外還誕生了研究專著，包括范伯群《禮拜六的蝴蝶夢》、魏紹昌《我看鴛鴦蝴蝶派》、劉揚體《「鴛鴦蝴蝶派」新論》等三種，研究資料有魏紹昌編《鴛鴦蝴蝶派研究資料》、芮和師等編《鴛鴦蝴蝶派文學資料》兩種。這些論著都摒棄了鴛鴦蝴蝶派小說是小說逆流的說法，從反帝愛國、翻譯介紹外國文學、突破題材的禁區，繼承中國古典小說的傳統、運用新的小說形式技巧等方面對鴛鴦蝴蝶派小說予以肯定。鴛鴦蝴蝶派小說是晚清民初時期最爲發達的一支文學創作潮流，通過爲鴛鴦蝴蝶派的平反，取得了爲現代通俗小說張目的成效。

二

名正而能「言順」，通過對鴛鴦蝴蝶派小說「正名」，爲現代通俗小說找到了進入文學史的合法性依據。對於文學作品經典化的選擇、文學史規範的確立，其背後由一套複雜的控制體系和權力關係而未被察覺到的隱蔽的成規支配、運作，而文學批判標準的變動，意味著新的文學史研究範式的形成和支配這種範式的價值觀念將得以建立。然而，現代通俗小說的全面崛起，成

〔註2〕 范伯群：《對鴛鴦蝴蝶——〈禮拜六〉派評價之反思》，《上海文論》1989 年第1 期。

〔註3〕 范伯群：《現代通俗文學被貶的原因及其歷史眞價》，《中國現代文學研究叢刊》1989 年第3 期。

爲九十年代一躍而成爲研究「熱點」、「顯學」也並非偶然。晚清通俗小說及
其研究的興盛和中心化，正因爲在九十年代有效地找到形成了一套能夠取代
先前文學史主流話語的新型話語。八十年代新興建構的「現代化」宏大敘事
在九十年代遭到了空前的質疑與挑戰。這一攻勢首先來自海外。1985 年左右
夏志清的《中國現代文學史》中譯本經香港傳入大陸，引發了現代文學史經
典秩序的「大地震」。《中國現代文學史》「發現」了張愛玲、沈從文和錢鍾書
等被歷史遺忘的作家，並大加贊賞。尤其是對張愛玲的推崇，此前一直被認
爲是通俗小說家而難登大雅之堂。《中國現代文學史》將張愛玲的小說與曼斯
菲爾德、凱·安·波特、韋爾蒂和麥克勒斯相提並論，認爲《金鎖記》是中
國「從古以來最偉大的中篇小說」，而張愛玲是「今日中國最優秀最重要的作
家」，張愛玲的文學史地位被提到無以復加的高度。〔註 4〕如果縱觀整個現代
小說史，張愛玲、錢鍾書等 40 年代上海文人的創作而非魯迅才是中國現代文
學的最高峰，「中國現代小說乃能更上一層樓，且給予我們對中國現代小說一
種新希望」。〔註 5〕香港學者司馬長風完成的《中國新文學史》（三卷）對周作
人、淩叔華、林徽英、蕭乾等作家也青睞有佳，描繪了一副大不同於「現代
性」宏大敘事的圖景。80 年代關於「現代」的理解由 80 年代歷史情境中的特
定文化想像衍生出來，主要指的社會物質層面的現代化（即社會組織、經濟
技術等的現代化）及其在文學上的反映。誕生於八十年代的「二十世紀中國
文學」就是以現代化和啓蒙爲核心的、政治化的重寫歷史的「宏大敘事」，強
調作品中的進步、革命等宏大主題，而遮蔽了許多「非現代」的文學實踐，
由此引發了學界對現代性內質的重審。終於在 1996 年，楊春時、宋劍華發表
《論二十世紀中國文學的近代性》掀起了一場對二十世紀中國文學性質的大
討論。該文認爲二十世紀中國文學從文學主題上看，關注國家、民族、階級
命運的關注，意識形態的作用起支配地位，個體精神沒有得到張揚；從中西
文學對比看，「五四」文學革命的表現特徵與西方文藝復興以來高揚人性、人
道主義、追求科學理性的近代文學相吻合；此外，現代文學思潮受到排斥，
沒能成爲文學主流，所以文章得出一個全新的命題：「20 世紀中國文學的本質
特徵是完成古典形態向現代性態的過渡、轉型，它屬於世界近代文學的範圍，

〔註 4〕〔美〕夏志清：《中國現代小說史》，劉紹銘等譯，復旦大學出版社 2005 年，
　　　　第 261、254 頁。

〔註 5〕〔美〕夏志清：《中國現代小說史》，劉紹銘等譯，復旦大學出版社 2005 年，
　　　　第 324 頁。

而不屬於世界現代文學的範圍，所以它只具近代性，而不具現代性。」〔註6〕二十世紀中國文學的性質爲「近代性」而非「現代性」的觀點，提醒學界對「二十世紀中國文學」合法性的前提和基礎──「現代化」進行反思、辨析，引發了一場歷時近兩年的廣泛討論。這導致倡導「現代化」標準的「二十世紀中國文學」文學觀所遭到了自誕生以來前所未有的嚴峻挑戰，有的學者甚至於認爲「20 世紀中國文學」的文學史觀已經「耗盡了自己的革命性和活力」。〔註7〕九十年代反省「現代性」的傾向之一，便是關注並加以區分「現代性」的內部差異，對 80 年代文學現代化尺度的重新觀照。文學研究更多地關注與現代文學中現代性「宏大敘事」中缺席的作家與作品，檢討壓抑、排斥文學現象的機制。張愛玲等一大批以前受到傳統左翼敘事和啓蒙主義敘事壓抑的作家作品紛紛也被挖掘出來，並形成了持續的熱潮。沈從文、張愛玲、錢鍾書等上升爲新的經典，並重視海派文學和具有現代主義傾向的實驗探索。在這樣的思維理念之下，晚清通俗小說找到了自身合法性存在的理由，被重新發掘了出來。

九十年代對「現代性」的追問，促使研究者對晚清通俗小說的文學意蘊進行了全新的闡釋。90 年代比較有代表性的是「再解讀」思路是，肯定晚清通俗小說的娛樂功能與休閒功能，嘗試從文化分析的角度顯現晚清通俗小說面向日常生活的屬性與內涵，展現人物的人性光芒和欲望，同時發掘中國小說傳統向現代過渡的因素。1994 年，范伯群提出了「兩個翅膀論」，呼籲「將近現代通俗文學攝入我們的研究視野。純文學和通俗文學是文學的雙翼，今後撰寫的文學史應是純、俗兩翼齊飛的文學史。」〔註8〕1998 年，北京大學出版社再版錢理群、吳福輝、溫儒敏合著的《中國現代文學三十年》分出了三章來論述通俗小說從清末民初直至四十年代的流變歷程，特別詮釋了晚清通俗小說被界定爲舊文學的原因和時代背景，將通俗文學納入現代文學史的研究框架。該書作爲國家教委指定爲重點教材而具有示範意義，標誌著晚清通俗小說在文學史上的價值獲得了認可，地位得到了確立。在中國的全球化和

〔註 6〕　楊春時、宋劍華：《論二十世紀中國文學的近代性》，《學術月刊》1996 年第
　　　　　12 期。
〔註 7〕　曠新年：《重寫文學史的終結與中國現代文學研究轉型》，《南方文壇》2003
　　　　　年第 1 期。
〔註 8〕　《中國近現代通俗作家評傳叢書·總序》，范伯群主編，南京出版社，1994
　　　　　年。

市場化的進程中，市場經濟初具規模，消費文化興起，研究者又在晚清通俗小說中找到了現代性的感性層面，即人的感性欲望，進而賦予了晚清通俗小說「欲望現代性」。

三

　　晚清通俗小說被寫入文學史不過短短數十年間的事情，不過晚清通俗小說卻以迅雷不及掩耳之勢在學界迅速崛起：從重評鴛鴦蝴蝶派到「兩個翅膀」口號的提出，再到高唱「另一種現代性」，晚清通俗小說成爲了當下的研究熱點。依照常理推斷，這樣一來，晚清通俗小說研究應該是走上了良性循環的道路，文學生態環境也達到了「和諧」與「平衡」。但是，「眞正的問題都出現在『革命的第二天』」，〔註9〕對權威話語進行糾正的同時，也隱藏著走向自身反向邏輯走向的潛在危機。「另一種現代性」被挖掘出來後，對理性與現代性烏托邦進行了充分地「祛魅」後，又爲欲望現代性「賦魅」。對晚清通俗小說「欲望現代性」的宣揚空前地高漲了起來，甚至於認爲，黑幕小說、狎邪小說、偵探小說、武俠小說等是由於體現出的特質「太過『現代』」了「而不能被理解」〔註10〕，晚清通俗小說是現代文學史上最具現代性的文學，確立了一條從晚清的鴛鴦蝴蝶派到三十年代上海的張愛玲、到九十年代、「私人」寫作的文學史敘事。那麼，是什麼原因令晚清通俗小說滑向了欲望的懷抱？

　　回答這個問題就必須要返回到現代性反思的文化語境之中——九十年代對啓蒙話語的追問和對五四的反思，這也是現代性反思的原點。作爲一個奠基性的「神話」，「五四」一直是現代文學得以確立自身的歷史支撐點。長期以來，啓蒙主義作爲五四新文化運動的優秀傳統而受到贊揚和褒獎。啓蒙主義是啓蒙理性主導的文學思潮，它從歷史進步的信念出發，相信科學民主可以解放人類。它將個體價值的維繫寄託於社會的變革，以社會進步代替個體自由的實現。八十年代與五四聯繫密切，被認爲是重新接續了「五四」的傳統。作爲一種信仰，八十年代中國思想界以重建啓蒙文學的主體，重塑「五四」啓蒙精神，追求西方現代化爲時代主題。上個世紀九十年代初，這樣的狀況情況發生了變化。剛剛經歷了一場重大政治阻擊的中國，知識分子還沒

〔註9〕　〔美〕丹尼爾·貝爾：《資本主義文化矛盾》，趙一凡、蒲隆、任曉晉譯，生活·讀書·新知三聯書店，1989年，第75頁。
〔註10〕　張頤武：《晚清「現代性」：欲望的發現》，《江蘇社會科學》2003年第2期。

有來得及緩口氣，又目睹了蘇聯的分崩離析，震驚於香港、臺灣、新加坡等亞洲四小龍的騰飛，促使知識分子重新思考和尋找中國的出路。恰逢其時，一批海外學人林毓生、余英時等反思五四、否定啓蒙的思想觀點得滲透到了國內，徘徊許久的知識分子似乎找到了解決之道，促使學術界重新思考中國近代以來追求現代化所經歷的各種嘗試和失敗。較之八十年代，中國的文化語境發生了重大變化，「90年代的中國思想文化界，是一個重新分化的年代。在 80 年代的新啓蒙運動之中，中國的公共知識分子在文化立場和改革取向上，以『態度的同一性』形成了共同的啓蒙陣營。但這一啓蒙陣營到 90 年代，在其內部發生了嚴重的分化。圍繞著中國現代性和改革的重大核心問題，知識分子們從尋找共識開始，引發了一系列論戰，並以此產生了深刻的思想、知識和人脈上的分歧，因此形成了當代中國思想界的不同斷層和價值取向。就中國思想文化界而言，90年代同80年代的一個最重要的區別，就是從『同一』走向了『分化』」〔註11〕。1993 年，鄭敏發表題爲《世紀末的回顧：漢語語言變革與中國新詩創作》的論文。該論文從分析德里達解構理論與中國傳統文化莊禪之間關聯切入，重審五四白話文學運動的口語中心主義、啓蒙敘事及其西方中心論。鄭敏認爲，二十世紀的「白話文及後來的新文學運動中……從語言到內容都是否定繼承，竭力使創作遺忘背離古典詩詞」自絕於傳統，「矯枉過正的思維方式和對語言理論的缺乏認識，決定了這些負面的必然出現」〔註12〕，所以李白、杜甫所代表的中國詩歌的輝煌時代不再擁有。該文從後現代與前現代的有機聯繫中，倡導從語言傳統的「回歸」到文化精神的「回歸」，由此拉開了反思五四的大幕。重評五四，反思啓蒙，九十年代由此與八十年代之間劃分了一條鮮明的界限，兩個時代就這樣「斷裂」開來。九十年代，五四新文學傳統受到了來自新儒學、後學、民族主義者等方方面面的質疑。八十年代的思想激進者也以「告別革命」的姿態挺進新的歷史時期，啓蒙者的話語空間受到了巨大地擠壓而收縮。正是八、九十年代社會文化語境的這種重大轉型，以五四的反思爲潛臺詞，對啓蒙主義價值觀念的反思和追問成爲可能。由對「現代性」神話的頂禮膜拜轉向了對其思考，更傾向於將其作爲一種闡釋方式，一種向度或價值視野來看待，而反思其中所存

〔註11〕許紀霖：《另一種啓蒙》，花城出版社，1999 年，第 250 頁。

〔註12〕鄭敏：《世紀末的回顧：漢語語言變革與中國新詩創作》，《文學評論》1993年第 3 期。

在的問題。文學開始規避對社會和人生應承擔的責任，文學的創作主體、接受主體與作品主人公也進入了世紀末的集體失語，對五四新文化運動的批評性反思，一時間蔚然成風，無論是「全盤反傳統」的指責，還是對從五四到文革的激進主義思潮的檢討，都可以看作是這一整體性思潮的顯現。更爲 80年代的文學實踐提供了歷史依據和意識形態的合法性。一時之間，「啓蒙神話」成爲了眾矢之的，反思現代性演變爲了時代的主題。疏離啓蒙，反思現代性，可以說是九十年代最醒目的一道文化風景。與此相伴的是，整個社會、文化氛圍也開始了一次一百八十度的大轉向：信仰淡化，理想褪色，商品意識泛化，以流行價值標準爲標準，以社會大眾趣味爲趣味，認同普通市民的思想，關注精英現代性之外的通俗文化、日常生活、市民情調；傳播先進思想啓迪民智的啓蒙意識不再是評判文學高下的標準，欲望寫作、私人寫作、消費主義文化等逐漸成爲其時的文化主流。

「當代中國正經歷艱巨而痛苦的歷史嬗變和社會轉型，而且也爲學術思想的突破性發展提供了充分的歷史可能和堅定的經驗基礎。」〔註 13〕同時，文學資源和學術研究也反過來成爲了文化反思的話語與載體。重新思考精英文化的歷史定位，反思精英文化的發展歷程，內化爲九十年代知識精英階層的一種心理需求。「市民社會奉行經濟實利主義原則，並且代表了一種有生機的蓬勃向前的社會力量，它使政治精英和文化精英確立的社會秩序面臨『合法化』危機」〔註 14〕。這種反思便以對五四以外的「非主流」文學傳統的研究的形式表現了出來。啓蒙理性以社會變革爲最高目標和最終追求，以社會進步代替個體自由的實現，卻漠視了個體自由與社會進步之間的二律背反。中國現代性的發展，在「啓蒙與救亡雙重變奏」的話語形式下，是通過排斥、打壓包括傳統的民間俗文化與大眾消費文化等在內的其他異質性文化而得以實現的。清季民初時期萌芽的現代都市消費文化，以及其他各種與啓蒙革命話語形式格格不入的異質性文化形態，在高舉啓蒙大旗的八十年代都被「啓蒙與救亡」話語的強制力量壓制了下去。在很長一段時間裏，非啓蒙的異質性文化形態都精英文化貶斥爲低級的、下流的。因此，在特定的意識形態關係中本來是多元化的文化生態就被簡單化了，在特定的政治語境中本來可能存在著多樣性選擇的現代性也被否定掉而爲單一的現代性所取代。雖然，這

〔註13〕許紀霖：《另一種啓蒙》，花城出版社，1999 年，第 260 頁。
〔註14〕陳曉明：《歷史轉型與後現代主義的興起》，《花城》1993 年第 2 期。

種貶低和壓抑是現代性話語建構現代民族國家的歷史要求和在民族矛盾尖銳等外在壓力下所做出的必然選擇。1992 年新的一輪「市場經濟改革」重新啓動，社會開始發生進一步的改變，這個變化非常之大：一方面是經濟生活領域一些狀況的明顯改變，同時也是社會財富重新分配。隨著社會財富分配制度的巨大變革，新的階級產生了，其中第一個就是暴富階層同時也產生了新的失業階層。伴隨這一經濟形態而誕生的大眾消費文化與其他曾經被壓抑下去的異質性文化的復蘇就開始了一場轟轟烈烈對啓蒙現代性的清算。正是基於對啓蒙現代性的重審，對五四的反思，有的學者將目光投向了晚清通俗小說，回到精英文化得以起源的「晚清」進行「正本清源」。如果將晚清通俗小說與文學現代性聯繫起來探測中國文學現代性的多種形態，就能實現對八十年代啓蒙現代性宏大敘事的反撥，從而達到向精英文化復權的目的，這正是國內學界晚清通俗小說興盛的歷史語境和文化背景。換而言之，晚清通俗小說的文化意義在具有後現代色彩的消費文化中被形塑，承載著一場對現代性精英文化的抗爭行動。

　　晚清社會「在上海開埠二三十年後，隨著商業的繁榮發展，貨幣流通量增大，消閒娛樂業發達，物質生活和消費生活內容的豐富以及新興商人的炫耀行為，金錢在人際關係中地位上升而形成的崇富心理，在這種種因素的作用下，出現了追求享樂的消閒方式和崇奢逞富的消費方式，它首先由商人階層興起，而後向社會各個階層廣為蔓延，形成了彌漫於上海社會上下的享樂崇奢風氣。人們的消閒消費觀念也隨之發生變化，出現了一些帶有濃厚的商業化色彩的新觀念」〔註 15〕，而晚清通俗小說就是這種物質欲望的表達方式，凸顯人本主義中的欲望因素而疏離啓蒙主題的時候，晚清通俗小說便具有了「欲望現代性」。可是，為了消解精英文化的領導地位，將其逼退至「邊緣」，而刻意拉大二者之間的間隙，否定啓蒙而無限放大欲望因素便是晚清通俗小說的另一次「賦魅」，造成了其滑向另一極端的。有後學家認為，進入九十年代後，中國社會事實上已經完成了啓蒙和救亡的任務，由「新時期」進入了「後新時期」，消費社會全面降臨，「中國日常生活的主導意識已經徹底完成了由『生產』轉向『消費』的過程。原有的以高速『現代化』為中心，以生產積累為目的的持續的短缺和匱乏中形成的『節儉』、『樸素』的生活觀業已被持續的消費夢想所取代。原來將個人消費的滿足無限『延遲』到未來，

〔註15〕張頤武：《晚清「現代性」：欲望的發現》，《江蘇社會科學》2003 年第 2 期。

當下的人應該爲未來的人們的幸福壓抑自身現實的消費觀念已經被工作和勤奮應該以獲得豐富的消費爲酬勞的觀念所替代。『消費』不再是一種次要的和附帶的行爲，它本身就成了人生的重要目的。生產和勞動已經被視爲消費的條件，而不是生存的目的。消費的衝動和欲望的滿足已經成爲一種基本的社會驅動力」〔註16〕。他們直接將這種對九十年代中國社會的認識與晚清社會時期接通，植入對晚清文學的理解，看到了晚清通俗小說所孕育的巨大的「現代性」潛力。如果反映了日常生活、高揚了對人性的欲望的文學就是具有現代性內涵，依照同一邏輯推理，九十年代新興的「身體寫作」、「私人寫作」、「欲望寫作」等等都應該具有相同的現代性，甚至於比是晚清通俗小說更「現代」，可實際上，「身體寫作」、「私人寫作」、「欲望寫作」不但沒有認爲其具有高度的現代性，甚至於受到眾多的批評，被貶斥爲文學的一種墮落。可見，這種對晚清文學現代性的認定方式過於簡單，缺乏學理上的依據。

在 90 年代「反思現代性」的文化語境中，晚清通俗小說完成了現代性的建構，也豐富和拓展對五四的理解。但毋庸置疑的是，這一建構脫離了晚清文學的實際狀況，忽略了文學的根本屬性──文學的審美性，是一種想像層面裏的「現代性」。如果返回文學歷史的現場，對晚清通俗小說進行具體的考察：從表現手法上看，中國古典小說敘事的傳奇性，正是傳統美學在小說藝術中的一個突出特徵。一般而言，晚清通俗小說或情節迴旋跌宕，曲折多變，或故事平中見奇，出奇制勝，重視讀者的審美體驗和心理需求，刻意突出「故事性」；從小說形式上看，章回體製作爲中國古代小說的標誌和重要特徵，晚清通俗小說也傳承了中國古代小說這一藝術傳統。用對仗工整的回目來概括本章的主要情節，或有回前詩、回末詩用以引領情節或評斷人物。有說話人方式的模仿，諸如「說話」、「卻說」、「且聽下回分解」等字樣；文學是語言的藝術，從文學語言的角度來看，白話與文言一直是區別古典小說與現代小說的重要標識，晚清通俗小說文白兼有，半文半白，所謂「白」是當時的口語，並非現代白話。而其中也不乏駢文的經典之作，如《玉梨魂》。撇開了對文學作品的考察和分析，脫離了文學文本的想像的現代性實在是晚清通俗小說柔弱身軀不能承受之「重」，更有可能形成新的「遮蔽」和「誤區」。

〔註16〕張頤武：《晚清「現代性」：欲望的發現》，《江蘇社會科學》2003 年第 2 期。

第二節　懸置：舊體文學的入史之「辨」

　　九十年代的晚清文學研究出現了新動向，不僅填補了此前留下的空白，同時對一些歷史遺留問題有所推進，但仍遺留了譬如舊體文學的入史等問題。所謂舊體文學，即「運用中國古代傳統文學體裁創作的作品，以及它們的文學批評。它與『新文學』不同，後者主要是運用外來文學形式創作的文學。簡單地說，『舊體文學』主要應當包含舊體詩詞、散曲、文言散文、文言小說與章回小說，創作或者改編的傳奇、雜劇、京劇以及其他地方戲曲的劇本，詩話、詞話、小說話、曲話等對舊體文學的批評。」〔註17〕有的觀點還主張，將舊體文學作家創作的新體文學或者是半新半舊的文學創作與批評也都算作「舊體文學」加以研究。但是，除章回體小說之外，其他舊體文學的價值及其入史的合法性一直懸而未決。舊體文學的價值與意蘊究竟何在？如何認識與處理本世紀文學發展的總格局中，新、舊文學及其相互間關係，是本節將要論述的主要問題。

　　舊體文學是如何被「懸置」起來的呢？中國的「現代」與「現代文學」是在多種二元對立中建立起來的。二十世紀上半葉，在「當代」與「現代」作為對舉、對立的兩個概念出現之前，現代與古典、新文學與舊文學的二元對立構成中國「現代」文學史的主線。古典文學和古典世界的和諧圖景被打破，新文學倡導者及新文學史家從新文學的立場出發，以進化論為理論模型構建起中國的「新文學」史。胡適的《五十年來中國之文學》第一次將進化論引入了文學研究領域，是最早著眼於新文學及其發生史的文學史敘述，標誌著進化論敘事模式在二十世紀中國文學史研究領域的創建。在胡適的文學史敘述中，近代以降的中國文學史演變為了一部「新文學」、「活文學」戰勝並取代「舊文學」、「死文學」的「新陳代謝」的歷史圖景。胡適堅稱，自己「對於文學的態度，始終只是一個歷史進化的態度」〔註18〕，並從理論建設的角度對進化論作出了評判。在《中國新文學大系·建設理論集》的「導言」中，「進化」被胡適提升到了「革命」的高度，將「歷史進化的文學觀用白話正統代替了古文正統」，稱為「我們的『哥白尼革命』」

〔註17〕袁進：《中國現代文學中的舊體文學亟待研究》，《河南大學學報》（社科版）
　　　　2002 年第 1 期。
〔註18〕胡適：《五十年來的中國文學》，姜義華編：《胡適學術文集·新文學運動》，
　　　　中華書局，1993 年，第 150 頁。

〔註 19〕。此後,從陳子展、譚正璧、趙景深等的「附驥式」的新文學史,到伍啓元、王哲甫、吳文祺等的新文學或新文化運動專史,到趙家璧主編的《中國新文學大系》的各集導言,新文學史敘述呈現出新文學史逐步脫離傳統文學史的歷程〔註 20〕。與此同時,新文學的敘述的主導模式也逐步定型爲強調歷史必然性與目的論的進化史觀,強調新舊文學之間的對立和線性進步。較之周作人提倡的新舊文學同質化的「古今同一」的歷史循環論與錢基博以「古文學」爲本位的「厚古薄今」的歷史退化論,進化論的新文學史觀著眼於當下與未來,對自我進行強有力的肯定,並以突出的對抗性與排他性建立起新文學鮮明的主體身份和時代意識,從而樹立起與傳統徹底決裂的「現代」形象。正是這樣一種文學進化史觀主動、堅決地將「舊體文學」排斥出了文學史的研究範疇。

進化論的引入是中國思想文化史上的重大事件,「『五四』以前的幾十年中,對中國思想界影響最大的有兩論,一是進化論,一是民約論。前者以生存競爭的理論適應了救亡圖存、反對帝國主義的需要;……兩論的傳播,在觀念形態上是區分先前與近代中國人的重要標誌。」〔註 21〕以康有爲爲始,就不斷有思想家開始零星涉獵西方典籍並將進化論介紹到中國,不過眞正在社會科學領域將進化論引入中國的是嚴復於 1897 年發表的翻譯著作《天演論》。深重的民族災難激發了先驅們的救亡情結,使中國人深信物競天擇,適者生存。據胡適回憶:「數年之間,許多進化名詞在當時報章雜誌的文字上,就成了口頭禪。無數的人,都採來做自己和兒輩的名號,由是提醒他們國家與個人在生存競爭中消滅的禍害。」〔註 22〕此書中所宣揚的進化觀念迅速被時人接受,它「影響了幾代中國人,直到現在,它仍是許多中國人基本的思想預設之一」。〔註 23〕具體說來,在文學研究領域用「進化論」的眼光來看待文學現象從而出現了「歷史進化的文學觀念」。「歷史進化的文學觀念」的誕生是文學觀念變革歷程中的重大變革,用「進化論」的眼光來看待文學現

〔註 19〕 胡適:《中國新文學大系‧建設理論集》,良友圖書印刷公司,1935 年,第 249 頁。

〔註 20〕 黃修己:《中國新文學史編纂史》,北京大學出版社,1995 年,第 9 頁。

〔註 21〕 陳旭麓:《中國近代民主思想史‧序言》,上海人民出版社,1986 年。

〔註 22〕 胡適:《四十自述》,中國華僑出版社,1994 年,第 53 頁。

〔註 23〕 張汝倫:《紀念〈天演論〉發表一百年》,《華東師範大學學報》(哲社版) 1998 年第 5 期。

象，極大地衝擊了「尊唐」、「宗宋」等復古主義流派思想，對文學的發展趨勢、時代精神加以梳理發掘，從而使中國文學史演變成具有某種內在動力、生機勃勃的生命體，而不落以往的文章辨體、歷代詩蹤的窠臼。這種歷史觀伴隨著進化論在中國思想學術界佔據統治地位，在相當長的時間內，在歷史敘述上也佔據了統治地位，在當時相當有力地論證了新文學運動的合理性和必然性。誕生於八十年代「二十世紀中國文學」文學觀一方面主張從文學內部來把握文學史的進程，然而，另一方面它又以「文學現代化」和「匯入世界文學」等非文學的歷史價值標準為前提和預設，主張把二十世紀近百年來以來中國文學置於世界文學和中國古典文學傳統的背景之下作為一個不可分割的有機整體來把握，是「由上世紀末本世紀初開始的至今仍在繼續的一個文學進程，一個由古代中國文學向現代中國文學轉變、過渡並最終完成的進程，一個中國文學走向並匯入『世界文學』總體格局的進程，一個在東西方文化的大撞擊、大交流中從文學方面（與政治、道德等諸多方面一道）形成現代民族意識（包括審美意識）的進程，一個通過語言的藝術來折射並表現古老的中華民族及其靈魂在新舊嬗替的大時代中獲得新生並崛起的進程」〔註24〕。從晚清到五四，從古典向現代的轉型，舊體文學衰退、沒落轉而由新文學順天應時取而代之，勾勒了百年中國文學「從傳統到現代」的整體嬗變過程一條清晰、明確的文學發展史，同樣沒有突破現代性文學史觀的線性模式，而舊體文學的價值與意義仍然懸而未決。

　　但是，隨著時間的推移，文學進化史觀的諸多弊端也愈加地明顯了。首先，以進化論為理論原型，在「發展」與「現代化」的主題下，是對文學現象作一種的追溯性閱讀。因為「在進化史中，歷史運動完全被看成是前因產生後果的過程，而不是過去與現在之間複雜的交易過程」〔註25〕，所以，在文學現代化的主題下，文學研究的主要任務就是在紛繁蕪雜的文學現象中發掘和整理出可能存在的現代性文學因子，去重新發掘、剪裁和建構文學的歷史，以此作為對現代文學發展進程合法性的有力例證。按照對歷史目標的設定與追求，以對文學變革因素的追尋，以及對文學近現代發展鏈條的論證成為了文學研究的主要學科任務，「文學史研究者便不得不在這一堆平庸的作品

〔註24〕錢理群、黃子平、陳平原：《論「二十世紀中國文學」》，《文學評論》1985年
　　　　第5期。
〔註25〕〔美〕杜贊奇：《從民族國家拯救歷史：民族主義話語與中國現代史研究‧導
　　　　論》，社會科學文獻出版社，王憲明譯，2003年，第2頁。

中仔細發掘，找出它們的『新變』」〔註 26〕。所以，當我們去追尋文學變革的歷史線索，只能把注意力集中於求新求變的意向，包含現代性因子的文學現象就自然而然地被篩選進入了文學史，而不包含現代性因子或是不夠明顯的現象則被擋在了文學史之外，彷彿它從來沒有存在過。這種選擇標准將豐富複雜、生動活潑的晚清文學歷史總是強行納入已經預設的理論框架之中，而忽略了現代性流動的多層次性及其與整個社會文化背景之間的結構關係，忽略了的歷史細節與偶然性，忽略了不同文學現象之間的歧義、差別、矛盾以及這兩個時期文學中同時存在的其他現象。同時，在客觀上釀成了二十世紀中國文學現代／傳統的緊張關係，舊體文學就這樣被輕易地忽略、被屏障掉了。其次，而背後的進化論隱藏了一種從明確的價值判斷：「新」勝於「舊」，「現代」勝於「過去」。因為進化的文學史觀堅信文學史也是類似生物學，有邏輯地生成、發展、壯大、分化、衰落的階段，有某種不可逆轉的必然的「規律」。文學以「變」為主要特點，新變於漸來，蟬蛻以既往，相信文學思潮的更迭越往後越高級，強調文學的進化及新舊更替的必然性、合法性，對進化發展作本質上的認同。在這種價值標準之下，文學便有了優劣之分。白話文學和新文學是優質、高等文學，以「現代」或者「新」來命名，而處在進化低端的舊體文學是劣質、低等文學，如此一來，人為地製造了現代性與傳統之間的緊張關係。基於新與舊、傳統與現代、進步與腐朽的價值劃分，舊體文學在「新」的話語體系中也就喪失參與文學史言說的意義和必要性。比如，在對「同光體」詩歌的研究中，往往不是在古代詩歌的整個沿革體系中去考察品評其具體意義，而是單單從「詩界革命」的對立面入手，將「同光體」等舊詩派放在古典詩歌向新詩過渡的鏈條中來考察，自然否定評價多於肯定評價。

　　如果跳出文學進化論敘事模式，返回文學的歷史現場，清季民初是中國歷史上新舊交替、風雲變幻的歷史轉折時期。在這個動蕩、變革的時代裏，新體裁陸續出現，可舊體裁仍在發揮作用：新派詩、譯詩雖應運而生，但近體詩、古詩、民歌諸形式仍在廣泛被採用；新文體雖風靡一時，文言散文創作卻是主流；文言小說與白話小說並舉，傳統小說與翻譯小說並存。舊體文學仍是其時最主要的文學表現形式，詩、詞、曲等傳統文學樣式都十分發達。僅從詞的創作來看，有被稱為晚清四大詞人的王鵬運、朱孝臧、況周

〔註 26〕袁進：《近代文學的突圍》，上海人民出版社，2001 年，第 199～200 頁。

頤；而譚獻、文廷式、王國維的作品均有相當成就，一時之間名家輩出，高
手如林。在批評理論方面，有王鵬運、況周頤的「重、拙、大」之說、陳廷
焯的「沉鬱說」。甚至認爲，「清詞獨到之處，雖宋人也未必能及」〔註 27〕，
呈現復興趨勢的晚清是「詞的中興光大的時代」。爲了凸顯新文學，以新文學
統一的標準對文學晚清進行剪裁，一切歷史都以五四作爲中軸而展開，五四
成爲了衡量是非得失的標準。這樣的話，即使討論晚清，也是持貶低的態度。
如果回歸文學的審美特性來重新審視「舊體文學」，將舊體文學視作一種文學
審美對象，那麼，無論是舊形式、舊體載，還是新形式、新體裁，只要是成
熟的、優秀的作品，它們之間就不存在高低、優劣之別。「文學的歷史性爲我
們提供了看待文學現象的一個角度、一個尺度：歷史進步的角度和文學進步
的尺度。從這樣的角度去觀察，以這樣的尺度去衡量，時代精神、時代意識
便成爲了很重要的一個標準」〔註 28〕，進化是文學研究的一個角度，而不是
唯一價值標準。但是，由於從晚清到五四「文學變革的界標與歷史的界標相
重合」〔註 29〕，要擺脫文學進化論敘事模式的框架更是難上加難。迄今爲止
的晚清文學研究，只重視包含了新的質素的文學，即使是近來的熱點通俗小
說也是努力開掘其中孕育了新的成分、因素的作品，呈現出一邊倒的傾向。
通過返回歷史現場，重新認識晚清文學，文學的審美價值爲依據對「舊體文
學」進行重估，可以更進一步地肯定晚清文學的文學史意義，晚清文學不再
是作爲五四高峰的反襯、古典文學的一個可有可無的尾聲而喪失了作爲獨立
的研究對象存在的意義，「它爲五四新文學的發生和發展開拓了道路。……它
本身就是一個文學時期」〔註 30〕。同時，對五四的認識也更趨理性。作爲歷
史發展鏈條上的一個環節，作爲中國文人在特定時代精神結果的一個見證，
五四新文學也不再只是以神聖的寓言化地位規範、影響著後世的創作。在學
理上，對於「舊體文學」的美學內蘊與學術價值已經受到了較大的關注並進
行了富有成效的探索，如劉納、袁進等學者在這一領域都卓有建樹。不過，
從現有的文學史敘事框架來看，新舊文學如何共生，如何相互影響的狀態沒
有呈現。如何超越進化觀的文學史敘事模式，找到合適的操作模式仍在探索
之中。

〔註 27〕 葉恭綽編：《全清詞鈔·序》，中華書局，1982 年。
〔註 28〕 劉納：《嬗變》，中國社會科學出版社，1998 年，第 41 頁。
〔註 29〕 劉納：《嬗變》，中國社會科學出版社，1998 年，第 8 頁。
〔註 30〕 劉納：《嬗變》，中國社會科學出版社，1998 年，第 13 頁。

二

　　回顧歷史，不難發現，對舊體文學的評價問題打從一開始便不是一個單純的學術問題。經歷了一場巨大的風波，儘管九十年代被認爲是「思想家淡出，學問家凸顯」的時代〔註31〕，可很多時候談論文化的目的並非源於文化、學術本身，而是借助文化討論政治，或是從文化問題直接或間接地引申出政治結論。文化研究和文化討論中有學術層面的問題，也有學術和政治結合在一起或混淆在一起的問題，只有如實地去認識才有可能將這兩個層面的問題眞正釐清。既然啓蒙現代性的任務要通過文學來完成，那麼，文學自身的現代性就勢在必行而且要充當大變革裏的急先鋒角色。蔡元培在《中國新文學大系》的《總序》中曾說，初期新文化運動的路徑是由思想革命而進入文學革命的，「爲什麼改革思想，一定要牽涉到文學上？這因爲文學是傳導思想的工具。」〔註32〕這正是五四新文化運動的先驅者們關於中國社會現代化的設計方案，之所以要反對舊文學，除了它的形式作爲表達工具的不利而外，更重要的是因爲它是國民阻礙社會進步和政治變革的落後的思想意識的載體。文學革命的對象確立爲舊文學，新文學運動的主將們在這一點上達成了共識。陳獨秀在《文學革命論》中宣稱：「此種文學（「貴族文學」、「古典文學」、「山林文學」等爲代表的舊文學──引者），蓋與吾阿諛誇張虛僞迂闊之國民性，互爲因果。今欲革新政治，勢不得不革新盤踞於運用此政治者精神界之文學。」〔註33〕1919年，他又在《本志罪案之答辯書》中進一步進行闡述：「本志同人本來無罪，只因爲擁護那德莫克拉西（Democracy）和賽因斯（Science）兩位先生，才犯了這幾條大罪。要擁護那德先生，便不得不反對那孔教，禮法，貞節，舊倫理，舊政治；要擁有那賽先生，便不得不反對那國粹和舊文學。」〔註34〕在1918年，錢玄同在寫給陳獨秀的信中談到：「舊文章的內容，就是上文所說的『不到半頁，必有發昏做夢的話』；青年子弟，讀了這種舊文章，覺其句調鏗鏘，娓娓可誦，不知不覺，便將爲文中之荒謬道理所征服。」〔註35〕而後，在寄給胡適的信中再次言辭激烈地批判了舊文學：「玄同年來深

〔註31〕李澤厚：《希望年輕人去創造「思想」》，《現代傳播》1996年第4期。
〔註32〕蔡元培：《總序》，胡適編：《中國新文學大系・建設理論集》，上海良友圖書印刷公司1935年。
〔註33〕陳獨秀：《文學革命論》，《新青年》2卷6號，1917年2月。
〔註34〕陳獨秀：《本志罪案之答辯書》，《新青年》6卷1號，1919年1月。
〔註35〕錢玄同：《中國今後之文字問題》，胡適編：《中國新文學大系・建設理論集》，

慨於吾國文言之不合一，致令青年學子不能以三五年之歲月通順其文理以適
於應用，而彼選學妖孽與桐城謬種方欲以不通之典故與肉麻之句調戕賊吾青
年，因之時興改革文學之思；以未獲同志，無從質證。」〔註 36〕新文學的理
論大師周作人相繼撰寫《人的文學》、《思想革命》等，清楚地解釋了反對古
文的原因：「我們反對古文，大半原爲他晦澀難解，養成國民籠統的心思，使
得表現力與理解力都不發達，但另一方面，實又因爲他內中的思想荒謬，於
人有害的緣故。」〔註 37〕周作人明確提出要將文學革命與思想革命的要求結
合起來，並作出了高度的理論概括，產生了重大而深刻的影響。由此觀之，
從社會或政治層面看，對舊體文學的認識和評判深深地介入了中國人求民族
解放、求社會解放、求現代化的歷史進程，是一個文學問題，更是一個文化
問題，代表了一種姿態和一種選擇。嚴復曾探求國勢日衰、中國落後於西方
的根本原因是在於「中之人好古而忽今，西之人力今以勝古」〔註 38〕，即中
西之爭即古今之爭。這一觀點成爲了日後仁人志士尋求中國出路的邏輯起
點，五四新文學運動也在這一基本認識中展開。「五四」文化精英們對包括舊
體文學在內的中國傳統文化的決絕態度，是因爲他們認爲中國文明還是一種
古代文明，西洋文明是一種近代文明。中國要強國，進入近代文明，就要向
西方學習，而中國現代化的阻力來自中國自身的傳統文化，要改造這種文化，
學習西方的民主與科學、破壞中國的文化傳統與倫理道德是唯一出路。因爲
在中國傳統文化的基礎上根本不可能真正實現中國文化的現代化，傳統文化
與現代化是絕對不能同時並存的，必須全盤推翻中國傳統文化的價值系統，
對整個文化體系進行全盤性的改造和重建，所以，「五四」文化精英大力倡導
西化，猛烈地、毫不留情地抨擊傳統道德和作爲傳統道德載體的舊體文學。
出於對五四激烈反傳統的保守回應和當時科學主義思潮的一種反抗，發源於
清末民初的文化保守主義者則提出了漸進式緩變型文化改造策略，認爲中國
文化必須調整和更新，但原動力必須向中國文化系統內部探尋。他們視西方
文化和現代化爲物質文化，視民族傳統文化爲精神文化，並認爲本民族文化
優於西方文化，或者兩者可以通過相互融合而創造出一種新的文化，抵制和

　　　上海良友圖書印刷公司 1935 年，第 142 頁。
〔註 36〕錢玄同：《寄胡適之》，胡適編：《中國新文學大系‧建設理論集》，上海良友
　　　圖書印刷公司 1935 年，第 78 頁。
〔註 37〕周作人：《思想革命》，《每週評論》第 11 期，1919 年 3 月 2 日。
〔註 38〕嚴復：《論世變之亟》，《嚴復集》（第一冊），中華書局，1986 年，第 1 頁。

反對新文化運動向西方文化學習的主張。「今欲造成新文化,則當先通知舊有之文化」,「今欲造成中國之新文化,自當兼取中西文明之精華,而鎔鑄之,貫通之」,強調文化發展、文化建設是「新舊雜糅」、「存舊立新」,要瞭解舊有文化、保留舊有文化之精華,因為「蓋以文化乃源遠流長。逐漸醒釀乳照育而成,非無因遽而至者,亦非搖旗吶喊,揠苗助長而可至者也」。〔註39〕無疑,這種指向飽含了對舊體文學的認可與堅守。

在九十年代這個特殊的時期,各種論爭相繼而起,一面反思現代性,一面思想界又興起了「國學」研究。隨著市場經濟的深入發展,從經濟領域到政治領域再蔓延到文化領域,人們開始深入反思20世紀激進主義思潮,提出「告別革命」,進而掀起所謂「國學熱」,「弘揚文化傳統」一派形成了一股強大的力量。早在上世紀末,中國青少年基金會任命南懷瑾為名譽主任,聘請季羨林、楊振寧、張岱年、湯一介、王元化等為顧問,推出了「中華古詩文經典誦讀工程」,在全國範圍內向青少年推廣中國古詩文的誦讀活動,同時編纂出版了十二冊《中華古詩文讀本》,影響頗大,轟動一時。在近些年的傳統文化熱或國學熱中,始終有這樣一股思潮「90年代以來,國內學術界、思想界、文化界乃至主導意識形態領域不約而同地出現了一種值得注意的新的動向,就其共同的基本立場和價值取向而言,可謂之為『新保守主義』」,是「一種『念舊』情緒、一種『向後看』、『向回轉』的呼聲、心態」〔註40〕。這股國學熱潮是「一個強大的新保守主義思潮正在中國知識界翻卷起來」〔註41〕的直接證據。舊體文學價值與意義又因與當下的思想文化問題的分歧糾纏於一體,而蒙上了一層特殊的含義。

新保守主義思潮的產生首先與片面地總結八十年代「文化熱」的經驗教訓有直接關係。它是作為對八十年代的「全盤西化」、「新啟蒙」、激進反傳統和民族虛無主義思潮的反駁而出現的,當代文化保守主義具有以下主要特徵:表現出回歸傳統的傾向、反對近現代社會變革、主張漸進改良、疏離主流文化的意識形態,等等。其中最重要的傾向之一,就是反思和批判激進主義。當代文化保守主義從批判文化激進主義到批判政治激進主義,進而反省、反思整個中國近代史,全面否定近代以來的歷次中國人民革命,將太平天國

〔註39〕吳宓:《論新文化運動》,《學衡》1922年4月。

〔註40〕周曉明:《一種值得注意的思想文化傾向:新保守主義》,《華中師範大學學報》(哲社版)1996年第5期。

〔註41〕趙毅衡:《「後學」與中國新保守主義》,《二十一世紀》1995年2月號。

革命、辛亥革命和中國共產黨領導的人民革命都認定為政治激進主義的產物，中國現代化的進程正是被這場反帝反封建的人民革命所阻撓並延滯了。對於中國來說，走改良和「君主立憲」的道路才是最正確的選擇。由反思八十年代「文化熱」中的激進主義擴展至對五四以來以至整個中國近代思想史中的激進主義的否定，當代文化保守主義將五四新文化運動視為「斷裂傳統」的罪惡淵藪。具體到文學領域，體現為：對五四啓蒙主義、激進主義以及以後的革命文學的全盤否定；對自由主義、文化保守主義作家及其文學進行理想化描繪；強調現代文學與傳統文學的內在聯繫；在重新評價舊體文學時，出現了對諸如新詩等新文化運動產物的徹底否定。

在反思中國近代思想史時，當代文化保守主義一方面批判激進主義，另一方面則是表現出對近現代文化保守主義的過份偏袒和衷愛，這也顯示了其淵源所在和思想承繼關係。跨入新世紀後，「國學熱」繼續蔓延。2002 年，在中國人民大學成立了中國高等教育體制中第一所以孔子命名的學院——孔子學院。該學院以推動了儒家思想研究的深入為己任，自成立以來，致力於儒學研究與國際學術交流，多次舉辦各種儒學研討會。同年 11 月，北京大學召開「《儒藏》編纂工程研討會」及「《儒藏》編纂論證會」。在會上，提出了把儒家經典及其各時代的注疏和歷代儒家學者的著述以及體現儒家思想的各種文獻編纂成一部儒家思想文化的大文庫《儒藏》，以便系統、深入地研究儒家思想，進而在中華民族的偉大復興中重新回顧我們這個民族的文化源頭，以期向傳統文化尋找前進的動力。經過一年多的醞釀籌備，2004 年，規模浩大的「《儒藏》編纂與研究」工程正式啓動，由南開大學、南京大學、山東大學、清華大學、北師大等全國 26 所高校的學者共同參與，計劃於 15 年內完成。緊隨其後第二年，即 2005 年，中國人民大學正式掛牌成立「國學院」並開始招生。這是繼該校成立「孔子學院」之後，正式以「國學」命名的學院，國學院是一個實體教育機構，與中文、歷史、哲學等科系一樣同屬於「一級學科」的行列，並且有國家教育經費的投入及正式人員編制。國學院的成立標誌中國傳統文化的教學與研究正式邁入中國正規高等教育體制，由「體制外」進入「體制內」。在這個時候，重評「舊體文學」的呼聲愈發高漲，撲朔迷離的「舊體文學」的重評之辨就從側面折射出了知識界內部在文化策略、價值取向上的分歧，也是社會轉型期知識分子自身思想的複雜性、多樣性、變異性和矛盾性的體現。

第四章 「他山之石」可否「攻玉」？
——透視「被壓抑的現代性」命題

　　隨著時間的推移，隨著「五四」肇始的中國新文學逐漸走向了世界，海外的中國現代文學研究日趨活躍。與國內的研究相比，海外學人的研究無論思維模式或是視角與方法，都呈現出迥異於國內學界的研究風貌。從夏志清《中國現代小說史》開始，海外研究越來越引起國人矚目，給國內研究格局造成極大地衝擊，尤其是「自 90 年代末以來的短短四五年時間，海外學人的中國現當代文學研究論著像集束炸彈，在大陸紛紛翻譯出版，掀起前所未有的衝擊波。」〔註 1〕有學者認為：「海外學人在很大程度上改變了過去中國文學研究的封閉單一視角，將跨文化、跨學科、跨語際的研究觀念投射到國內，形成了 20 世紀中國文學研究的『多元邊界』、『雙重彼岸』、『多維比較』；其直接參與及影響所及，在某種意義上改變了 20 世紀中國文學研究的總體格局，且目前已從某種邊緣狀態向大陸 20 世紀中國文學研究的中心地帶滑動」〔註2〕。本章將通過對王德威「被壓抑的現代性」命題的近距離透視，力圖還原、呈現美國現代文學研究在美國的真實狀況，進而對海外漢學能否有效地參與當下中國文學研究的建構作出分析與判斷。

〔註 1〕 程光煒：《海外學者衝擊波——關於海外學者中國現當代文學研究的討論》，《海南師範大學學報》（社科版）2004 年第 3 期。

〔註 2〕 李鳳亮：《海外華人學者批評理論研究的幾個問題》，《文學評論》2006 年第 3 期。

第一節　「五四」與「晚清」的逆轉——王德威的學術
　　　　研究路向

　　現在，談論中國文學的現代性，晚清已是一個無法回避的話題，而這很大程度上歸功於王德威的研究。1997 年，王德威的「被壓抑的現代性」論題的問世，一時之間激起了千層浪，頗受學界注目。「被壓抑的現代性」命題破天荒地提出了晚清文學是就像是眾聲喧嘩的嘉年華，而五四文學壓抑了晚清文學的多重現代性可能。這與大陸學界尊崇五四文學的傳統迥然不同，王德威旗幟鮮明地將五四文學作爲了現代性的「他者」，實現了由邊緣挑戰中心，完成了晚清對五四的「逆轉」。因此，開啓了對晚清文學的現代性給予重新認識和評價。而開啓對晚清文學的現代性給予重新認識和評價是建立在對晚清現代性的自發的基礎上的。事實上，在另外，先前的「二十世紀中國文學」文學觀包含了「晚清現代性」的命題但爲什麼直到王德威提出「被壓抑的現代性」，晚清文學的「現代性」似乎才引起了重視？那麼這兩個概念之間存在什麼樣的分歧？

　　王德威以「攪亂（文學）歷史線性發展的迷思，從不現代中發掘現代，揭露表面的前衛中的保守成分，從而打破當前有關現代的論述中視爲當然的單一性與不可逆向性」〔註3〕作爲思考的起點。本著這種研究初衷，王德威反思了自五四時期以來所形成的線性前進的時間觀、單一現代性及優勝劣汰的進化史觀。因爲抵達現代性之路是一條布滿荊棘的崎嶇坎坷之路，牽一髮而動全身，所走的每一步都同樣地關鍵，而不能將現代性的生成簡約爲單一進化論，這樣也無從預示其終極結果。並且基於線型進化史觀，現代性便演變爲了隸屬於西方的圖騰，非西方學者則被永遠無法彌補的時間差所吸引、揶揄。在他看來，想要眞正認清問題所在並解決它就必須回到問題的源頭，而這一源頭正是「晚清」。因爲，晚清是新舊時代的交匯處，是一個現代化的關鍵時刻。作爲中國文學的現代起點和現代文學發展的源頭所在，因爲它包含了眾多的蛻變可能，而正是這些可能性相互之間的角力與競爭蘊藏了一切問題可能發生的前兆和根源。加之，西方現代性與中國本土資源的初次碰撞也發生在晚清時期，便爲中國特色的多副面孔現代性的誕生提供了溫床。爲追蹤中國文學現代性的起點，王德威徹底摒棄了慣用的「四大小說」或「新小

〔註 3〕　〔美〕王德威：《被壓抑的現代性》，北京大學出版社，2005 年，第 29 頁。

說」式僵化論述，從二十世紀中國小說與中國歷史和政治錯綜複雜的關係切入晚清，極力地發掘出晚清通俗小說的無限張力。晚清通俗小說成爲了一個新興文化場域，「在其中世變與維新、歷史與想像、國族意識與主體情操、文學生產技術與日常生活實踐等議題，展開激烈對話」。〔註4〕狎邪小說、俠義公案、譴責黑幕、科幻奇譚小說既代表了晚清小說種的四大文類，而且直接指向了四種相互交錯的話語——欲望、正義、價值和眞理（知識）。在狎邪小說中，王德威發現了其在開拓中國情慾主體想像上的深遠影響，看到在歷史的危機中，一代中國人的欲望與恐懼，如何流入對一己身體的放肆想像上；在俠義公案小說中，他則看到其如何重塑傳統對法律正義與詩學正義的論述。對這四種話語的重新定義與辯難，已足以呈現出二十世紀中國文學及文化建構的主要關懷。但是，五四之後卻將狎邪小說當作欲望的渲染，俠義公案成爲了正義的墮落，譴責小說是價值的浪費，科幻奇譚是對知識的扭曲。通過對這四個被壓抑的現代性層面——頹廢的偏愛、詩學與政治的複雜觀念、情感的泛濫、謔仿的傾倒——的逐一探討，從中看到了狎邪小說、俠義公案、譴責黑幕、科幻奇譚小說其實包含著比五四文學更具有活力、更爲多彩多姿的諸多因素，可見，晚清時期已然孕育了「由即將失去活力的中國文學傳統之內所產生的一種旺盛的創造力」〔註5〕。從這個意義上看來，晚清文學就「並不只是中國『現代』文學的前奏，它其實是之前最爲活躍的一個階段」〔註6〕。他認爲，現代性就是「一種自覺的求新求變意識，一種貴今薄古的創造策略」〔註7〕，所以，晚清小說家的種種試驗當之無愧。那麼，此前一直認爲在西方文明的衝擊下，中國文學才走上了現代化之路的論斷就是不能成立的，「西方的衝擊並未『開啓』了中國文學的現代化，而是使其間轉折更爲複雜，並因此展開了跨文化、跨語系的對話過程」〔註8〕，王德威對中國文學現代性的生成模式產生了質疑，也由此對五四新文學感時憂國、文以載道的主流傳統提出了質疑。

〔註4〕 〔美〕王德威：《被壓抑的現代性·中文版序》，北京大學出版社，2005年。

〔註5〕 〔美〕王德威：《被壓抑的現代性》，北京大學出版社，2005年，第25頁。

〔註6〕 〔美〕王德威：《被壓抑的現代性》，北京大學出版社，2005年，第23頁。

〔註7〕 〔美〕王德威：《被壓抑的現代性·導論》，北京大學出版社，2005年，第5頁。

〔註8〕 〔美〕王德威：《被壓抑的現代性·導論》，北京大學出版社，2005年，第4頁。

經由這樣一番溯源，王德威從理論上顛覆了以五四文學爲正統的現代性敘事，提出了「被壓抑的現代性」，建立起了「晚清現代性」敘事。「被壓抑的現代性」分別指向了三個層面：一是指「一個文學傳統內生生不息的創造力」〔註9〕，而不是舶來品或西方衝擊下的產物。屬於一種文化內在轉化的過程。所謂內在轉化，是一種文化面對另一種文化的刺激時，一種創造性轉型的過程，不過這種轉型促生的現代性，與其說僅僅是外來衝擊所強加的，不如說是內在因素重組的結果。二是「五四以來的文學及文學史寫作的自我檢查及壓抑現象」〔註10〕，即對文學史敘述對晚清已經開始的現代性追求的「遮蔽」與「覆蓋」，指五四以來的文學及文學史寫作的自我檢查及壓抑想像。三是「泛指晚清、五四及 30 年代以來，種種不入主流的文藝實驗」，〔註11〕包括科幻小說、狹邪小說、鴛鴦蝴蝶派小說等。當西方現代性侵略性的堅船利炮敲開中國的大門時，滅國亡種的恐懼和頻頻災難帶來的焦慮，便使得國人漠視了現代性的多元可能，僅有對科學進步、對現代化社會的渴望無限膨脹起來。因此，「現代性」概念在中國體現爲對國家狀況、社會制度到個人生存狀態的理想形態的一種設想，具有相當濃厚的進步理性主義色彩，卻缺少西方現代性中對價值、理性等形而上問題的反思與追問，以及對現代化及其後果的批判和對人自身存在意義的反思。所以，隨著啓蒙運動的深入和普及，西方與中國、新與舊、現代與傳統，逐漸作爲二十世紀中國現代性觀念中相對固定的三對衡量社會進步與否的標尺而被固定了下來。中國的現代性由此便簡單的被置於非此即彼的二元對立的選擇中，現代性之路也越走越窄。以五四爲主軸的現代性視野，「遺忘」並「埋藏」了晚清小說的「創新痕跡」，和「更爲混沌喧嘩的求新聲音」〔註12〕。從根本上，五四之後中國文學的審美傾向出現了嚴重的文類偏見，體現出越來越「窄化」的趨勢。當五四作家們試圖通過論戰將所有的現代性價值欲求和路徑「整合」到自己的現代性「標準」時，那些不符合這一現代性「標準」的文類，就被界定爲「非現代性」

〔註 9〕 〔美〕王德威：《被壓抑的現代性・導論》，北京大學出版社，2005 年，第 10 頁。

〔註 10〕 〔美〕王德威：《被壓抑的現代性・導論》，北京大學出版社，2005 年，第 11 頁。

〔註 11〕 〔美〕王德威：《被壓抑的現代性・導論》，北京大學出版社，2005 年，第 11 頁。

〔註 12〕 〔美〕王德威：《被壓抑的現代性》，北京大學出版社，2005 年，第 56 頁。

或「反現代性」的了。現代中國文學對現代性的追求最終變成了在嚴重的文類偏見中滋生、壯大起來的文類畸形單一化。那麼，文學從低級到高級、由落後到先進的逐漸進化的觀點便遭到了無情的挑戰與瓦解，五四不再是「優於」晚清或「高於」晚清，而是晚清的一大倒退，二者之間的位置完全逆轉了。所謂傳統與現代、新與舊的界限也不再那麼清晰可辨了。在王德威的理論體系中，晚清——五四的環節被打斷，而聳立起了一個與五四相抗衡的「晚清」。爲進一步清理晚清開啓的多重現代性的譜系，又將目光轉向當代文壇，通過對八十年代以來大陸、臺灣、香港、海外代表作品的考察，力證中國文學已然重拾晚清即已開始、至今尚未完成的「發明現代」的工作〔註 13〕，著力挖掘、建構了一條從晚清到三四十年代的上海，經由五十年代到八十年代的港臺到 90 年代的內地的文學史線索，暗示了晚清現代性所受到的「壓抑」其實並未消失而是滲透於日後的種種文學創作之中，而晚清現代性問題因爲王德威的詮釋而成爲了學界關注的焦點。

作爲一種話語形式，文學史的書寫植根於世紀末複雜的歷史文化語境之中，由文化、思想、文學諸多因素整合、建構起來的。「晚清現代性」命題的誕生也不會是憑空而來的無根浮萍，而是具有深層的動因與深刻的思想背景。「被壓抑的現代性」命題提出晚清文學的現代性被五四文學給壓制了，構建起二者之間的對峙關係，潛藏著抵制與消解「五四」的傾向與意圖。然而，爲什麼海外學者提出了這樣的命題呢？如果追根溯源，究其文化根源，這股反對、抵制五四的思想傾向濫觴於海外新儒學、文化保守主義。所謂「新儒學」是指，「在辛亥、五四以來的二十世紀的中國現實和學術土壤上，強調繼承、發揚孔孟程朱陸王，以之爲中國哲學或中國思想的根本精神，並以它爲主體來吸收、接受和改造西方近代思想（如『民主』、『科學』）和西方哲學（如柏格森、羅素、康德、懷特海等人）以尋求當代中國社會、政治、文化等方面的現實出路。」〔註 14〕繼打倒傳統主義、全面採納西方科學的「五四」運動之後，於 20 世紀 20 年代興起了一股以接續儒家道統、復興儒學爲己任的文化思潮——現代新儒學。現代新儒學以儒家學說爲主體和本位來吸納、融合西學，探求中國社會的出路。二十世紀初葉深重的民族危機激

〔註13〕〔美〕王德威：《被壓抑的現代性·導論》，北京大學出版社，2005 年，第 15 頁。

〔註14〕李澤厚：《中國現代思想史論》，東方出版社 1987 年，第 265～266 頁。

起了中國知識分子對傳統文化的反思。歷經了洋務運動和改良主義的失敗更
促使中國的知識分子重新審視對本國文化的認識，領悟到如果不對作爲根本
的文化進行徹底的清算和眞正的改造，單純的技術引入和政製革新是不足以
拯救中國的，因爲西方的科學技術和民主政體就無法在中國的傳統文化裏眞
正地生根發芽，而中國也就只會永遠落後於西方，甚至連生存也無法保證。
這種氛圍之下，誕生了以胡適爲代表的自由主義和以陳獨秀、李大釗爲代表
的激進主義。他們一方面要求「打倒孔家店」，與傳統文化作徹底的決別，另
一方面呼喚現代西方的科學與民主。而出於對激進流派激烈反傳統態度文化
的回應，與此相應地出現了以現代新儒學爲代表文化保守主義陣營。自「五
四」新文化運動時期形成的中國現代學術思想的發展方向之一的現代新儒學
以援西學入儒爲基本特徵，一方面面向世界，廣泛地吸納、理解、轉化西方
的學術思想；另一方面則根據時代的需要，反省、充實傳統的儒家思想，推
進儒家思想在現代的理論形態中得到表現和發展，以梁漱溟、熊十力等爲現
代新儒學的開山鼻祖。雖然，新儒學也強調對傳統文化要進行適當的調整和
改造，但始終認爲中國文化是優於西方文化，它更適合現代社會的需要。五
十年代以後，新儒學思潮在中國大陸已沒有生存的環境和條件，錢穆、唐君
毅、牟宗三、徐復觀、方東美等一批學者堅持在港臺繼續推行現代新儒學的
學說與主張。1958 年，牟宗三、徐復觀、張君勱、唐君毅聯名發表《爲中國
文化告世界人士宣言》，這是新儒學現代發展史上具有綱領性意義的宣言，標
誌儒學復興運動在港臺和海外的興起。七十年代開始，新儒學將影響擴張到
了美國學界，美國逐漸成爲繼大陸和香港之後的發展、豐富中國哲學的第三
塊基地。美國的眾多著名大學都設立了專門研究機構，專業研究人員達數千
人，研究工作也受到美國政府的資助。進入八十年代以後，這支現代文化保
守主義的主流派活躍在國際學術舞臺上，形成了一個相當強大的思想流派。
這股至今三代人薪火相傳、延續了七十餘年的現代新儒家學派對二十世紀中
國的激進主義的反思與批判一直貫穿始終。以此爲起點，在新儒學看來，「五
四」不過是一場盲目崇洋的、數典誣祖的非理性錯誤運動。儒家學說是世界
上最豐富、最完備、最先進的倫理道德學說，何以須要向西方文明的啓蒙？
糟踐傳統的倫理道德，反對孔夫子是完全錯誤、瘋狂的且喪失理智的行徑。
所以，新儒學從根本上否認「五四」是一場思想的「啓蒙運動」，因爲中國傳
統的倫理道德在世界遙遙領先，而九十年代由於東亞「儒家資本主義」的經

濟發展，以及歐美在現代化進程中遇到了一系列嚴重問題，還有後現代在世界範圍內的興起，爲曾經處境艱難的新儒學崛起創造了前所未有的機緣。海外新儒學家的學說受到了眾多港臺和海外學人的追捧，在海外產生了廣泛的影響。

　　深受新儒學思想觀念的浸淫，美籍華裔學者林毓生就五四精神、五四目標、五四思想等一系列問題發表了自己的見解。他在《中國意識的危機——「五四」時期激烈的反傳統主義》一書中，運用比較思想史的方法對以五四激烈反傳統爲主軸的中國現代思想進行理性分析的工作，認爲 20 世紀中國思想文化界占主流地位的是「全盤性反傳統思潮」。他甚至認爲，「五四運動」和「文化大革命」這兩次「文化革命」的產生，都是基於一種相同的假設，即如果要推行意義深遠的政治與社會變革，其基本前提是要先改變人的精神和價值觀念。所以，「五四運動」和「文化大革命」都對傳統觀念和傳統價值採取了嫉惡如仇、全盤否定的立場。這就導致了爲了革命的成功而不得不激進地拒斥中國過去的傳統主流，「五四」文學革命「全面反傳統」、「打倒孔家店」，影響甚壞，不僅造成了中國文化的「斷裂」，而且導致了半個世紀後中國「文化大革命」的發生。而「文化大革命」與「五四」文學革命在對傳統文化觀念和價值採取全盤否定、激進地拒斥中國過去的傳統主流上更是一脈相承的。同年 9 月，美國普林斯頓大學東亞所教授余英時在香港中文大學 25 週年紀念會上，發表了一席題爲《中國近代思想史上的激進與保守》的演講，提出一部中國近代思想史就是一個思想不斷激進化的過程，造成了過份微弱的保守力量幾乎沒有起到相對制衡的作用，爲此中國付出了極大的代價。該文稱，『五四』是激進思潮的代表，「『五四』比變法，革命時代思想激進多了，康有爲還借用孔子、孟子、大同，譚嗣同還講『仁』。革命派也強調『國粹』。『五四』領袖則徹底否定了中國的傳統，直接了當地向西方尋求一切眞理，從而徹底切斷了中國現代文化的傳統血脈」，「簡單地說，中國經過了『五四』，否定了自己的傳統文化，其影響是負面，是現狀造成的主因」〔註 15〕，而「文革」就是這種思想不斷激進化的最高峰。這篇演說在海內外均造成了強烈的影響，此後譴責激進主義、呼喚保守主義逐漸形成一股潮流。九十年代後，引領中國思想界在啟蒙路徑上艱辛前行的李澤厚、劉再復「放

〔註15〕余英時：《中國近代思想史上的激進與保守》，《錢穆與中國文化》，上海遠東
　　　出版社，1994 年，第 198 頁。

棄啓蒙」，高調轉型爲「告別革命」的姿態，全盤否定自辛亥革命以降的中國
革命的傳統，從根本上取消中國革命發生的歷史合理性和合法性。這股保守
主義思潮愈演愈烈，還有甚至認爲如果不爆發辛亥革命，而是沿著清末君主
立憲的路子走，中國的現代化歷程就會好走得多。作爲中國革命合法性源頭
的「五四」又一次坐在了審判席上接受各方的質疑與批判。

　　如果與文化保守主義聯繫起來看，那麼，「被壓抑的現代性」命題提出中
國文學的多種現代性是被五四壓抑和簡約化了的觀點也就不足爲怪了。事實
上，這種對五四文學傳統及大陸主流敘事的反思與質疑並非始自王德威，從
美國現代文學研究的奠基人夏志清就早已初顯端倪了。在 1971 年出版的《中
國現代小說史》第二版中把五四敘事傳統的核心觀念明確地表述爲「感時憂
國」精神，因爲知識分子有感於「中華民族被精神上的疾病苦苦折磨，因而
不能發奮圖強，也不能改變它自身所具有的種種不人道的社會現實」而產生
的「愛國熱情」，是「中國文學進入現代階段」的特點。〔註 16〕也正是因爲
「感時憂國」精神導致了五四以後的文學敘述都與國家敘述漸行漸近，主體
創作意識也成爲了群體機器的附庸，文學與政治的緊密結合是現代中國文學
的主要特徵。夏志清對「感時憂國」的單音獨鳴頗感遺憾，在《現代中國小
說史》中力避大陸文學史的主流話語，從文學性的角度「挖掘」出沈從文、
錢鍾書、張愛玲等人，以見證不同於主流話語機制的另一種聲音，開闢了一
種新的文學史研究格局。這一研究思路也啓迪了李歐梵的現代文學研究。早
在二十世紀七十年代初，李歐梵應費正清之邀爲《劍橋中國近代史》撰寫有
關中國文學的章節「文學潮流現代性探索，1895～1927」時，將中國現代文
學的源頭追溯到了 1907 年。李歐梵認爲，「中國現代文學的起源，可以追溯
到清末，特別是 19 世紀的最後五年。在 1895 年 1911 的這個階段，若干『現
代』形態表現得愈來愈引人注目」。〔註 17〕李歐梵首次提出了要「晚清」這一
時間段作爲這段歷史單獨進行考察和研究。而後，又進一步區分了現代性的
兩個層面：一種是「偏重科技的發展及對理性進步觀念的繼續樂觀」，即「布
爾喬亞的現代性」，它是一個肯定的層面；〔註 18〕另一種是「經後期浪漫主義

〔註 16〕　〔美〕夏志清：《感時憂國精神：中國現代文學的道義使命感》，《中國現代小
　　　　　說史》（第二版），耶魯大學出版社出版，1971 年，第 533～536 頁。
〔註 17〕　〔美〕李歐梵：《現代性的追求》，三聯書店，2000 年，第 179 頁。
〔註 18〕　〔美〕李歐梵：《現代性的追求》，三聯書店，2000 年，第 148～149 頁。

運動而逐漸演變出來的藝術上的現代性」，崇尚人的靈性，與中產階級的價值系統相抗衡，又叫「頹廢現代性」。〔註19〕它是一個反思的層面，包括哲學、藝術等的對現代性的批判。由於對頹廢現代性的忽視和曲解，其與「布爾喬亞的現代性」被混為了一談。關注於悲觀的、歷史退化或者解體的一面，李歐梵發掘出了被左翼主流文學史敘事所掩蓋的一批卓有成就的作家和作品，並由此梳理、構建出了一條頹廢文學史敘述線索，進而描繪出一副面貌迥異的文學場景。如果說，夏志清對「感時憂國」精神的質疑、李歐梵對現代性複雜面貌的辨析是王德威學術研究的平臺和背景，那麼，王德威則是集大成者，他以更為具體的晚清文學研究推進了對於現代性的追問與反思。晚清文學所代表的這種眾聲喧嘩的現代性卻被五四新文學給壓抑了，五四文學所代表的是一種日趨窄化的文學路向。這個觀點事實上是對五四文學傳統的全面否定，把它看作是一種壓抑性的力量，甚至認為它要為後來中國文學的高度政治化負全部責任，從而最終完成了美國現代文學研究對晚清對五四的逆轉。「冰凍三尺非一日之寒」，儘管從夏志清到李歐梵再到王德威，時間跨度長達四十餘年，文化思潮從現代性轉向了後現代性，他們的對文學的認識也從「啟蒙主義」演變為「摩登現代性」，再從「摩登現代性」演變到「晚清多樣的現代性」，但他們三人卻始終堅守並秉承同一立場與觀念，即對中國文學的現代性被簡約為革命史宏大敘事和啟蒙宏大敘事的不滿，通過顛覆中國「五四」以來的主流文學史敘事表達對五四精神的懷疑。夏志清也公開承認：「他（王德威）把我的東西發揚光大，我夏志清卜來之後，他就是我的接班人」〔註20〕。三人之間的內在共通性也反證了海外現代文學研究與新儒學之間的淵源。由此可見，王德威的「被壓抑的現代性」並非無本之木，而是有著深刻的思想根源的，從孕育到成型是一個非常複雜的思想文化過程，是 90 年代以來在思想文化領域泛濫的保守主義思潮在文學史研究領域的強烈回聲。在濃厚的保守主義氛圍中，在質疑五四的思考中，海外學人相互呼應，一破一立，全面否定五四傳統，把五四看作是一種壓抑性的力量，攜手共同建立起了一種與大陸長期處於主流地位的「宏偉歷史」敘事相對的文學史敘事。如果說保守主義思潮是一種破壞性力量，那麼，晚清現代性的提出就是一種建設性

〔註19〕　〔美〕李歐梵：《現代性的追求》，三聯書店，2000 年，第 148～149 頁。
〔註20〕　〔美〕夏志清：《批評家就是要有勇氣》，在接受《新京報》記者的訪談時所說。

力量，構建起了晚清的現代性來取代五四文學的傳統。二者相輔相成，解構
與建構的同一過程，二者在價值取向、文化皈依是具有一致性的。

「晚清現代性」論題與「二十世紀中國文學」文學觀之間有著本質上的
區別。八十年代中期陳平原、黃子平、錢理群三人提出的《二十世紀中國文
學》，將中國文學現代化的起點提前到 1898 年，實際上已經涉及到了晚清小
說的現代性問題。從表面上看，「二十世紀中國文學」和「被壓抑的現代性」
兩個命題都將清季民初的中國文學納入了「現代性」的框架之下，但事實上，
「晚清現代性」論題與「二十世紀中國文學」文學觀之間有著本質上的區別，
是不同價值判斷下的兩種邏輯理路。在「二十世紀中國文學」文學觀下，晚
清的「現代性」乃是五四現代性的先驅，其愛國主義和民族主義的話語建構
爲五四新文學的先導，也是中國作爲現代民族國家的話語的前提。在此實際
上，晚清現代性就是五四「現代性」的啓蒙／救亡工程的源頭，爲五四現代
性的開端和起點，強調晚清「現代性」對於五四「現代性」的先導作用。所
以，誕生於八十年代「二十世紀中國文學」文學觀把二十世紀近百年來以來
的中國文學置於世界文學和中國古典文學傳統的背景之下作爲一個不可分割
的有機整體來把握，從晚清到五四，從古典向現代的轉型，舊體文學衰退、
沒落轉而由新文學順天應時取而代之，勾勒了百年中國文學「從傳統到現代」
的整體嬗變過程一條清晰、明確的文學發展史，仍然是現代性文學史觀的線
性模式。但是，王德威的「晚清現代性」把晚清文學看作是中國現代文學的
高峰時刻。從晚清到五四，文學的現代化之路是越走越窄，晚清各種各樣的
文學試驗和文學風格最終被歸束、化約爲寫實、現實主義的金科玉律。晚清
遮蔽並壓抑了本來應該作爲現代文學的歷史向度，新文學壓抑了晚清的多維
向度，凸顯了晚清文學與五四文學之間的內在矛盾和衝突。因此，否認文學
從低級到高級、由落後到先進的逐漸進化的觀點，所以，五四在中國現代文
學座標上的位置也截然不同。前者是將晚清與五四置於具有同一性的歷史發
展過程中，在這一進程中，「五四」構成了歷史的制高點，包括新時期文學都
是實現五四的對接而獲得了新生。相形之下，後者認爲五四是歷史的轉捩點，
中國文學的發展走向了極端。從對現代性發生的動力來看，前者主要強調了
西方文化與文學的輸入之功，將西方的影響判定爲二十世紀中國文學現代化
誕生並發展的內在動力。而王德威「被壓抑的現代性」以「中國中心觀」歷
史闡釋模式，發掘中國現代性的自源性，論證了歷來爲學術界所忽略的中國

文學是一個自身不斷變化的實體，具有自己的運動能力和強有力的內在方向感。因此，雖然兩種觀點都賦予了晚清文學以現代性的內涵，但是二者是兩種性質截然不同的「現代性」，並不像「捅破了最後一層窗戶紙」〔註21〕如此這般簡單。

第二節　「邊緣」意識與重釋晚清──王德威晚清 文學敘述之動因分析

　　「被壓抑的現代性」這一命題的提出，如石破天驚，使得國內外學界震驚於它的大膽與新異，沉醉於這種理論體系的嚴密與完備。可是，當我們驚歎於海外漢學帶來的衝擊、震憾之餘，在成服於輪番登場的各種新式理論之時，是不是也要反問一句，王德威對晚清情有獨鍾，是否具有其特定的立場和初衷？王德威為什麼選擇了晚清文學作為話語載體？李歐梵曾在《季進訪談錄》中談到，美國的中國現代文學研究方面，晚清研究的確成了一個熱點。〔註22〕美國漢學界對晚清文學歷史產生了前所未有的興趣，研究者紛紛將研究方向轉向了晚清，晚清研究已然成為了當下海內外文學研究的顯學。那麼，晚清文學究竟魅力何在，吸引了如此眾多學者的目光？本節將集中筆力回答上述問題。

一

　　美國是一個多民族的移民國家，來自不同種族、民族、族群的人聚集到北美這片廣袤的土地上而共同組建的國家。作為一個移民國家，美國文化是一種開放式的文化勇於接受外來文化的融合，這決定了美國文化擁有了極強的包容性。而且，由於美國文化的創造主體不是單一的而是來自世界不同的文化背景，群體的多源性決定了這種文化的多元性，多元性已成為美國社會與文化的本質特徵，以致發展到今天它幾乎繼承了全球的多數重要文化傳統。雖然各種族之間的跨文化互動在美國的發展史上留下了深深的印記，雖然文化多元化，但是，在一個白人占絕對壓倒優勢的社會，美國形成了以白

〔註21〕冷露：《評王德威「被壓抑的現代性」》，《現代文學研究叢刊》2002 年第 2 期。

〔註22〕李歐梵、季進：《李歐梵季進對話錄》，蘇州大學出版社，2003 年，第 127 頁。

人爲主體的主流文化，其他種族種則處於從屬地位，成爲非主流文化。包括
華裔在內的有色人種則作爲的少數族裔常常處於社會的邊緣地帶。這種文化
上的「邊緣」境遇直接體現於美國的學科體制之中。上個世紀五十年代，美
國學界開始了對中國現代文學的系統研究。如果簡單地對美國的中國現代文
學研究學人作一勾勒，美國中國現代文學研究界大體上歷經了三代學者的傳
承：第一代作爲海外 20 世紀中國文學研究的拓荒者，以夏濟安、夏志清兄弟
二人爲代表；第二代由李歐梵、王德威爲領銜，大約於二十世紀六七十年代
赴美，是目前美國中國現代文學研究界的中流砥柱；而一批大約於二十世紀
八十年代出國留學並且具有更加新進敏銳問題意識的中青年學者，如劉禾、
孟悅、陳建華、黃子平、唐小兵、張旭東、張英進等則可以被認爲是第三代。
經過三代人近半個世紀的發展的努力，中國現代文學研究在西方學院中具有
了初步的「合法性」面貌。劉若愚在《中國文學研究在西方的新發展、趨向
與前景》一文中曾經指出，在六十至七十年代的西方，尤其在美國，以中國
文學作爲研究專長的學者日愈增加，使中國文學研究在 1970 年代中期已成爲
一門獨立的學科，而不再是漢學的附屬組成。〔註 23〕這首先表現在，一批有
關中國現代文學研究刊物（包括有中國文學的綜合性刊物）的創辦，諸如《中
國現代文學通訊》（*Modern Chinese Literature Newsletter*，美國加州大學伯克利
分校出版）、《中國文學》（Chinese Literature，美國威斯康辛大學與印地安那大
學合辦）、《哈佛亞洲研究》（Harvard Journal of Asiatic Studies，哈佛大學出版），
《現代中國文學和文化研究》（Modern Chinese Literature and Culture）等等。
與此同時，在美國的哈佛大學、東亞研究中心、加州大學柏克萊分校中國研
究中心和東亞語文系、密執安大學遠東語言文學系、普林斯頓大學比較文學
系、印地安那大學遠東語言文化系、斯丹佛大學亞洲語文系、哥倫比亞大學
等高等教育和科研機構中都形成了中國現代文學的研究中心。儘管如此，中
國現代文學研究得以成立的這種「合法性」依然受到了來自外界的質疑。在
美國學界一直盛行著一種根深蒂固的觀念：古典文學才是中國文學的精華，
而中國現代文學是「一個已經被西化、被現代化了的中國——換言之，那是
被認爲喪失了『純粹中國性』、被西方霸權『肢解』了的複雜主體」〔註 24〕。

〔註 23〕James Hu, *The Study of Chinese Literature in the west: Recent Developments,
Current Trends, Future Prospect*, The Journal of Asian Studies, Vol. XXXV, No.1
(Nov.1975), PP.21~30.
〔註 24〕〔美〕孫康宜：《「古典」或者「現代」：漢學家如何看中國文學》，《讀書》1996

所以，中國現代文學在美國的境遇並不太樂觀，許多研究者「在對中國傳統和中國本色執迷之中，缺乏的卻是對現代中國人民的經歷的興趣」。〔註25〕而實際的情況是，在美國的大學裏，「中國現代文學常被推至邊緣之邊緣，而所需經費也往往得不到校方或有關機構的支持。一直到九十年代，漢學界才開始積極地爭取現代文學方面的『終身職位』，然而其聲勢仍嫌微弱。有些人乾脆就把現代中國文學看作是古代中國文學的『私生子』」。〔註26〕如果上溯到中國文學，關於中國文學的研究在美國的學科領域則往往是與印度文學、日本文學等等其他亞洲國家的文學含混而不作過多辨析地一併納入「東方語言文化」的體系。這麼來看，中國現代文學研究在美國系統而龐大的學科建制中是微不足道的。排除研究歷史相對短暫等客觀因素，在很大程度上也反映出了美國學界對包括現代文學在內的中國文學研究的學術歧視。由此可見，在美國的學術體制下，這批中國現代文學研究者們是一群游離於主流文化「邊緣」的學人。

　　如再進一步探析，對於專注於晚清現代性研究的第二代華人學者王德威來說，這種「邊緣」境遇是具有雙重意義的，並不單是相對於美國文化而言，同時也是針對大陸而言的。王德威畢業於國立臺灣大學外文系，繼而負笈西遊前往美國威斯康辛大學繼續攻讀比較文學博士學位。如果從進入美國學界之前的地域分佈上考察，王德威屬於美國現代文學研究界中的「臺灣學術群體」。自1949年以後，臺灣與中國大陸曾一度斷絕了所有交流。生活在島內的人疏離於大陸文化倍感陌生，更由於與大陸不同的政治傾向而滋生抵抗情緒和心理。在對「五四」新文化運動的評價問題上，「五四」新文化運動在中國思想與文化發展上的重大意義和歷史地位受到大陸文化界與思想界的認同與積極肯定，並沿著陳獨秀、李大釗、魯迅到左翼文學再到延安文藝這條線索建立起了中國現代文學這一學科。但是，國民黨退據臺灣以後，以胡適為代表的五四時期的自由派已被擠出歷史大潮的洪流，在臺灣學界發生重大影響的是以自稱「五四後期人物」的殷海光領導下的自由主義及以牟宗三、徐復觀為代表的新儒學，都對「五四」新文化運動持有保留態度。殷海光認為，

　　　　年第7期。
〔註25〕〔美〕孫康宜：《「古典」或者「現代」：漢學家如何看中國文學》，《讀書》1996年第7期。
〔註26〕〔美〕孫康宜：《「古典」或者「現代」：漢學家如何看中國文學》，《讀書》1996年第7期。

五四運動是中國歷史上的一場沒有站穩腳跟的啓蒙運動，而更接近於一種意氣用事的反偶像主義。牟宗三、徐復觀等更始終旗幟鮮明地對「五四」新文化運動進行省思。他們認爲，「五四」以來的反傳統根本上是顛倒了學術思想與政治之間的關係，反對「五四」以來人爲地割裂傳統，應該恢復儒家思想的本來面目。與此同時，在對峙狀態中，臺灣的政治氣壓甚大。因此，臺灣的學者是在一個與大陸不同的嚴峻局勢中逐漸開拓自己的研究範圍的。直到1987年臺灣解除戒嚴令之前，臺灣國民黨當局對中國現代文學，特別是對三十年代的革命文學實行禁錮封鎖的政策，提倡反共的「戰鬥文學」，割斷了「五四」以來中國新文學的傳統。特別在五、六十年代，一切都要爲「戡亂救國」、「反攻大陸」政策服務，這使得臺灣的中國現代文學和其研究幾乎形成了一片空白。作爲現代文學的奠基者魯迅受到了最爲嚴厲的批判，在這種情況下，以魯迅爲代表的眾多在中國現代文學史上具有深遠影響的文學作家的作品無法得到出版，研究更是無從談起。僅有胡適、徐志摩、梁實秋一批留學英美的知識分子的作品能夠問世，魯迅及三十年代作家，甚至包括沈從文的作品在臺灣一律成了禁書，偷看魯迅作品可構成殺頭之罪。1949年之後的臺灣學科體制中並不存在一個獨立的中國現代文學學科。對於中國現代文學，特別是在大陸佔據主導地位的革命文學史觀、啓蒙主義文學史觀，以王德威爲代表的「臺灣學術群體」其實是感到相當陌生與隔膜的。

沐浴著中西雙重文化的洗禮，穿越不同文化的邊界，遊走於現實的美國學界與中國學界之間灰色的邊緣地帶，在面對著作爲中國文化彼岸的「西方」的同時，也面對著中國本土這一文化中心：「我在西方的邊緣，我也在東方的邊緣，是地理和文化的邊緣」〔註27〕，是包括王德威在內的美國現代文學研究者的真實境遇。從某種意義上說，思想文化上的邊緣境遇，恰好又是一種優勢條件。在這種「雙重邊緣」爲文學研究帶來了更爲開闊的「雙重視野」：一是站在中國文化立場重新審視西方文化。身爲中國文化學者遊走於中外之間，王德威得以廣泛地吸收西方的理論觀念與學術方法，從而形成並造就了其多元文化因素及複雜理論相交融的學術背景，爲王德威的研究帶來了寬闊的學術視野；另一重意義則是，站在西方文化立場上返觀與重構的「中國」。擺脫政治約束的臺灣學者在美國較爲寬鬆的人文環境中，能夠站在更貼近中

〔註27〕李歐梵、季進：《李歐梵季進對話錄》，蘇州大學出版社，2003年，第181頁。

國現代文學實際狀態的立場上返觀與重構中國文化。其次，雙重邊緣性也形成了王德威學術研究中的空間張力，使他不論對本民族傳統文化與文學的思考，還是對美國文化與文學的關照，都創造了必要的距離。在邊緣的境遇中，既可以保持文人型知識分子自身的獨立性，又可以專心於自己的意義建構、價值傳承和文化批判的使命與天職，能夠對異域批評理論作近距離移植，面對中國文學問題採取遠觀姿態。在主流與非主流之間，邊緣與中心之間，作為研究者的王德威可以在中西兩種文化的差異和交疊中檢視中國文學的現代起點，這種距離也有助於其更客觀的審視，使之與主觀體驗相抗衡。正所謂，「身在海外的中國文學學者既然更多一層內與外、東與西的比較視野，尤其可以跳脫政治地理的限制。只有在這樣的視野下，才能激蕩出現代性的眾聲喧嘩，也才能重畫現代中國文學繁複多姿的版圖。」〔註28〕這是一般學者所難以抵達的境界，其學術研究富有極強的邊緣性色彩。然而，在西方文化的主流思潮的俯視下，在對邊緣的體認中，王德威也感受到了西方文化帶來的巨大衝擊與自身的危機。在西方文化的強大輻射中，思考著如何才能既獲得西方主流文化的認同，提出有別於主流文化的話語建構，從需要找到自己的學術話語，找到同主流文化交流的平等的「對話」模式呢？中國晚清文學就成為了王德威的學術選擇，是符合這種複雜文化心態的一種學術策略體現。

置身於美國學界，王德威難免要受到整個美國學術界大氣候的影響，首先要面對的則是美國的「中國學」傳統的「規訓」，其學術研究既同時分享美國中國學的現有成果，也參與它的範式轉換和更新，「晚清現代性」命題的提出與美國的中國學研究密切相關。漢學（sinology）也稱做中國學，指「西方人從語言文字、歷史、地理、哲學、宗教等諸方面系統地研究中國的學問，也是東方學的重要的組成部分」。〔註29〕嚴格意義上的漢學研究其歷史十分悠久，在西方主要指歐洲則可以追溯至十六世紀。在美國，以第二次世界大戰為契機，為了適應戰時國際形勢的需要，維護美國的國家利益，美國的漢學研究發生了一次重大的轉向：以費正清為代表的一批歷史學家創建了新興的

〔註28〕〔美〕王德威：《海外中國現代文學研究的歷史、現狀與未來——「海外中國現代文學譯叢」總序》，《當代作家評論》2006年第4期。
〔註29〕侯且岸：《當代中國的「顯學」——中國現代史學理論與思想新論》，人民出版社，2000年，第241頁。

現代中國學。由費正清創立的現代中國學有別於傳統漢學對研究現實問題的
冷漠，是一門以近現代中國爲基本研究對象，把對近現代中國的研究作爲東
亞研究的主體，以歷史學爲主體的跨學科研究的學問。由於創建現代中國學
的目的主要在於美國對於自身戰略發展的需要，因此，現代中國學完全打破
了傳統漢學的狹隘的學科界限，融入了社會科學研究的各種理論、方法、手
段，從而徹底地打破了傳統漢學的狹隘的學科界限。現代中國學不僅在研究
目的、研究內容和研究方式都與傳統漢學研究之間存在著根本的區別，而且
廣泛地涉略中國的社會、文化、歷史的各個領域，從而大大開闊了研究者的
研究視野。基於鴉片戰爭前的明清時期與近現代中國在歷史連續性上有著緊
密的聯繫，爲數眾多的美國學者將明清時期視爲中國近代史的萌芽階段，所
以，在美國漢學家一向重視對這一歷史時期的研究，有關明清時期的研究已
成爲了現代中國學中的學術傳統之一。美國漢學家對明清時期的研究所涉及
的領域很廣，囊括了近現代中國政治、經濟、人口、思想文化、法律、教育、
文學藝術、外交等各個相關領域。關於明清社會歷史的研究，更是美國漢學
界的熱點問題。例如，明清時期的社會精英和地方社會控制是美國漢學界長
期關注的課題。早在五六十年代，一批受過西方學術訓練的華裔學者就運用
社會學方法，在這方面進行了開拓性研究。正是居於美國史學界這樣的演進，
所以，包括晚清在內的中國近現代社會的歷史與文化成爲了學術前沿和研究
熱點，甚至於美國的中國現代文學研究方面，晚清研究的確成了一個熱點。
所以，王德威以晚清文學作爲研究對象既是受到美國學界大氣候的影響，也
是對美國學術界脈動的準確把握和對主流文化的一次主動靠攏。另一方面，
以晚清文學作爲研究對象的選擇又極易與國內研究形成了一種「比照」關係，
在爲國內研究輸入異域新聲的同時，樹立起了全新的學術姿態。反觀國內研
究，大陸學界關於現代文學的論述基本上都是從五四模式發展、衍化而來的。
王德威所代表的「臺灣學術群體」向來對於「五四」模式感到陌生、隔膜，
甚至於不滿，認爲「五四」模式比較偏重啓蒙文學、關注精英文學，「五四」
模式的路數似乎太過狹隘了，難以全面地描述現代文學的全景。由此，糾正
五四模式的不滿和糾正。而且晚清文學本身是充滿了內在矛盾、緊張和張力
的場域，是最富於生機和活力的文學。它既與中國古代文學親和，同時又與
中國現代文學親和；它既與中國古代文學有著直接的聯繫，又與中國現代文
學有著直接的聯繫；既可以看作是中國古代文學的現代延伸，又可以看作是

中國現代文學的古代源頭。晚清文學不只具有「現代性」，「古代性」同樣也是它的品格因素，並且和「現代性」一樣，「古代性」也具有它內在的邏輯性和過程線索。時至九十年代初期，晚清文學的研究力度與晚清文學的豐富性是極不相稱的。從阿英最初發掘整理 478 種晚清小說到 1988 年日本學者樽本照雄出版《清末民初小說目錄》（又稱《初版本》）發掘整理出了創作小說 7466 種、翻譯小說 2545 種，共計 10011 種小說，規模宏大的資料收集工程卻並沒有帶來相應地學術視野的開拓，推進研究走向深入。晚清小說的研究仍聚焦於李伯元、吳趼人、劉鶚、曾樸此四大家，僅僅圍繞少數幾個作家和有限的幾部作品，而數以千計的其他晚清小說和文學作家則少有人問津，總之，國內學界的晚清小說的研究面是非常窄的。這樣一個巨大的「空白」提供了王德威了足夠廣闊的學術空間。

如果要實現與主流文化之間的平等「對話」，一方面要緊隨主流文化的律動，而另一方面更重要的是，在迎合了主流文化的同時，展現出中國文學的獨特性和在西方文化語境中確立起與之相對照的「我性」。具體來說，「被壓抑的現代性」命題強調中國文學與文化現代性的內在驅動力。王德威標舉晚清現代性，強調立足中國現代文學本身來發掘出這些紛繁蕪雜的文學現象，認為現代性是一種文學內部、生生不息的創造力，「中國作家將文學現代化的努力，未嘗較西方為遲」〔註 30〕，通過對狎邪、公案狹義、譴責、科幻四大晚清通俗小說的研究來「說明彼時文人豐沛的創造力，已使他們在西潮湧至之前，大有所獲」〔註 31〕。從對晚清小說的研究，王德威試圖證明中國文學的現代化是中國社會推進與文學發展的自身的內在要求，是中國文學運行的必然趨勢。事實上，「西方的衝擊並未『開啟』了中國文學的現代化，而是使其間轉折更為複雜，並因此展開了跨文化、跨語系的對話過程」〔註 32〕，也就是說中國文學即使沒有外國文學思潮為助力，中國文學同樣將走上現代化之路，中華民族的自身就孕育了發展的內在動力。由此觀之，王德威嘗試從中國文學內部的嬗變來重釋中國文學現代性的發生與發展，體現了一種「中國中心觀」的研究立場。「中國中心觀」是由美歷史學家保羅・柯文提出的，

〔註30〕〔美〕王德威：《被壓抑的現代性・導論》，北京大學出版社，2005 年，第 10 頁。

〔註31〕〔美〕王德威：《被壓抑的現代性》，北京大學出版社，2005 年，第 55 頁。

〔註32〕〔美〕王德威：《被壓抑的現代性・導論》，北京大學出版社，2005 年，第 4 頁。

其最核心的特徵在於強調「內部取向」，努力嘗試從中國歷史的立場出發——密切注意中國歷史的軌跡和中國人對自身問題的看法——而不僅從西方歷史的期望的觀點出發，去理解中國歷史。作爲現代中國學的創立者，費正清此前也提出了中國文化的演進模式爲「西方衝擊——中國回應」型。其認爲中國和西方的關係是「西方挑戰——中國響應」。換而言之，中國缺乏自身發展動力，基本上處於停滯狀態的靜態傳統社會，認爲中國只有經過西方的衝擊後，才可能發生巨變、擺脫困境，中國近代化的推進、社會結構的變化的動力來自西方。「西方衝擊——中國反應」模式暗含著中國被動、西方主動，中國落後、西方先進等價值判斷在內。柯文就反對把西方的介入「作爲一把足以打開中國百年來全部歷史的總鑰匙」，而倡言把它「看成是各種各樣具體的歷史環境中發生作用的各種力量之一」〔註 33〕。所提出的「中國中心觀」它強調「內部取向」，主張「中國視角」，從中國出發進行思考，於是「在中國發現了歷史」。對海外學人來說，「中國中心觀」無疑是非常有力地理論武器，契合了王德威要將現代中國自身的知識與文化從西方的「遮蔽」下解放出來從而探求中國歷史發展的內在理路的內在需要。王德威對晚清文學進行「重新定位」，從中國文學內部的嬗變來探尋中國文學自身現代性之路，挑戰了流行已久的「西方衝擊——中國回應」的模式，宣告中國的現代性是自我生成的，是一種自改革，與西方文明一樣同是一種內發原生型現代化。確立了中國文學變革的自主性和主體性喪失，從而說明了「中國本土社會並不是一個惰性十足的物體，只接受轉變乾坤的西方的衝擊，而是自身不斷變化的實體，具有自己的運動能力和強有力的內在方向感」。〔註34〕

反過來看，以「中國中心觀」爲理論原型的「晚清現代性」同樣也契合了擁抱、迎合主流文化的文化心理，以美國學術界的研究成果爲學術背景和研究基礎。在「中國中心觀」出現之前，以「西方爲中心」的「外向型」模式——「西方挑戰——中國響應」在美國現代中國學界一直佔有統治地位，成爲了一種學術規範，也被稱爲「西方中心主義」模式。上個世紀六十年代中期至七十年代初，伴隨著「越戰」期間整個美國學術界的思想大動蕩，在美國中國學界產生了一股左翼批判思潮。新一代的青年學者起來公開批判戰後美國中國研究的傳統，批評具有官方色彩的費正清學術模式。在這種背景

〔註33〕〔美〕柯文：《在中國發現歷史》，林同奇譯，中華書局，1989 年，第 128 頁。
〔註34〕〔美〕柯文：《在中國發現歷史》，林同奇譯，中華書局，1989 年，第 78 頁。

下，以左翼批判思潮的出現為契機，學者們開始懷疑、否定「西方中心論」的觀點，認為西方學者在研究中國近代史時，總是自覺或不自覺地用西方的標準——民主化、工業化、商品化等來衡量中國近代的變化。凡是符合西方標準的即是所謂的進步、主流，並由此別除出落後的與次要的。衝擊——回應框架由於把注意力集中在中國對「西方挑戰」之回應上，就很容易引導人們把並不是或主要並不是對西方所做出的回應錯誤地解釋為是對西方做出的反應。然而，柯文通過研究發覺中國歷史並不像費正清等人所說的那種被動的「響應」發展而是完全有自己的內在動因，針對這種帶有明顯偏見的理論，於是提出了「中國中心觀」的研究模式，認為現代歷史「有一種從 18 世紀和更早時期發展過來的內在的結構和趨向……儘管中國的情境日益受到西方影響，這個社會的內在歷史自始至終依然是中國的」，〔註35〕對美國現代中國學的發展過程以及指導研究的以「西方中心論」為主要特徵的理論框架做出了深刻的反思和批判性的估量。保羅·柯文反對把西方的介入作為一把足以打開中國百年來全部歷史的總鑰匙，而傾向於把西方的介入看成是各種各樣具體的歷史環境中發生作用的各種力量之一，要求對中國的研究應該儘量避免外在的西方視角，要更多地從中國內部看問題，要「在中國發現中國自己的歷史」。1984 年《在中國發現歷史》的出版標誌了「中國中心觀」的誕生，在後殖民的文化語境中，「西方中心論」開始讓位於「中國中心觀」。

在如何化解、協調與主流文化的矛盾、衝突，在如何實現了對大陸學界的返觀的雙重追求中，王德威找到了晚清文學這一合適的話語載體，選擇了晚清這一研究薄弱而內在豐富的識別度極高的研究對象。與此同時，也向我們昭示，海外華人學者批評理論與二十世紀西方批評理論之間的比較，在這方面，不應將海外華人學者批評理論看作當代西方批評理論的一個「傳聲筒」或「實踐場」，在把海外學者當作西方理論的積極實踐者的同時，更應該看到，他們返觀與重構中國文學，也有著自身的需要與立場，從創造者角度考察海外華人學者對西方的接受與重構。

〔註35〕〔美〕柯文：《在中國發現歷史》，林同奇譯，中華書局，1989 年，第 174～175 頁。

第五章　晚清文學敘述之解析

第一節　五四的另一種「言說」：晚清文學的歷史敘述與「五四情結」

一

　　「晚清是好比是一個十字路口，歷史走到晚清，往哪個方向繼續發展是在晚清決定的，中國文學的轉型方向是在晚清就已經決定了，五四新文學只是沿著晚清選擇的道路繼續走下去」。﹝註1﹞在二十年前，乃至十年前，對於學術界來說，晚清文學的現代起源說是難以接受的異端學說。現今，晚清作為中國文學現代性的起點，已經得到了公認——「中國思想、學術與文學的現代轉型，並非始於五四，而是始於晚清。正是這兩代人的共謀與合力，完成了中國文化從古典到現代的轉型。」﹝註2﹞中國現代文學的發生期，是中國文學在種種內力和外力的膠合下即將終結而新的時代又在倉皇激變中尋求突破和開啓的時刻，縱然，這一時刻在中國歷史上不能說是獨一無二的，但也是至爲罕見的社會轉軌和文化轉型時期。從晚清到五四，中國文學演繹了從古典形態到現代形態的飛躍。「晚清說」是關於新文學的源流五種主要觀點（即晚清說、魏晉南北朝說、晚明說、明末清初說、辛亥革命說五種）之中

﹝註1﹞ 袁進：《從〈文學與國策〉看晚清與新文學的關係》，《中國現代文學研究叢刊》1999 年第 1 期。

﹝註2﹞ 楊聯芬：《「出走」之後的「返回」》，《中國現代文學研究叢刊》2006 年第 1 期。

擁有最多支持者的學說，如何描繪、呈現晚清到五四，這一歷史進程的走向，闡釋中國文學從晚清到五四演進的規律，反思其中的不足和局限，長久以來，一直是縈繞於眾多研究者心頭揮之不去的一種情結，筆者認爲，這種不斷返回晚清來尋繹、梳理新文學運動源流的訴求可以被稱爲是「晚清情結」。然而，我們也看到，每一次晚清文學敘述的調整、變動的背後都有一個身影——「五四」，新文學史的敘述形態以及對「五四」新文化運動評判的價值取向直接關係到對晚清文學的認識，制約晚清文學史的敘述。

回顧晚清文學研究歷史，不難發現，從胡適撰寫《五十年來中國之文學》開始，對晚清文學的關注就與對五四新文學的關注緊密地聯繫在一起。作爲五四文學的親歷者，胡適解讀晚清文學的立場立足於對新文學合法性的認證。新文學之初，五四新文化還沒有獲得合理的文學史地位，沒有生存的空間。胡適通過發掘和整理潛藏於晚清文學紛繁複雜的文學現象之中的進步文學因子，以此作爲對現代文學發展進程合法性的有力例證。胡適描繪五十年文壇之變，處處不忘說明新文學運動發生的歷史必然，從而論證五四新文學運動的合法性，《五十年來中國之文學》第一次將新文學對古文學的勝利用「史」的方式確立了下來。而陳子展則更進一步將五四新文學的源頭溯源至了晚清的戊戌維新運動，是中國現代文學起源「晚清說」的最早倡導者。他肯定晚清文學承前啓後的作用，承認晚清文學與「五四」文學是一個不可分割的發展過程，並從散文、詩歌、小說幾個方面勾勒了這個過程的發展軌跡。建國後，五四一度被政治神化，被賦予了無可比擬的優越性。「近代文學」的概念誕生並作爲一門學科被確立，直接消解了晚清文學的存在價值與意義。五六十年代的晚清文學研究則成爲了五四文學的「背景」、「參照物」又或是「對立面」而龜縮於五四新文學的陰影之中，作爲資產階級革命的組成部分而不能自證其價值所在。上個世紀八十年代中期，爲修補、彌合中國近代文學、現代文學和當代文學之間的斷裂層面，黃子平、陳平原、錢理群等人在提出的「二十世紀中國文學史」的構想。這一孕育著文學史觀念的深層變革的概念表明五四文學和晚清文學之間的內在邏輯聯繫引起了學界的關注。八十年代末，陳平原的博士論文《中國小說敘事模式的轉變》，是五四以來率先從藝術層面探討晚清小說現代性發生的論著。這部著作標識了晚清文學研究的轉捩點，而陳平原重視晚清文學，開啓晚清研究的之窗的動力源於其對中國現代小說起源的興趣，而又由對中國現代小說源頭的追問引發了陳

平原對晚清文學的探尋。陳平原通過對晚清文學獨特性的證明將晚清文學納入了中國文學現代化的進程之中。通過對晚清時期小說形式自身特徵的演變和內在軌跡的耙梳，從而在敘事模式的轉變這層面把握中國小說現代化進程的一個側面。晚清小說的形式被置於現代性的宏大框架之下，作爲中國小說從古典向現代轉型中不能忽略的必經階段，還原現代小說形式的生成、轉變。九十年代以來，開始不斷追問中國文學的「現代性」轉型究竟發生在何時？是發生於「五四」還是發生於「晚清」？就這一問題，章培恒、范伯群、孔範今、欒梅健等相繼撰文，主張將中國現代文學史的上限前移至「清末民初」。〔註3〕其中，欒梅健提出了將 1892 年韓邦慶發表的長篇小說《海上花列傳》作爲中國現代文學的開山之作；章培恒則通過論證晚清與五四之間的延續性，提出打破近現代文學之間的界限，將現代文學的源頭追溯至晚清；在單正平看來，甲午戰敗刺激了中國民眾尤其是士人階層民族主義思想情緒的迅速激化，從而導致了政治變革的迅速推進，更進而導致文學觀念、文學情感形態、文體和敘事方式等方面開始發生前所未有的變化，所以應該上溯至1895 年。國外學術界以李歐梵和王德威爲代表，都強調了晚清文學在五四文學發生中的重要作用。伴隨著晚清現代性起源說的大行其勢，晚清文學研究又前所未有地突入了學術研究的前臺，晚清好像突然成爲最爲引人注目的研究對象。如果說「五四」與現代性的關係問題引起學者們較多關注，那麼，近幾年更多的研究者將研究視角投向了晚清。

　　由上所述可見，每一次晚清文學敘述的調整、變動的背後都有一個身影——「五四」，對「五四」新文化運動評判的價值取向直接關係到對晚清文學的認識，制約著晚清文學史的敘述。具體說來，可以從學科研究和文化意義兩個層面來看牽制「晚清情結」的「五四情結」。從學科史的角度看五四情結，對中國文學現代性發生階段的關注直接引發了對晚清文學的關注。「整個中國現當代文學的制高點就是『五四』，正如古代文學的制高點是先秦一

〔註 3〕相關的論文有：章培恒：《論五四新文學與古代文學的關係》，《復旦大學學報》（社科版）1996 年第 6 期；范伯群：《論中國現代文學史起點的「向前移」問題》、《〈海上花列傳〉：現代通俗小說開山之作》分別載《江蘇大學學報》（社科版）2006 年第 5 期、《中國現代文學研究叢刊》2006 年第 3 期；孔範今：《「新文學」史斷代上限前延的依據和意義——對「二十世紀中國文學」的一種必要闡釋》，《東嶽論叢》1996 年第 6 期；欒梅健：《稿費制度的確立與職業作家的出現——二十世紀中國文學發生論之一》，《中國現代文學研究叢刊》1993 年第 2 期。

樣。」〔註4〕也就是說，如果說整個中國現當代文學的制高點是五四文學，那麼，整個五四文學的制高點就是五四文學的發生期。香港學者司馬長風曾比喻，新文學就是一條滔滔奔流的長河，「那麼在詳細欣賞兩岸風光之前，須先做一次全面性地鳥瞰，首先認清它的源頭」〔註5〕。隨著對中國現代文學本體世界認識與理解的推進，時至今日我們更關注、更在意的是中國現代文學是如何走過來的，正是在這種學術背景下，五四文學的發生成為了諸多學者無法紓解的心理情結，以晚清文學為肇始的中國現代文學便成為人們爭相言說的對象。並且，晚清起源說不單是從表面上看來的單純的文學史分期問題，而是關乎到現代文學的一系列基本命題：舊文學和新文學之間存在本質的斷裂，傳統與現代之間存在著本質的斷裂，文學與政治之間存在著本質的斷裂，個人認同與民族國家認同之間存在著本質的斷裂。這些對於現代文學研究而言，都是具有重要意義的問題。再則，長久以來，「五四」都是知識分子深切緬懷的精神家園，給予後來者精神的力量。作為一個曾經改變了歷史方向的偉大時刻，「五四」注定了要不斷地被後來者重新闡釋。所以，正因為五四在整個20世紀中國歷史中所起的一種奠基性文化作用，因此，現實文化關係發生改變的一個重要的文化症候便是對五四理解的變化。克羅齊認為，「任何歷史都是當代史」〔註6〕。隨著對現實社會理解的變化，人們對五四的闡釋也會逐漸變化，對晚清文學的敘述隨之也發生相應的變化。而時下晚清文學及其研究的火熱，不單純是一項與文學相關的歷史實踐，它同時也是在歷史的變遷中是一種能用來進行再度闡釋和可以不斷借用的理論資源。因此，對「五四情結」的認識，可以從學科研究、文化意義兩個層面展開，正是五四情結帶來了晚清文學研究的雙重屬性：既是一種學術研究，同時也是複雜的政治、文化方案的一部分，使晚清研究在追求一種穩定的歷史學科品質的同時，也重塑自身來一次次回應社會思潮的變遷。

二

　　這就引發了這樣一個問題，該如何看待與認識「晚清」與「五四」的關係呢？在歷史的發展線索上和在文學史敘述中「晚清」與「五四」之間的邏輯關係有何不同？先從歷史的發展線索上來談。如果撇開文學時間聯繫，考

〔註4〕　高旭東：《五四文學與中國文學傳統》，山東大學出版社，2004年，第1頁。
〔註5〕　司馬長風：《中國新文學史》，香港昭明出版社，1978年，第1頁。
〔註6〕　〔意〕克羅齊：《歷史學的理論與實踐》，商務印書館，1982年，第21頁。

察晚清與五四新文學傳統之間的內在機理，就會發現在文學革命意識、文學
樣式探索和審美信念諸方面保持了相當得一致性。晚清文學與五四新文學的
相通之處，主要體現在三個方面：首先，在文學革命意識上晚清與五四一脈
相承。胡適在文學革命的發難之作《文學改良芻議》中宣稱，白話文學才是
中國文學的正宗，白話文取代文言文是歷史發展的必然趨勢，中國文學要適
應現代社會就必須進行語體改革，從「八事」著手。不過，最早提出廢除文
言文卻可以上溯到黃遵憲。早在 1868 年黃遵憲就發出了感歎，「我手寫我
口，古豈能拘牽？即今流俗語，我若登簡編；五千年後人，驚爲古斕斑」
〔註7〕，對古文與今言相脫離的現象提出了質疑。在 1887 年 6 月寫成的《日
本國志・卷三十三・學術志二》裏，黃遵憲指出：「蓋語言與文字離，則通文
者少，語言與文字合，則通文者多」〔註8〕，由此可見，黃遵憲已意識到如果
不將文言合一，則會影響民智的開化，社會的發展，文言文阻礙了新思想在
人民大眾中的傳播。另一大張旗鼓、直言不諱討伐文言文的是裘廷梁。裘廷
梁在 1901 年發表的《論白話爲維新之本》一文，是最早要求廢除文言义的
宣言。他指出：「有文字爲智國，無文字爲愚國，識字爲智民，不識字爲愚民，
地球乃萬國之所同也。獨吾中國有文字爲智國，民識字而不爲智民。何哉？
裘廷梁曰：『此文言之爲害矣』。」〔註9〕在這裡，裘廷梁的思考、覺悟已足以
稱得上是五四白話文運動的先聲，首先，他把「崇白話」、「文言」與「智
國」、「智民」聯繫在一起考察，強調語言文字對人民思想教育和振興國家的
重要性；其二，他看到了文言文危害的廣泛性，強調了改革文言文的重要
性；其二，他第一次喊出了「崇白話而廢文言」的口號，堅決要求革文言文
的命。在此基礎上，他斷定「由斯言之，愚天下之具，莫如文言；智天下之
具，莫如白話」，「文言興而後實學廢，白話行而後實學興。實學不興，是謂
無民。」〔註10〕可以看出，晚清時候已經將對語言問題的認識上升到了啓迪
民智、救亡圖存的高度，語言改革關係到「愚國與智國」、「愚天下與智天下」

〔註 7〕 黃遵憲：《雜感》，陳錚編：《黃遵憲全集》（上冊），中華書局，2005 年，第
　　　　 75 頁。
〔註 8〕 黃遵憲：《日本國志・卷三十三・學術志二》，陳錚編：《黃遵憲全集》（下冊），
　　　　 中華書局，2005 年，第 1420 頁。
〔註 9〕 裘廷梁：《論白話爲維新之本》，舒蕪等編：《近代文論選》，人民文學出版社，
　　　　 1999 年，第 176 頁。
〔註10〕 裘廷梁：《論白話爲維新之本》，舒蕪等編：《近代文論選》，人民文學出版社，
　　　　 1999 年，第 180 頁。

的重大問題，這可以說是白話文運動的濫觴。第二，在對新型文學樣式的探索上晚清與五四具有同一性。以詩歌為例，1895 年秋冬之際，譚嗣同、夏曾佑、梁啟超經常集會開始討論如何革新詩歌。甲午中日戰爭戰敗後，黃遵憲憑藉數十餘年遊歷異域所得的生存實感對古典詩歌堆砌詞藻、華而不實的惡習發難，提出了寫作新詩體的倡議。他本人身體力行，有意識地向民歌靠攏，突破舊詩的束縛，沒有嚴格的韻腳，也不太講究對仗，很少用典，明白如話，感情充沛，創作了大量語言通俗、格調清新具有民歌風韻的新詩。梁啟超在 1899 年所作的《夏威夷遊記》中正式提出了「詩界革命」的口號，主張要全面向西方學習、拋棄舊體詩。成長於這種氛圍之下的胡適等五四文學革命的先驅早在一九一七年以前便開始嘗試新式白話詩的創作，如《蝴蝶》、《中秋》等等。新詩的創作是五四文學革命的突破口，而五四新詩運動的成功正是由於總結並吸取了包括「詩界革命」在內的晚清以來的詩歌改良的經驗，提出打破詩的格律、以白話寫詩的文學主張。從最初的新詞語開始，到黃遵憲的「雜謠體」，再到胡適的「白話體」，中國新詩終於應運而生。第三，人性解放意識的萌發。《玉梨魂》、《孽海花》等晚清時期的創作中都可以看到所隱含的對「人性解放」的要求。實際上，從晚清進步文學的「自我反省」、對自由、民主的渴望，到五四文學「人的覺醒」和「個性解放」，是一個完整過程中的兩個階段。

通過對以上三方面的梳理可以看到，晚清文學是形成中國現代文學傳統的重要資源，晚清孕育了五四新文學。作為中國現代文學傳統形成的重要階段，晚清文學與現代文學擁有多層面的意義聯繫。無論從思想上或從文學上來講，晚清與五四之間的聯繫也是割捨不斷的。包括魯迅在內的「五四」新文化運動的啟蒙思想家和文學家，都是與晚清進步社會思潮與文學思潮的發展分不開的。魯迅的文學創作與林譯小說、梁啟超的小說理論、章太炎的思想與文學興趣、外國文學譯介的發展等等文化現象之間，本身就有著或深或淺的聯繫。並且，從晚清入手，能清晰地認識小說變革、詩歌變革、語言變革等等一系列新文學運動的淵源，理解五四時期文學觀念的變革是傳統文學中各種力量和發展的可能性的在西學東漸的刺激下得以萌發而成的，而並非僅僅來源於西方文化與文學的衝擊，從而否定了把中國文學作為西方文學的移植的錯誤論調。離開了五四來談晚清，晚清將無所依從，而離開了晚清來談五四，又顯得突兀，既相互依存，又相互獨立。

三

　　從「發生學」的角度考察，五四新文學的諸多特徵，都發生在晚清，晚清文學與五四文學一樣具有不可忽視的獨特價值。不可否認，「五四」文學革命的意義是巨大的，沒有「五四」就沒有現代文學，沒有文學的革命，也就沒有中國現代文學傳統。但是，晚清文學同樣在一個全新語境中展開文學革新運動，開始了中國文學總體宏觀結構的變革。過去，由於五四新文化主將出於鬥爭的策略考慮，把「五四」作為一條分界線，批判和否定對晚清思想及文學。隨著，新文化運動的深入，當五四新文化主將成為了文壇及學界的中流砥柱後，形成了一套倚重五四的認知模式，並由此建立起自己對新文學的敘述。而當這些文學史敘述獲得主流意識的認可勢必帶來對晚清的「遮蔽」。現在，我們又重新意識到晚清文學的重要性：不研究晚清，就無法說清「五四」。逾越五四先驅者的眼光，不再只從五四先驅者的立場出發來看晚清，來談論晚清文學。在對中國文學現代性起源的研究中，不僅為中國文學的「現代性」起源找到了晚清文學，並且將研究的注意力轉向了審視「晚清至五四」這一歷史時期的文學的「現代性」表徵的認識上，著力發掘出中國文學現代性發展的脈絡，將晚清文學研究推進到新的高度、新的階段。

　　對晚清文學的重視，一方面表明了文學研究的深入，但是，某些研究者在發掘晚清文學現代性價值的時候，卻漠視了「五四」文學的現代性。更有甚者，認為只有晚清才足以代表現代中國文學興起的最重要階段，而魯迅代表的新文學作家在「五四」的時候繼承的是在西方已陳腐過時的寫實主義，尤其到四十年代政治激進的作家朝向為革命文學的目標邁進時，他們的作品是中國所有的現代性中最不現代的現代；又或者是，對理性與現代性烏托邦進行了充分地「祛魅」後，又為欲望現代性「賦魅」。對晚清通俗小說「欲望現代性」的宣揚空前地高漲了起來，甚至於認為，黑幕小說、狎邪小說、偵探小說、武俠小說等是由於體現出的特質「太過『現代』了」「而不能被理解」；或者「五四」的感時救國抑制了文學現代性的發展，主張真正現代性的文學，是到了鴛鴦蝴蝶派、新感覺派和張愛玲才得以恢復。這些觀點都有一個共同特點：發掘晚清文學現代性價值的時候，漠視了「五四」文學的現代性，以五四作為「他者」。究其原因，主要有如下幾點：首先，因為「五四」被看得特別重要，辛亥與「五四」本來是兩個緊鄰時期，由於某種歷史原因，它們卻分別屬於「近代文學」與「現代文學」這兩個自成體系的不同學術範圍。

過去，研究者自覺不自覺地以五四爲眼光，以五四爲眼光來看二十世紀三四十年代，以五四爲眼光來看晚清。也就是說，過去的新文學敘述一直都以五四作爲標尺，一切文學活動都以五四作爲中軸而展開，五四成了衡量是非得失的標準。按照五四的標準來衡量，晚清確實有很多的不足。所以，即使討論晚清，也是持貶低的態度。基於對這種研究積習的反撥，當代的研究者不免將心中的天平傾向了晚清，而對「五四」作出了不符實際的評價，甚至於否定五四文學的現代性。更重要的原因，還是來自當代社會思想文化的壓力。「五四」作爲一種社會思潮與文化運動，其合理性在很長時間裏都是受到肯定的。五四激進主義倡導的思想啓蒙，張揚的「文化批判精神」，從歐洲啓蒙運動和文化現代化過程中引進的民主、科學、人道主義、人權、自由、理性等思想資源，已經成爲了中國歷史、文化乃至文學現代轉型的巨大動力和精神支撐。但是九十年代以來，五四遭遇了來自各個方面的質疑，新儒學、後學、民族主義者都從各自的立場對五四作出了反省、檢討，乃至於徹底否定，國內、海外圍剿五四的呼聲此起彼伏。九十年代以來，國內外學術界都有意無意地從晚清文化、文學這一特定視角來審視五四文學，從某種程度上說，當前的「晚清熱」是一種對五四反思、質疑力量的呈現。因此，晚清文學研究中所表現出對五四的漠視、否定傾向就不足爲怪了。

實際上，那些否認五四文學現代性的研究者其自身也是相當矛盾的。王德威認爲晚清文學才足以代表中國文學現代性的巔峰，那麼，他提出這一結論的必要的條件就是晚清小說具備了五四新小說所不具備的獨特的藝術價值。但是，王德威往往不自覺將晚清小說與五四新文學中的小說進行比較，因爲某個方面與五四的相似，比如敘事模式、人物原型、藝術手法一致，而由此得出了晚清小說的現代性特徵。如果晚清文學的價值比五四文學高，那他爲什麼要以五四爲參照進行比較？而是應該說明晚清文學中五四不具備的種種獨特性。這樣的論證方法不能說明以狎邪小說、俠義公案小說、丑怪譴責小說和科幻奇譚爲代表的晚清文學所具有的現代性的獨特之處，而是恰恰相反，證明了晚清文學的價值並不比五四文學的價值高。實際上，五四原本也跟晚清一樣，是十分紛繁、豐富甚至蕪雜的，充斥了各種矛盾以及可能性。但是，由於種種原因，五四被簡約化、單一化處理了。僅從「五四」作家在文學思想來看，就大多具有二元論傾向。一方面接受了西方「純文學」的觀念，但中國的社會現實又沒有爲他們提供「象牙之塔」。國運的憂慮，社會的

黑暗，人民的苦難，與作家個人的遭際交互滲透，這些感受和體驗不能不流瀉到他們的筆下。所以，將「五四」作家的「感時憂國」精神與傳統的「文以載道」觀念相聯繫甚至相等同是不符合實際情況的。「被壓抑的現代性」、「另一種現代性」等觀點察人之所未察，言人之所懼言，對傳統的觀念提出了挑戰性的批判，爲我們重新認識晚清文學、五四文學打開了一扇窗，並將文學研究帶入了新的境界。但是，文學本身就是一個由多因素、多層次、多維度構成的複雜的系統，如要把握如此複雜的結構體系，僅僅關注文學的某一方面、某一層次，就注定只能獲得「片面的眞理」。而危害更大的是，這種「壓抑與被壓抑」的治史思維，其實並不利於發掘眞正的歷史眞相，只會讓論者再次的陷入二元對立的窠臼之中。過去，是爲五四尋找根據，最後所敘述的晚清是五四的晚清。現今，將晚清作爲五四的對立面，批判新文學壓抑了晚清的多維向度。問題的關鍵不在於，「晚清」與「五四」孰輕孰重，孰優孰劣，而是應該辯證地看待「晚清」與「五四」的關係，從而把握二者之間的內在邏輯聯繫。爲此陳平原提出了「既不獨尊『五四』也不偏愛『晚清』」，在「談論『五四』時，格外關注『五四』中的晚清」；反過來，研究『晚清』時，則努力開掘『晚清』中的『五四』」。〔註11〕楊聯芬則認爲，應該將晚清文學與五四文學看作中國現代性歷史的同一過程，這並非是要在二者的思想與藝術價值等同起來，而是堅信「無論晚清還是五四，都是中國文學發展歷程中的一個『時刻』──中國文學由古典向現代轉化的時刻」〔註12〕，將晚清與五四置於了同一座標之上，也就是說，將之視爲對話的兩個空間，不厚此薄彼。這些觀念都爲我們辯證地看待「晚清」與「五四」的關係，提供了極富意義的啓發。

第二節　「斷裂」：晚清文學敘述發展的表徵

根據福柯的理論，每個社會、每一種文化都有駕馭其成員思維、行動和組織的規範和條例，而這些規範或條例鑄成了無形或有形的解構──「話語」（discourse）。「一個社會的各個方面（政、經、文、教、醫、商等）都有它們

〔註11〕陳平原：《觸摸歷史與進入五四・導言》，北京人民大學出版社，2006年。
〔註12〕楊聯芬：《晚清至五四：中國文學現代性的發生・緒論》，北京大學出版社，2003年。

特定的話語存在」〔註 13〕；並且處於同一時期之內的各種話語並非雜亂無章在，各自爲政，而是由特定的認知意願和認知模式統攝起來，形成一個互相關涉的嚴密的網絡。福柯把連接特定時期各種話語的這種總體關係，稱之爲「知識領域」。福柯認爲，「每一個時期的『知識領域』各自獨立、互不相屬的」〔註 14〕，從一個時期進入另一個時期，就意味著前一時期的認知意願和話語模式已經發生了根本的變化。因此，儘管在時間上是前後相續的時期，但它們的「知識領域」卻不一定相聯，相反，卻是出現了「轉換」和「斷裂」。從福柯分這一理論來審視歷史，歷史就不再是各時代之間緊密聯繫的起承轉合，而是「知識場域」的一次次斷裂。從整體上看來，晚清文學史敘述大體上經歷了「五四後」、「1949 年後」、「文革後」、「九十年代後」四個「知識領域」，並且在以上四個「知識領域」裏形成了其獨特的話語形態，「斷裂」成爲了晚清文學敘述發展的表徵。

一

　　甲午戰爭的失敗，刺激了中國民眾尤其是士人階層民族主義思想情緒的迅速激化，從而導致了政治變革的迅速推進，更進而導致文學觀念、文學情感形態、文體和敘事方式等方面開始發生前所未有的變化。在此次失敗所引發的「精神突變」中，進入了晚清時期。得以療救時代創傷的進化論大行其勢，很快被引入了文學研究，構建起了新舊更替與嬗變的文學發展線索，這便是最早關注晚清文學的胡適所探索新型的文學史撰寫模式。上個世紀三四十年代是我國第一個文學史的寫作高峰。文學史家從各自的立場出發尋找晚清文學的歷史座標，回顧、審視、清理中國文學的轉型的歷史形態。以胡適、陳子展爲代表的新文學立場，主要站在新文學的立場上敘述晚清文學；以錢基博爲代表的保守主義立場，側重以繼承傳統文學的立場批評晚清文學；以吳文祺爲代表的唯物史觀立場，主要從政治經濟的角度來闡釋晚清文學的發展。縱然三種晚清敘述之間的差異可謂涇渭分明，但都力求在中國文學新與舊的變革和傳統與現代的轉型之間鋪設一條橋梁。其時的晚清文學研究是多元並存的格局，表現爲整體的開放性，多種哲學思想、多元批評方法、多維

〔註13〕〔法〕米歇爾·福柯：《知識的考掘》，王德威譯，麥田出版有限公司，1994年，第 20 頁。

〔註14〕〔法〕米歇爾·福柯：《知識的考掘》，王德威譯，麥田出版有限公司，1994年，第 20 頁。

度探索視角的兼容並存，而非某一種理論學說獨霸文壇。

　　1949 年中華人民共和國成立，歷史翻開了新的一頁，開啓了一個全新的政治、文化時代。如果以福柯式的歷史觀來理解時代、時期的意義，1949 年以後，啓蒙主義、自由主義、保守主義多種文化力量並存的局面被迫中斷，前一時期的「知識領域」完全改變了，並促使各種話語的存在方式以及話語之間的關係結構與過去截然不同。在建國前夕召開的全國第一次文代會上，周揚在其題爲《新的人民的文藝》的報告中宣佈：「毛主席的《在延安文藝座談會上的講話》規定了新中國的文藝的方向，解放區文藝工作者自覺地堅決地實踐了這個方向，並以自己的全部經驗證明了這個方向是完全正確，深信除此之外再沒有第二個方向了，如果有，那就是錯誤的方向。」〔註 15〕擔任中國文聯副主席的茅盾在第二次全國文藝工作者代表會上對這一方向作了更細緻、更進一步地闡述：「文學的任務不僅要從作品中去眞實地反映這些錯綜萬狀的變化，而尤其重要的，是要以藝術的力量推進社會主義的改造工作，就是說，要以社會主義的思想去教育、改造千百萬人們，用勞動人們的高尚品質和英雄氣概去鼓舞他們前進的勇氣和信心。……教導他們在這種複雜的階級鬥爭中，改造自己克服障礙。」〔註 16〕通過對新中國文藝界領導人的一系列言論，不難感受到，新政權對文藝的新要求：首先，文藝工作的開展必須以毛澤東的《講話》爲依據。按照這些新的標準和尺度來研究新中國成立以前的文學作品，如此一來，「五四」以來沿著社會主義現實主義方向發展的「革命文學」受到了盛大的禮遇，而大量反映民主思想和民主要求的作品，由於它缺乏「社會主義現實主義」因素則只能讓其退居邊緣地位，甚至加以排斥和歧視。每一個時期都有自己特定的「知識領域」，從一個時期進入另一個時期，前一時期的認知意願和話語形態已經出現了根本變化。在一個時代的「知識領域」發生轉變的情況下，晚清文學史敘述的表現形態自然而然地也與 1949 年以前大爲不同。建國以後的晚清文學研究，在受政治意識形態嚴重規約的「正史」中，呈現爲單純並因果分明的階級鬥爭、政治鬥爭的直線圖。參照胡繩的觀點，「三次革命高潮」說被植入了晚清文學研究之中，晚清文學與之相應地被劃分爲這樣三個時期：第一階段，資產階級啓蒙時期的文

〔註15〕周揚：《新的人民的文藝》，新華書店，1949 年，第 2 頁。

〔註16〕茅盾：《新的現實與新的任務——1953 年九月二十三日在中國文藝工作者第二次代表會的報告》，《茅盾全集》（第 24 卷），人民文學出版社，1986 年，第262 頁。

學，從 1840 年鴉片戰爭到 1984 年甲午中日戰爭，即太平大國前後時期的中國文學；第二階段，資產階級改良主義時期的文學：由甲午中日戰爭至 1905年同盟會成立，即戊戌變法前後時期的中國文學：第三階段，資產階級民主革命時期的文學：從同盟會成立至五四運動，也就是辛亥革命前後時期的文學。資產階級啓蒙時期文學、改良主義時期文學到民主革命時期的文學三個階段直接對應了中國近代革命史，將晚清文學的發展流變塑造得同中國革命史的演變進程一致。1958 年，北京大學中文系文學專門化 1955 級集體編著的《中國文學史》首次闢出「近代文學」爲獨立的一編。當時根據國家教育規劃，各高等學校文科開設中國近代文學史課程，對象是以來 1840 年至「五四」的新文學。建國以後眾所周知的政治氛圍，使新文學史敘述從一開始就附庸於政治革命史。北京大學中文系文學專門化 1955 級集體於 1958 年編著的《中國文學史》是建國後最早闢出「近代文學」一編的中國現代文學史專著。儘管這部文學史因其包容廣泛、階級論強調得不夠十分突出，在當時頗受到指責和批判，但是它敘述上的政治意識形態化，卻標誌著建國以後晚清文學史的基本敘述方式。第一部斷代專史則溯源於 1960 年中華書局出版了復旦大學的《中國近代文學史稿》，此兩本著作標誌著清末時期的中國文學開始作爲文學史上一段獨立的「近代文學」正式開啓了較爲系統的探索，並逐步形成了一套固定化的敘述框架。晚清文學作爲「近代文學」被確立，進入了「體制內」，將毛澤東的《新民主主義論》貫徹到晚清文學的敘述之中。

二

　　文革前，晚清文學被政治扭曲成了政治的奴僕，變換成了政治的工具，遠離了文學本體。這些偏離、扭曲和變異給人們正確認識晚清文學設下了障礙，造成了誤導，也留下了難以消除的陰影。「文革」的結束，意味著一個時代的「知識場域」再次發生斷裂和轉換，文化大一統的格局被打破，一個能容納更多對立和矛盾的思想空間逐漸形成。對「文革」的徹底否定，使在「文革」中受到壓抑的諸多話語有了重新浮現、再次重組的可能。「反帝反封建」重新闡釋了中國晚清文學的內涵和性質，即鴉片戰爭到一九四九年這段文學的主流都以反帝反封建爲中心內容，反對封建專制，要求社會民主，反對賣國投降，反對帝國主義侵略，要求救亡圖強；反對思想鉗制，要求個性解放。「反帝反封建」思想主題的確立從積極意義上肯定了晚清文學的價值與意義，力圖打破以往晚清文學史與舊民主主義史同步的模式，嘗試將晚清文學

研究從政治話語中解放出來。所以，對鴉片戰爭以來的晚清文學性質與內涵的重新認識與確立，也促成了新時期之初的晚清文學研究的一次調整，迎來了新的面貌。

八十年代在文化與社會實踐中，找到了「新時期」與「五四」的契合點──以民主、自由為時代主題。八十年代被認為是「五四的復興」或「新啓蒙的時代」，這一時期文化想像和文學建構的方式就是被重新評價的五四傳統。「五四傳統」的基本內涵不僅規範著「新時期」提出問題的框架，也規範著人們對於「現代化」的想像形態，堅信歷史發展存在著一個不斷進步的規律。李澤厚曾寫道：「一切都令人想起五四時代。人的啓蒙，人的覺醒，人道主義，人性復歸……，都圍繞這感性血肉的個體從作為理性異化的神的踐踏蹂躪下要求解放出來的主題旋轉。『人啊，人』的吶喊遍及各個領域各個方面。這是什麼意思呢？相當朦朧；但有一點又異常清楚明白：一個造神造英雄來統治自己的時代過去了，回到五四時期的感傷、憧憬、迷茫、歎息和歡樂。但這已是經歷了六十年之後的慘痛復歸」。〔註17〕八十年代的作家與批評家自覺擔負起啓蒙主義的歷史使命，在濟世救民的神聖光環的籠罩之下為現代化進程的宏大敘事搖旗吶喊。所以，包括晚清文學研究在內的八十年代的文學研究被直接接續到「現代化」理想之上，與五四文學具有同質性，與五四所標舉的啓蒙精神具有內在的一致性，就從理論上根本否定了「三分法」革命範式中晚清文學、五四文學分屬舊、新兩種截然不同性質文學的邏輯起點，為晚清文學從階級話語中解放出來納入「文學現代化」的闡釋框架提供了理論依據。伴隨著「二十世紀中國文學」文學觀的誕生晚清文學被重新賦予了全新的內涵，其性質從「舊文學」轉變為「現代化」的文學。

經過了八十年代末的政治狙擊，歷史強行進入了九十年代。從八十年代到九十年代，在歷史分水嶺的兩側呈現出差異性的斷裂。九十年代是轉型的年代，首先是中國從計劃經濟向市場經濟的轉型。而社會形式的轉型造成了對以哲學、美學、文學為核心的現代精英文化的極大衝擊，現代精英文化結構的衰落不可避免，而以大眾消費為核心的多元化娛樂文化的興起則難以阻擋。當全球資本和市場消費為主導的經濟形態成為中國發展的主要力量後，五四新文化運動受到來自多方面的空前激烈的否定。海外新儒學派、國內新

〔註17〕李澤厚：《二十世紀中國文藝之一瞥》，《中國現代思想史論》，東方出版社，1987年，第255頁。

生的後現代派、後殖民派，都不約而同地將中國現代以來社會道德與文化的
失範、文化專制主義乃至文化大革命的爆發，歸因於五四新文化的激進主
義。而中國現實社會的文化語境發生了逆轉，大眾消費社會文化的建構在短
短的十幾年間已經變成現實。社會的轉型，價值取向的多元化，全球化時代
的來臨，文學的失落……九十年代異常複雜，當代知識分子不得不重新思
考他們所經歷的歷史事變，不得不重新尋找自身的歷史座標。1993 年，王曉
明在《上海文學》6 月號上，發表了《曠野上的廢墟——文學和人文精神的危
機》一文發起了人文精神大討論。這是知識分子面對市場、反抗藝術世俗
化的一次集體抗爭。當代知識分子承受著眾多的考驗，轟轟烈烈的人文精神
大討論，折射出了中國當代知識分子內心深處的焦慮和不安，更反映了他
們為堅守人文立場作出的積極努力。洪子誠為「九十年代文學書系」所作的
總序取名為「九十年代：在責任和焦慮之間」，也寓意了九十年代知識分子的
處境。

　　隨著九十年底以大眾文化、消費文化的迅速崛起，知識分子被逼入了逼
仄的生存空間，知識分子精英意識被逐漸邊緣化，反思文學和文化的歷史，
尋找知識分子系統獨立生存和發展的脈絡，證明知識分子自身的歷史合法
性，成為九十年代中國現當代文學研究的重要現象。回顧新時期文學走過的
歷程，我們不難發現文學在擺脫極端政治理性的束縛而回歸自身、在從統一
的意識形態中心敘事走向多元藝術探索的同時，也在消解著宏大的啟蒙主義
歷史敘事，「現實生活的無情事實粉碎了 80 年代關於現代化、關於西方現代
化模式的種種神話。與此相聯繫的是『西方中心論』的破產。這都迫使我們
回過頭來，正視『現代化』的後果，並從根本上進行追問：什麼是現代性？」，
落實到專業領域，就是「如何理解『現代文學』這一概念中的『現代』兩個
字？」〔註 18〕對「現代」的追問，意味著一種新的態度，不再將「現代」當
作自明性的研究前提，而是將「現代」本身作為一種意識形態和典範來看待，
而不是奉為先驗的價值」。文學之「現代」得以成立的奠基性前提，都紛紛得
到檢討。終於在 1996 年，楊春時、宋劍華發表《論二十世紀中國文學的近代
性》掀起了一場對二十世紀中國文學性質的大討論。該文提出一個全新的命
題：「20 世紀中國文學的本質特徵是完成古典形態向現代性態的過渡、轉型，
它屬於世界近代文學的範圍，而不屬於世界現代文學的範圍，所以它只具近

〔註 18〕錢理群：《矛盾與困惑中的寫作》，《文藝理論研究》1999 年第 3 期。

代性，而不具現代性。」〔註19〕二十世紀中國文學的性質爲「近代性」而非「現代性」的觀點，提醒學界對「二十世紀中國文學」合法性的前提和基礎——「現代化」進行反思、辨析，引發了一場歷時近兩年的廣泛討論。在這種背景之下，對「中華性」的訴求便是順理成章、理所當然的了。「中華性」便在這樣的文化語境中孕育而生，作爲文論建設的一個自覺訴求被提上了日程。「中華性」是張法、王一川、張頤武等對未來中國文化的設想。〔註20〕所謂「中華性」不是文化交流開始之前那種封閉的傳統，它既是對古典性和現代性的雙重繼承，又是對它們的雙重超越，它是要在新的世界格局中，使中國自身的文化獲得一個適應新世界的出發點，以自己獨特的聲音立足於這個多樣化的世界。尤其是，在談論中國的現代性問題時，不必老是強調「西方化」，把它當成走向現代的必由之路，事實上，在世界文化共在互動的語境中，通過求索「中華性」而獲得現代性。1840年到1990年代初的150年的中國歷史在以西方話語爲參照系的啓蒙救亡過程在中展開，這也是一個中國的自身身份喪失的過程：中國變得「現代」了，也就意味著中國人變成「別人」了。中國的所謂「現代性進程」其實質上一條喪失「自我」之路。從主觀意圖上，提出用「中華性」取代「現代性」，不是要重回「前現代」，而是要從一個將東方「他者化」的現代性方案轉向「中國的現代性」。換而言之，他們試圖建構「中華性」以取代現代性，中華性是在超越現代性的意義上提出來的，指出當代中國的文藝研究，應該從追尋西方「現代性」的足跡移換到立足於本土文化傳統的中華性上，因爲「五四」以來的以反傳統思潮與以學習西方爲特徵的啓蒙工程絕不是所謂的「鳳凰涅槃」。

　　對「現代性」的追問，首先促使研究者對晚清通俗小說的文學意蘊進行了全新的闡釋。90年代比較有代表性的是「再解讀」思路是，肯定晚清通俗小說的娛樂功能與休閒功能，嘗試從文化分析的角度顯現晚清通俗小說面向日常生活的屬性與內涵，展現人物的人性光芒和欲望，同時發掘導致中國小說傳統向現代過渡的因素。1994年，范伯群提出了「兩個翅膀論」，呼籲將近現代通俗文學攝入我們的研究視野。1998年，北京大學出版社再版錢理群、吳福輝、溫儒敏合著的《中國現代文學三十年》分出了三章來論述通俗小說

〔註19〕楊春時、宋劍華：《論二十世紀中國文學的近代性》，《學術月刊》1996年第12期。

〔註20〕張法、王一川、張頤武：《從「現代性」到「中華性」——新知識型的探尋》，《文藝爭鳴》1994年第2期。

從清末民初直至四十年代的流變歷程，特別詮釋了晚清通俗小說被界定爲舊文學的原因和時代背景，將通俗文學納入現代文學史的研究框架。該書作爲國家教委指定爲重點教材而具有示範意義，標誌著晚清通俗小說在文學史上的價值獲得了認可，地位得到了確立。在中國的全球化和市場化的進程中，市場經濟初具規模，消費文化興起，研究者又在晚清通俗小說中找到了現代性的感性層面，即人的感性欲望，進而賦予了晚清通俗小說「另一種現代性」、「欲望現代性」。「另一種現代性」被挖掘出來後，對理性與現代性烏托邦進行了充分地祛魅後，又爲欲望現代性「賦魅」。對晚清通俗小說「欲望現代性」的宣揚空前地高漲了起來，甚至於認爲，黑幕小說、狎邪小說、偵探小說、武俠小說等是由於體現出的特質遠遠高過精英文學，晚清通俗小說是現代文學史上最具現代性的文學，確立了一條從晚清的鴛鴦蝴蝶派到三十年代上海的張愛玲、到九十年代、「私人」寫作的文學史敘事。而李歐梵、王德威恰時、適時地傳播介紹到了國內，正對中國學界的需要，因此，與其說是「晚清現代性」論題的驚世駭俗，不如說是，這一命題契合了學界的當下需要。與此同時，掀起重評「舊體文學」。新文學在與「舊體文學」的鬥爭中得以確立。對舊體文學的認識和評判深深地介入了中國人求民族解放、求社會解放、求現代化的歷史進程，是一個文學問題，更是一個文化問題，代表了一種姿態和一種選擇。而此刻重評「舊體文學」的高漲一方面反映了對文學性的認識和文學研究的深入，另一方面則從側面折射出了知識界內部在文化策略、價值取向上的分歧，同時也是社會轉型期知識分子自身思想的豐富性、複雜性、變異性和矛盾性的表徵。

文學史觀的本質就是一種選擇權，問題的關鍵不在於敘述者已經說了什麼，而恰恰在於敘述者沒有說出來的那些是什麼。要分析文學史話語所構築的空間，一個關鍵就是探究它的「選擇機制」：它排斥了什麼，又選擇了什麼，它把什麼放在了重要的位置，又讓什麼變得不重要。文學史觀的本質就是一種選擇權，這種權利在晚清文學史敘述的演進里程中深刻體現著時代話語權的建立。無論是政治話語、啓蒙話語，還是反啓蒙話語的建構，都體現了晚清文學史敘述的演進過程中一種時代話語權的建立，折射出了社會歷史的變遷。然而，所謂「斷裂」並非各個時期的晚清敘述之間的決然分裂。文學史的發展並不像一條平靜流淌的河流，而是一個異常豐富複雜的過程。一部文學史，前輩及其作品與後輩及作品之間不斷發生這種雙向互動，從而形成非

常複雜的多維聯繫，先驅者所開創的文學史敘述模式總不可避免地影響到後來者的文學史書寫。由吳文祺開創的唯物史觀立場，從政治經濟的角度來闡釋晚清文學的發展，在新中國成立後，演變成爲了具有唯一合法性的晚清文學史敘述模式。新時期，雖然努力肅清政治對晚清文學史敘述的干預，引導晚清文學史敘述遠駛入文學研究的軌道，但是，政治話語的影響並沒有隨著時間的推移而消逝，「三階段」革命範式是政治干預在晚清文學史敘述中的一種典型表徵，然而，這一研究範式直到八九十年代之交仍被繼續沿用。從某種程度上來說，晚清文學史敘述從發軔期到二十世紀末，雖然經歷了從文學話語到政治話語再到啓蒙話語，繼而反啓蒙話語的一系列演變歷程，但是，先驅者所開創的文學史敘述模式無時無刻不「籠罩」著後來晚清敘述的發展，規定著後來敘述的走向，一種潛在的延續性若隱若現。所謂「斷裂」指聯結各種話語的總體關係「知識領域」地徹底轉換，每一時期的晚清敘述都試圖能夠超越前一階段，形成新的言說方式，確立自己的言說方式，但是前一時期的概念和命題的延續性依舊存在。

第三節　研究晚清　走出晚清

晚清文學研究是當下的一門顯學，從前中國現代文學「從五四談起」，現在中國現代文學則是「從晚清談起」。很多學者都認爲晚清文學研究的意義「並不局限於爲現代文學拓展疆域，它帶來的其實是問題意識乃至研究方法的深刻變化。原來那個「中國現代文學」的框架，根本容納不下這個所謂的「晚清文學問題」，而「『晚清文學問題』之於中國現代文學乃至整個文學學科的意義一直沒有得到有效的揭示」〔註21〕。因此，筆者認爲，研究晚清要從更高的高度來俯視晚清文學書寫現象，從更廣的角度評定晚清文學史敘述的價值，究其原因有三。

首先，從晚清文學研究本身來進行考察。這種反思似乎隱含了走向其反向邏輯的趨勢。「晚清現代性」意在突破和規避文學的發展中「新」與「舊」的簡單代替過程，肅清政治意識形態對文學的干預，嘗試立足中國自身考察中國的文學，顛覆五四文學「一元論」的主體性地位，啓動文學研究向多元

〔註21〕陳平原、李楊：《以晚清文學研究爲方法》，《渤海大學學報》（社科版），2007年第 2 期。

性、豐富性的回歸。「晚清現代性」的倡導者認爲,中國文學現代性的起源植根於農耕文明基礎上的傳統文學向建築於工業文明的現代文學的歷史跨越,這一過程中不單是中國文學自身的發展與演變,同時也是中西文明與文學的融合與創新。因而經濟、政治與文化之間的複雜矛盾糾葛糾纏,東西方文化的激烈碰撞與融合,歷史與倫理的二律背反,現代社會和文學機制與體制的新型空間的生成,現代性的人生體驗等等都滲入到文學的進程中,左右著中國文學的歷史發展,構建起極其豐富多樣的文學景觀。「晚清現代性」看到了在中國現代文學的發生與發展的過程中更是充滿了多重複雜的因素,並且認爲長久以來的新/舊、現代/傳統二元對立的本質主義的文學理念不僅造成了新與舊的簡單斷裂,而且還是以漠視和壓抑其他非本質的豐富複雜的文學現象爲代價的,難以眞正概括與包容一個時期的文學。因此,從表層看來,「晚清現代性」實現了對左翼文學史敘事、啓蒙現代性敘事的反思,突破了政治話語、啓蒙話語的束縛。但是,從思維方式上來說,「晚清現代性」的提出與其所批判、反對的對象之間並沒有實質性區別。科學史家庫恩提出的「範式」理論,在評價「新」的研究範式比舊範式更爲「合理」時有一個基本前提是,「一個新的範式要能被接受,就必須既能解釋支持舊範式的論據,又能說明舊範式無力解釋的論據」〔註 22〕。換言之,新範式的成功之處就在於它的解釋更具有包容性。任何一個新的文學史觀在超越、替代舊文學史觀的同時,也同時面臨舊有文學史觀的質詢,「晚清現代性」是否能夠容納既有文學史範式所包容的內容,也就成爲我們重新檢省這一文學史觀是否眞正客觀、公正的重要標準。事實是,曾經「趾高氣昂」的左翼文學和啓蒙文學遭遇了前所未有的「冷遇」,而對重新發掘出來的晚清文學等非左翼文學推崇備至,換而言之,從前的「支流」在當下翻身作了「主流」,而「主流」被顚覆淪爲了「階下囚」,「主流」與「支流」之間發生了一次「位移」,仍然是用一種文學壓倒了另一種文學,而並未眞正建立起具有無限包容性而又客觀公正的文學史觀。各種文學之間建立起平等對話關係、創造和諧共生空間的多元化文學史觀始終是夢想中那隻甚遠的「蝴蝶」,晚清現代性亦如左翼文學史觀、啓蒙敘事存在著自身的局限性,而研究者思維方式恐怕依然面臨著深刻的調整和轉變。

〔註 22〕 〔美〕A・德里克:《革命之後的史學:中國近代史研究中的當代危機》,《中國社會科學季刊》(香港)春季卷,1995 年 2 月。

　　第二，晚清文學研究對其他相關學科研究產生了一股巨大的磁力，在某種程度上具有啓示的意義。從當代文學研究來看，如果從五四談起，在當代文學的框架中，諸如「十七年」小說這種以「階級認同」爲旨歸的左翼文學，便與以「個人認同」旨歸的五四啓蒙文學之間構成了對峙。不過，一旦引入晚清這一視角，理解晚清小說的現代性內蘊，那麼，左翼文學與啓蒙文學，階級認同與個人認同之間的矛盾就不存在了。因爲，對民族國家的想像和政治認同的焦慮是晚清小說的一個核心命題，晚清時期很多小說譬如《老殘遊記》、《新中國未來記》、《恨海》、《孽海花》等等都表現了同樣的主題，十七年小說則是對梁啓超等先驅所提出的民族國家認同的問題的回應。這意味著，晚清小說和晚清文學的現代性能用以重新理解和闡釋當代文學，對五四小說與十七年小說的理解就將在一條新的發展線索上呈現其意義，從而超越了二元對立的思維模式。居於晚清文學研究對當代文學的啓示意義，有學者甚至倣仿「沒有晚清，何來五四？」提出了沒有「『十七年文學』與『文革文學』，何來『新時期文學』？」〔註23〕的口號，要求重啓對備受冷落的十七年文學和文革文學的研究。而至於中國現代小說發生的動因，中國現代小說的功能以及傳統小說的關係，傳統與現代的關係等等一系列的問題，都能在晚清研究中找到合理的解釋。

　　第三，從文化意義的層面上看，晚清文學及其研究的興起，也不單純是一項與文學相關的學術研究活動，它同時也是中國社會複雜的政治、文化方案的一部分，在歷史的變遷中作爲一種可以不斷借用的理論資源，是能進行再度闡釋的知識譜系。基於這樣一種性質，使晚清文學研究在追求自身穩定的學科品質的同時，也在自身的「重寫」一次次回應社會思潮的變遷。所以，如果僅僅關注其研究的深廣、對象的多寡，僅僅是注意到了表層現象。晚清研究作爲對五四的另一種「言說」，決定了其不是一門單純的學問研究。中國現代文學研究是一門有著自身學術脈絡的學科，自 1922 年胡適的《五十年來中國之文學》以降，中國現代文學研究僅文學史專著就有二百多部。通過八十餘年數代學者的共同努力，中國現代文學研究已經發展成爲一門學術傳統的相對穩定的學科。然而，九十年代至今，對晚清文學研究日盛的背景是：國外的「新儒家」和國內後起的「新國學」都對五四新文化運動產生了懷

〔註23〕李楊：《沒有「十七年文學」與「文革文學」，何來「新時期文學」？》，《文學評論》2001 年第 2 期。

疑，尤其是把「五四」的文化革命與後來的「無產階級文化大革命」聯繫起
來。而自從「後現代」成為學術界有影響的思潮後，也在「顛覆」、「消解」
著從「五四」所創建的至今仍應被認為是崇高的、神聖的理想，「五四」精神
面臨岌岌可危的境遇。在權力話語的巨大威懾之下，中國現代文學研究這門
學科遭到了一系列的挑戰與置疑：什麼是現代文學？什麼是新文學？它的性
質、價值、意義、範圍究竟何在？這都是一些關乎學科生存發展的基本問題，
對於它們的質疑動搖著這一學科的「安身立命」之本。國內外學術界則更多
地借助晚清文化、文學等視角來審視五四文學，通過對學術研究的方式對五
四提出了反省、解構。李歐梵的「晚清文化、文學與現代性」、王德威的「沒
有晚清，何來『五四』」等論文，都強調了晚清文學在五四文學發生中的重要
作用。這些立論在相當程度上帶有意識形態的色彩，更多是作為「重述五四」
的一種反思力量呈現的。「晚清」成為討論的話題和場域，已經上升到文化的
層面，其研究的深廣、對象的多寡，僅僅是表層現象，所以，關注晚清，就
更要關注其背後的思想文化意義。

　　因此，研究晚清，要走出晚清，走出文學研究的狹小空間，將研究的觸
角伸向思想文化的廣闊天地；研究晚清，要超越晚清，將目光散射至其他相
關學科與領域。

參考文獻

一、相關研究論文概況與史料線索（論文類）

1. 陳思和、王曉明：《主持人的話》，《上海文論》1988 年第 4 期。

2. 陳曉明：《歷史轉型與後現代主義的興起》，《花城》1993 年第 2 期。

3. 柴文華：《論中國近現代的文化保守主義》，《天府新論》2004 年第 2 期。

4. 程光煒：《海外學者衝擊波——關於海外學者中國現當代文學研究的討論》，《海南師範大學學報》（社科版）2004 年第 3 期。

5. 樊駿：《論中國現代文學研究的當代性》，《中國現代文學研究叢刊》1987 年第 2 期。

6. 樊駿：《關於開創中國現代文學研究新局面的幾點想法》，《中國現代文學研究叢刊》1985 年第 1 期。

7. 范伯群：《論中國現代文學史起點的「向前移」問題》，《江蘇大學學報》（社科版）2006 年第 5 期。

8. 范伯群：《〈海上花列傳〉：現代通俗小說開山之作》，《中國現代文學研究叢刊》2006 年第 3 期。

9. 范伯群：《論新文學與通俗文學的互補關係》，《中國現代文學研究叢刊》2003 年第 1 期。

10. 范伯群：《在 19 世紀 20 世紀之交，建立中國現代文學的界碑》，《復旦大學學報》（社科版）2001 年第 4 期。

11. 范伯群：《通俗文學研究的回顧與展望》，《中國現代文學研究叢刊》1995 年第 1 期。

12. 范伯群：《對鴛鴦蝴蝶——〈禮拜六〉派評價之反思》，《上海文論》1989 年第 1 期。

13. 范伯群：《現代通俗文學被貶的原因及其歷史真價》，《中國現代文學研究

叢刊》1989 年第 3 期。

14. 方紅姣：《20 世紀中國的文化保守主義》,《社會科學家》2006 年第 5 期。

15. 方克立：《要注意研究九十年代出現的文化保守主義思潮》,《文藝理論與批評》1996 年第 3 期。

16. 洪子誠：《「當代文學」的概念》,《文學評論》1998 年第 6 期。

17. 黃子平、陳平原、錢理群：《論「二十世紀中國文學」》,《文學評論》1985 年第 5 期。

18. 管林：《中國近代文學研究的回顧與展望》,《廣東社會科學》1992 年第 1 期。

19. 管林：《論中國近代文學的特點》,《海南大學學報》（社科版）1989 年第 4 期。

20. 管林：《論中國近代文學的過渡性特點》,《華南師範大學學報》（社科版）1986 年第 3 期。

21. 郭延禮：《二十世紀中國近代文學研究學術歷程之回顧》,《文學評論》2000 年第 3 期。

22. 郭延禮：《阿英與中國近代文學研究》,《東嶽論叢》2002 年第 6 期。

23. 季進：《美國的中國現代文學研究管窺》,《當代作家評論》2007 年第 4 期。

24. 賀桂梅：《挪用與重構——80 年代文學與五四傳統》,《上海文學》2004 年第 5 期。

25. 賀桂梅：《研究 20 世紀　走出 20 世紀》,《南方文壇》1999 年第 6 期。

26. 賀桂梅：《80～90 年代對「五四」的重構》,《中國現代文學研究叢刊》1999 年第 4 期。

27. 季進：《文學譜系·意識形態·文本解讀——王德威的學術路向》,《當代作家評論》2007 年第 1 期。

28. 曠新年：《「重寫文學史」的終結與中國現代文學研究轉型》,《南方文壇》2003 年第 1 期。

29. 孔範今：《論中國文學的現代轉型與文學史重構》,《文學評論》2003 年第 4 期。

30. 孔範今：《「新文學」史斷代上限前延的依據和意義——對「二十世紀中國文學」的一種必要闡釋》,《東嶽論叢》1996 年第 6 期。

31. 冷露：《評王德威「被壓抑的現代性」》,《中國現代文學研究叢刊》2002 年第 2 期。

32. 劉晗：《反現代性與文化保守主義的學術話語》,《吉首大學學報》（社科版）2007 年第 1 期。

33. 劉納：《二元對抗與矛盾絞纏》，《中國現代文學研究叢刊》2003 年第 4 期。

34. 劉黎紅：《複雜的「保守」——五四文化保守主義的動機和内涵》，《東方論壇》2003 年第 6 期。

35. 李鳳亮：《海外華人學者批評理論研究的幾個問題》，《文學評論》2006 年第 3 期。

36. 李歐梵、單正平：《知識源考：中國人的「現代」觀》，《天涯》1996 年第 3 期。

37. 李歐梵：《美國研究中國現代文學的現狀與方法》，《河南大學學報》（社科版）1986 年第 5 期。

38. 李興武：《中國近代文學的思想傾向及對五四新文學的影響》，《社會科學輯刊》1984 年第 4 期。

39. 李楊、陳平原：《以晚清研究爲方法》，《渤海大學學報》（哲社版）2007 年第 2 期。

40. 李楊：《「沒有晚清，何來『五四』」的兩種讀法》，《中國現代文學研究叢刊》2006 年第 1 期。

41. 李楊：《沒有「十七年文學」與「文革文學」，何來「新時期文學」？》，《文學評論》2001 年第 2 期。

42. 李楊：《重返八十年代：爲何重返以及如何重返——就「八十年代文學研究」接受人大研究生訪談》，《當代作家評論》2007 年第 1 期。

43. 李楊：《「救亡壓倒啓蒙」？——對八十年代一種歷史「元敘事」的解構分析》，《書屋》2002 年第 5 期。

44. 李楊等：《中國當代文學史史學觀念筆談》，《文學評論》2001 年第 2 期。

45. 李怡：《20 世紀 50 年代與「二元對立思維」——中國新詩世紀回顧的一個重要問題》，《中國現代文學研究叢刊》2005 年第 5 期。

46. 李怡：《「走向世界」、「現代性」與「全球化」——20 年來中國現代文學研究的三個關鍵語彙》，《當代作家評論》2004 年第 5 期。

47. 李怡：《中國現代文學與當代文化的發展》，《黃河》2003 年第 5 期。

48. 李毅：《文化保守主義的文化史觀及其實質》，《上海交通大學學報》（哲社版）2002 年第 3 期。

49. 樂梅健：《「溢惡型」狹邪小說的歷史價值及文學的現代性起源》，《文學評論》2007 年第 2 期。

50. 樂梅健：《爲什麼是「五四」？爲什麼是〈狂人日記〉？——對中國文學現代性的考辯》，《鹽城師範學院學報》（社科版）2006 年第 1 期。

51. 樂梅健：《稿費制度的確立與職業作家的出現——二十世紀中國文學發生

論之一》,《中國現代文學研究叢刊》1993 年第 2 期。

52. 馬傳軍：《貶損憎恨情結與中國現代性焦慮》,《江蘇社會科學》2003 年
第 2 期。

53. 寧殿弼：《鴉片戰爭與近代文學中的愛國主義》,《社會科學輯刊》1991
年第 2 期。

54. 裴效維：《試論近代小說的興盛和演變》,《浙江學刊》1985 年第 2 期。

55. 錢理群：《矛盾與困惑中的寫作》,《文藝理論研究》1999 年 3 月。

56. 〔美〕孫康宜：《「古典」或者「現代」：漢學家如何看中國文學》,《讀書》
1996 年第 7 期。

57. 譚桂林：《「二十世紀中國文學」概念性質與意義的質疑》,《海南師院學
報》1999 年第 1 期。

58. 王本朝：《文學知識、文學組織和審美信念——晚清文學與中國現代文學
傳統》,《福建論壇》(社科版) 2001 年第 4 期。

59. 〔美〕王德威：《海外中國現代文學研究的歷史、現狀與未來——「海外
中國現代文學譯叢」總序》,《當代作家評論》2006 年第 4 期。

60. 王富仁：《當前中國現代文學研究中的若干問題》,《中國現代文學研究叢
刊》1996 年第 2 期。

61. 王富仁：《對一種研究模式的質疑》,《佛山大學學報》1996 年第 1 期。

62. 王富仁：《中國近現代文化和文學發展的逆向性特徵》,《文學評論》1998
年第 2 期。

63. 王曉初：《論二十世紀中國文學現代性形成的歷史軌跡》,《文學評論》
2002 年第 2 期。

64. 王瑤：《中國現代文學研究的歷史和現狀》,《華中師範大學學報》(哲社
版) 1984 年第 4 期。

65. 王一川：《晚清：中國文學現代性的發生時段》,《江蘇社會科學》2003
年第 2 期。

66. 汪暉：《我們如何成為「現代」的？》,《中國現代文學研究叢刊》1996
年第 1 期。

67. 汪暉：《當代中國的思想狀況與現代性問題》,《文藝爭鳴》1998 年第 6
期。

68. 溫儒敏：《從學科史回顧八十年代的現代文學研究》,《北京大學學報》
(哲社版) 2004 年第 5 期。

69. 溫豐橋：《走出「二元對立」的思維定勢——關於當前文學史觀念的一種
思考》,《齊魯學刊》2003 年第 1 期。

70. 吳曉東：《陳平原的小說史研究》,《當代作家評論》1996 年第 3 期。

71. 伍方斐：《文學史敘事模式對「現代」文學的建構及其後現代轉型》，《學術研究》2006 年第 12 期。

72. 謝增壽：《中國近現代史斷限的標誌和分期的有關問題》，《四川師範學院學報》（哲社版）1998 年第 6 期。

73. 嚴家炎：《新時期十五年的中國現代文學研究》，《中國現代文學研究叢刊》1995 年第 1 期。

74. 嚴家炎：《論 20 世紀中國文學的現代性——兼〈晚清至五四：中國文學現代性的發展〉序》，《東方論壇》2004 年第 3 期。

75. 楊春時、宋劍華：《論二十世紀中國文學的近代性》，《學術月刊》1996 年第 12 期。

76. 楊聯芬：《「出走」之後的「返回」》，《中國現代文學研究叢刊》2006 年第 1 期。

77. 袁進：《試論中國近代小說的兩條發展線索及其高潮的「錯位」》，《上海社會科學院學術季刊》1987 年第 2 期。

78. 袁進：《中國現代文學中的舊體文學亟待研究》，《河南大學學報》（社科版）2002 年第 1 期。

79. 袁進：《從〈文學興國策〉看晚清與新文學的關係》，《中國現代文學研究叢刊》1999 年第 1 期。

80. 袁良駿：《再談「『五四』文學革命」與「兩個翅膀論」》，《中國社會科學院研究生院學報》2005 年第 1 期。

81. 袁良駿：《「兩個翅膀論」：一個似是而非的錯誤理論——再致范伯群先生》，《汕頭大學學報》（社科版）2005 年第 3 期。

82. 袁良駿：《五四文學革命與「兩個翅膀論」》，《南都學壇》2004 年第 6 期。

83. 俞兆平：《「重寫文學史」的困惑與突圍》，《南方文壇》2000 年第 4 期。

84. 徐曉旭：《試評新文化保守主義》，《南通工學院學報》（社科版）2002 年第 4 期。

85. 張向東：《從「現代化」到「現代性」：二十世紀中國文學研究思路的轉型》，《中國農業大學學報》（社科版）2005 年第 2 期。

86. 張頤武：《「現代性」終結——一個無法迴避的課題》，《戰略與管理》1994 年第 3 期。

87. 張頤武：《後現代性與「後新時期」》，《文藝爭鳴》1992 年第 6 期。

88. 張頤武：《晚清「現代性」：欲望的發現》，《江蘇社會科學》2003 年第 2 期。

89. 章培恒：《關於中國現代文學的開端——兼及「近代文學」問題》，《復旦

大學學報》（社科版）2001 年第 2 期。

90. 章培恒：《論五四新文學與古代文學的關係》，《復旦大學學報》（社科版）
1996 年第 6 期。

91. 鄭闖琦：《從夏志清到李歐梵和王德威——一條 80 年代以來影響深遠的
文學史敘事線索》，《文藝理論與批評》2004 年第 1 期。

92. 鄭闖琦：《當代文學研究中的四種文學史觀和三條線索》，《唐都學刊》
2004 年第 3 期。

93. 鄭敏：《世紀末的回顧：漢語語言變革與中國新詩創作》，《文學評論》
1993 年第 3 期。

94. 鄭榮：《關於文化保守主義思潮研究的幾個問題》，《西安外國語學院學
報》2001 年第 1 期。

95. 周揚：《新文學運動史講義提綱》，《文學評論》1986 年第 1 期。

96. 朱立元：《超越二元對立的思維模式》，《文藝理論研究》2002 年第 2 期。

二、主要參考文獻（書籍類）

1. 阿英：《晚清文藝報刊述略》，上海：上海古典文學出版社，1958 年版。

2. 阿英：《晚清戲曲小說目》，上海：上海文藝聯合出版社，1954 年版。

3. 阿英：《晚清小說史》，北京：人民出版社，1980 年版。

4. 〔日〕柄谷行人：《日本現代文學的起源》，趙京華譯，北京：三聯書店，
2003 年版。

5. 曹聚仁：《文壇五十年》，上海：東方出版中心，1997 年版。

6. 〔加〕查爾斯·泰勒：《自我的根源：現代認同的形成》，韓震譯，南京：
譯林出版社，2001 年版。

7. 陳伯海：《近四百年中國文學思潮史》，上海：東方出版中心，1997 年
版。

8. 陳方競：《多重對話：中國新文學的發生》，北京：人民文學出版社，2003
年版。

9. 陳國球編：《中國文學史的省思》，香港：三聯書店有限公司，1993 年
版。

10. 陳平原：《觸摸歷史與進入五四》，北京：北京大學出版社，2005 年版。

11. 陳平原：《中國小說敘事模式的轉變》，上海：上海人民出版社，1988 年
版。

12. 陳平原：《20 世紀中國小說史》，北京：北京大學出版社，1989 年版。

13. 陳平原：《小說史：理論與實踐》，北京：北京大學出版社，1993 年版。

14. 陳平原、夏曉虹：《圖像晚清》，北京：百花文藝出版社，2001 年版。

15. 陳平原、夏曉虹編：《二十世紀中國小說理論資料》（第一卷），北京：北京大學出版社，1989 年版。

16. 陳平原、王德威、商偉編：《晚明與晚清：歷史傳承與文化創新》，武漢：湖北教育出版社，2002 年版。

17. 陳思和：《新文學傳統與當代立場》，濟南：山東教育出版社，1999 年版。

18. 陳萬雄：《五四新文化源流》，生活・讀書・新知三聯書店，1997 年版。

19. 陳玉申：《晚清報業史》，濟南：山東畫報出版社，2003 年版。

20. 陳子展：《中國近代文學之變遷・最近三十年中國文學史》，上海：上海古籍出版社，2000 年版。

21. 陳祖武、汪學群：《清代文化志》，上海：上海人民出版社，1998 年版。

22. 程文超：《1903：前夜的湧動》，濟南：山東教育出版社，1998 年版。

23. 〔德〕E・卡西勒：《啟蒙哲學》，顧偉銘譯，濟南：山東人民出版社，1988 年版。

24. 〔美〕大衛・庫爾拍：《純粹現代性批判——黑格爾、海德格爾及其後》，臧佩洪譯，北京：商務印書館，2004 年版。

25. 〔美〕丹尼爾・貝爾：《資本主義文化矛盾》，趙一凡、蒲隆、任曉晉譯，北京：生活・讀書・新知三聯書店，1989 年版。

26. 戴燕：《文學史的權力》，北京：北京大學出版社，2002 年版。

27. 〔德〕狄爾泰：《體驗與詩》，胡其鼎譯，上海：上海三聯書店，2003 年版。

28. 范伯群：《禮拜六的蝴蝶夢》，北京：人民文學出版社，1989 年版。

29. 范伯群：《中國近代通俗文學史》，南京：江蘇教育出版社，2000 年版。

30. 方漢奇：《中國近代報刊史》，太原：山西教育出版社，1981 年版。

31. 方曉虹：《報刊・市場・小說：晚清報刊與晚清小說發展關係研究》，南京：南京師範大學，2000 年版。

32. 方正耀：《明清人情小說研究》，上海：華東師範大學出版社，1986 年版。

33. 方正耀：《晚清小說研究》，上海：華東師範大學出版社，1991 年版。

34. 〔美〕弗雷德里克・R・卡爾：《現代與現代主義》，陳永國譯，北京：中國人民大學出版社，2004 年版。

35. 〔美〕費正清：《中國：傳統與變革》，陳仲丹等譯，南京：江蘇人民出版，1992 年版。

36. 〔美〕費正清編：《劍橋中國晚清史》，中國社會科學院歷史研究編譯室譯，北京：中國社會科學出版社，1985 年版。

37. 高瑞泉：《中國現代精神傳統：中國的現代性觀念譜系》，上海：上海古籍出版社，2005 年版。

38. 高旭東：《五四文學與中國文學傳統》，濟南：山東大學出版社，2000 年版。

39. 〔美〕格里德：《胡適與中國的文藝復興》，魯奇譯，南京：江蘇人民出版社，1989 年版。

40. 關愛和：《悲壯的沉落》，鄭州：河南大學出版社，1992 年版。

41. 關愛和：《古典主義的終結》，上海：上海文藝出版社，1998 年版。

42. 郭延禮：《中國近代翻譯文學概論》，武漢：湖北教育出版社，1998 年版。

43. 郭延禮：《中國近代文學發展史》，濟南：山東教育出版社，1990 年版。

44. 郭延禮：《中國前現代文學的轉型》，濟南：山東大學出版社，2005 年版。

45. 郭延禮：《中國文化碰撞與近代文學》，濟南：山東教育出版社，1999 年版。

46. 郭志剛：《中國現代文學史》，北京：高等教育出版社，2000 年版。

47. 黃遵憲：《黃遵憲全集》，陳錚編，北京：中華書局，2005 年版。

48. 〔德〕哈貝馬斯：《公共領域的結構轉型》，曹衛東譯，上海：學林出版社，1999 年版。

49. 〔美〕海登・懷特：《後現代敘事學》，陳永國、張萬絹譯，北京：中國社會科學出版社，2003 年版。

50. 〔美〕海登・懷特：《元史學十九世紀歐洲的歷史想像》，陳新譯，南京：譯林出版社，2004 年版。

51. 〔美〕韓南：《中國近代小說的興起》，徐俠譯，上海：上海教育出版社，2004 年版。

52. 胡適：《嘗試集》，上海：亞東圖書館，1920 年版。

53. 胡適：《胡適學術文集・五十年來中國之文學》，姜義華編，北京：中華書局，1993 年版。

54. 〔美〕華萊士・馬丁：《當代敘事學》，伍曉明譯，北京：北京大學出版社，1990 年版。

55. 黃繼持：《現代化・現代性・現代文學》，香港：牛津大學出版社，2003 年版。

56. 黃霖：《近代文學批評史》，上海：上海古籍出版社，1993 年版。

57. 蔣廷黻：《中國近代史》，長沙：嶽麓書社，1999 年版。

58. 〔德〕卡爾・曼海姆：《意識形態與烏托邦》，黎銘譯，北京：商務印書

館，2000 年版。

59. 康來新：《晚清小說理論研究》，臺北：大安出版社，1986 年版。

60. 〔美〕柯文：《在傳統與現代性之間：王韜與晚清改革》，南京：江蘇人民出版社，2005 年版。

61. 〔意〕克羅齊：《歷史學的理論與實踐》，北京：商務印書館，1982 年版。

62. 〔英〕拉曼・塞爾登：《文學批評理論——從柏拉圖到現在》，劉象愚譯，北京：北京大學出版社，2000 年版。

63. 〔英〕雷蒙德・威廉斯：《關鍵詞——文化與社會的詞彙》，劉建基譯，北京：三聯書店，2005 年版。

64. 〔英〕雷蒙德・威廉斯：《文化與社會》，吳松江譯，北京：北京大學出版社，1991 年版。

65. 黎錦熙：《國語運動史綱》，上海：商務印書館，1934 年版。

66. 黎仁凱：《近代中國社會思潮》，鄭州：河南人民出版社，1996 年版。

67. 李歐梵、季進：《李歐梵季進對話錄》，蘇州：蘇州大學出版社，2003 年版。

68. 〔美〕李歐梵：《徘徊在現代和後現代之間》，上海：上海三聯書店，2000 年版。

69. 〔美〕李歐梵：《上海摩登：一種新都市文化在中國》，北京：北京大學出版社，2001 年版。

70. 〔美〕李歐梵：《現代性的追求》，北京：生活・讀書・新知三聯書店，2000 年版。

71. 〔美〕李歐梵：《中國現代文學與現代性十講》，上海：復旦大學出版社，2002 年版。

72. 〔美〕李歐梵：《中國現代作家的浪漫一代》，北京：新星出版社，2005 年版。

73. 李瑞騰：《晚清文學思想論》，臺北：漢光文化事業公司，1992 年版。

74. 李世濤編：《知識分子立場》（全三冊），長春：時代文藝出版社，2000 年版。

75. 李陀、陳燕谷等編：《視界》（第 7 輯），石家莊：河北教育出版社，2002 年版。

76. 李怡：《現代性：批判的批判》，北京：人民文學出版社，2006 年版。

77. 李澤厚、劉再復：《告別革命——回望二十世紀中國》，香港：香港天地圖書有限公司，1993 年版。

78. 李澤厚：《中國現代思想史論》，上海：東方出版社，1987 年版。

79. 梁啓超：《清代學術概論》，上海：商務印書館，1924 年版。

80. 林明德：《晚清小説研究》，臺北：聯經出版事業公司，1988 年版。

81. 林薇：《清代小説論稿》，北京：北京廣播學院出版社，2000 年版。

82. 林毓生：《中國傳統的創造性轉化》，北京：生活・讀書・新知三聯書店，
1988 年版。

83. 林毓生：《中國意識的危機》，貴陽：貴州人民出版社，1988 年版。

84. 劉大杰：《中國文學發展史》，上海：上海古籍出版社，1997 年版。

85. 劉良明、黎曉蓮、朱殊：《近代小説理論批評流派研究》，武漢：武漢大
學出版社，2003 年版。

86. 劉納：《嬗變》，北京：中國社會科學出版社，1998 年版。

87. 劉瑜：《劉鶚及〈老殘遊記〉研究》，北京：民族出版社，1995 年版。

88. 劉再復：《放逐諸神——文論提綱和文學史重評》，香港：天地圖書有限
公司，1994 年版。

89. 魯迅：《魯迅全集・中國小説史略》，北京：人民文學出版社，1987 年
版。

90. 魯迅：《魯迅雜文全集》，鄭州：河南人民出版社，1997 年版。

91. 魯迅：《中國小説史略》，濟南：齊魯書社，1997 年版。

92. 呂薇芬、張燕瑾：《近代文學研究》，北京：北京出版社，2001 年版。

93. 羅鋼：《敘事學導論》，昆明：雲南人民出版社，1994 年版。

94. 羅志田：《國家與學術：清季民初關於「國學」的思想論爭》，北京：三
聯書店，2003 年版。

95. 羅志田：《裂變中的傳承——20 世紀前期的中國文化與學術》，北京：中
華書局，2003 年版。

96. 〔英〕馬・佈雷德伯里、詹・麥克法蘭編：《現代主義》，胡家巒譯，上
海：上海外語教育出版社，1992 年版。

97. 馬春林：《中國晚清文學革命史》，瀋陽：遼寧大學出版社，2000 年版。

98. 〔美〕馬泰・卡林内斯庫：《現代性的五副面孔》，顧愛彬、李瑞華譯，
北京：商務印書館，2004 年版。

99. 〔美〕馬歇爾・伯曼：《一切堅固的東西都煙消雲散了——現代性體驗》，
徐大建譯，北京：商務印書館，2003 年版。

100. 毛澤東：《新民主主義論　在延安文藝座談會上的講話　關於正確處理人
們内部矛盾的問題　在中國共產黨全國宣傳工作會議上的講話》，北京：
人民文學出版社，1966 年版。

101. 〔荷〕米克・巴爾：《敘述學：敘事理論導論》，譚君強譯，北京：中國
社會科學出版社，1995 年版。

102. 〔加〕米列娜：《從傳統到現代——19 至 20 世紀轉折時期的中國小說》，伍曉明譯，北京：北京大學出版社，1991 年版。

103. 〔法〕米歇爾‧福柯：《知識的考掘》，王德威譯，臺北：麥田出版有限公司，1991 年版。

104. 歐陽健：《晚清小說簡史》，太原：山西人民出版社，2005 年版。

105. 歐陽健：《晚清小說史》，杭州：浙江古籍出版社，1997 年版。

106. 〔法〕皮埃爾‧布迪厄：《藝術的法則——文學場的生成和結構》，劉暉譯，北京：中央編譯出版社，2001 年版。

107. 〔英〕齊格蒙‧鮑曼：《立法者與闡釋者——論現代性、後現代性和知識分子》，洪濤譯，上海：上海人民出版社，2000 年版。

108. 齊裕琨：《中國古代小說演變史》，西安：敦煌文藝出版社，1999 年版。

109. 錢基博：《現代中國文學史》，長春：吉林人民出版社，2012 年版。

110. 任訪秋：《中國近代文學史》，鄭州：河南大學出版社，1988 年版。

111. 任訪秋：《中國近現代文學研究論集》，鄭州：河南人民出版社，1992 年版。

112. 〔以〕S.N.艾森斯塔特：《反思現代性》，北京：生活‧讀書‧新知三聯書店，2006 年版。

113. 單正平：《晚清民族主義與文學轉型》，北京：人民出版社，2006 年版。

114. 石元康：《從中國文化到現代性：典範轉移？》，上海：三聯書店 2000 年版。

115. 時萌：《晚清小說》，上海：上海古籍出版社，1989 年版。

116. 時萌：《曾樸研究》，上海：上海古籍出版社，1982 年版。

117. 司馬長風：《中國新文學史》，香港：香港昭明出版社，1978 年版。

118. 譚彼岸：《晚清的白話文運動》，武漢：湖北人民出版社，1956 年版。

119. 〔英〕湯因比：《歷史的話語——現代西方歷史話語哲學譯文集》，張文傑編，桂林：廣西師範大學出版社，2002 年版。

120. 〔美〕唐德剛：《晚清七十年》，長沙：嶽麓書社，1999 年版。

121. 田若虹：《陸士諤研究》，長沙：嶽麓書社，2002 年版。

122. 〔法〕托多羅夫：《巴赫金、對話理論及其他》，蔣子華、張萍譯，天津：百花文藝出版社，2001 年版。

123. 〔美〕王德威：《被壓抑的現代性》，北京：北京大學出版社，2005 年版。

124. 〔美〕王德威：《從劉鶚到王禎和：中國現代寫實主義散論》，臺北：時報文化出版事業公司，1986 年版。

125. 〔美〕王德威：《如何現代，怎樣文學：十九、二十世紀中文小說新論》，臺北：麥田出版社，1998 年版。

126. 〔美〕王德威：《想像中國的方法》，上海：三聯書店，1998 年版。

127. 王爾敏：《近代思想史論》，臺北：臺灣商務印書館，1995 年版。

128. 王爾敏：《中國近代思想史論》，北京：社會科學文獻出版社，2003 年版。

129. 王富仁：《靈魂的掙扎——文化的變遷與文學的變遷》，北京：時代文藝出版社，1993 年版。

130. 王富仁：《突破盲點——世紀末社會思潮與魯迅》，北京：中國文聯出版社，2001 年版。

131. 王光明：《中國近代社會文化史論》，北京：人民出版社，2000 年版。

132. 王濟民：《晚清民初科學思潮和文學的科學批評》，北京：中國社會科學出版社，2004 年版。

133. 王繼權、夏生元：《中國近代小說目錄》，北京：百花洲文藝出版社，1998 年。

134. 王繼權、周榕芳編：《臺灣、香港、海外學者論中國近代小說》，天津：百花洲文藝出版社，1991 年版。

135. 王先明：《近代紳士——一個封建階層的歷史命運》，天津：天津人民出版社，1997 年版。

136. 王先霈、王又平：《文學批評術語詞典》，上海：上海文藝出版社，1999 年版。

137. 王曉明：《二十世紀中國文學史論》，上海：東方出版中心，1997 年版。

138. 王曉明：《批評空間的開創——二十世紀中國文學研究》，上海：東方出版中心，1998 年版。

139. 王孝廉：《晚清小說大系》，臺北：廣雅出版公司，1984 年版。

140. 王一川：《漢語形象與現代性情結》，北京：首都師範大學出版社，2001 年版。

141. 王一川：《中國現代性體驗的發生——清末民初文化轉型與文學》，北京：北京師範大學出版社，2001 年版。

142. 王躍、高力克編：《五四：文化的闡釋與評價——西方學者論「五四」》，太原：山西人民出版社，1989 年版。

143. 王自立、陳子善：《郁達夫研究資料》，天津：天津人民出版社，1982 年版。

144. 王祖獻：《〈孽海花〉論稿》，合肥：黃山書社，1990 年版。

145. 〔美〕微拉·施瓦支：《中國的啓蒙運動——知識分子與五四遺產》，李

國英譯，太原：山西人民出版社，1989 年版。

146. 〔英〕伍爾夫：《論小説與小説家》，瞿世鏡譯，上海：上海譯文出版社，1986 年版。

147. 鄔國平、黃霖：《中國文論選・近代卷》，南京：江蘇文藝出版社，1996 年版。

148. 吳士餘：《中國文化與小説思維》，上海：三聯書店，2000 年版。

149. 武潤婷：《中國近代小説演變史》，濟南：山東人民出版社，2000 年版。

150. 武潤婷：《中國近代小説演變史》，濟南：山東人民出版社，2000 年版。

151. 夏曉虹：《覺世與傳世——梁啓超的文學道路》，北京：中華書局，2006 年版。

152. 夏曉虹：《晚清的魅力》，北京：百花文藝出版社，2001 年版。

153. 夏曉虹：《晚清社會與文化》，武漢：湖北教育出版社，2001 年版。

154. 夏志清：《中國現代文學史》，劉紹銘等譯，香港：友聯出版社有限公司，1985 年版。

155. 蕭斌如：《劉大白研究資料》，天津：天津人民出版社，1986 年版。

156. 徐德明：《中國現代小説的雅俗流變與整合》，北京：社會科學文獻出版社，2000 年版。

157. 徐鵬緒：《中國近代文學史綱》，北京：中國社會科學出版社，2004 年版。

158. 許紀霖：《另一種啓蒙》，廣州：花城出版社，1999 年版。

159. 許紀霖編：《20 世紀中國知識分子史論》，北京：新星出版社，2005 年版。

160. 許紀霖編：《二十世紀中國思想史論》，上海：東方出版中心，2000 年版。

161. 嚴昌洪、許小青：《癸卯年萬歲——1903 年的革命思潮與革命運動》，武漢：華中師範大學出版社，2001 年版。

162. 顏廷亮：《黃世仲與近代中國文學》，蘭州：甘肅人民出版社，2000 年版。

163. 顏廷亮：《晚清小説理論》，北京：中華書局，1996 年版。

164. 楊國民：《晚清小説與社會經濟轉型》，上海：東方出版中心，2005 年版。

165. 楊聯芬：《晚清至五四：中國文學現代性的發生》，北京：北京大學出版社，2003 年版。

166. 楊義：《中國敘事學》，北京：人民出版社，1997 年版。

167. 〔德〕姚斯、〔美〕霍拉勃：《接受美學與接受理論》，周寧、金元浦譯，瀋陽：遼寧人民出版社，1987 年版。

168. 葉舒憲：《原型與跨文化闡釋》，廣州：暨南大學出版社，2002 年版。

169. 葉維廉：《中國詩學》，北京：三聯書店，1992 年版。

170. 〔法〕伊夫・瓦岱：《文學與現代性》，田慶生譯，北京：北京大學出版社，2001 年版。

171. 于潤琦：《清末民初小說書系》，北京：中國文聯出版公司，1997 年版。

172. 余英時：《現代危機與思想人物》，北京：三聯書店，2005 年版。

173. 余英時編：《錢穆與中國文化》，上海：上海遠東出版社，1994 年版。

174. 於可訓：《當代文學建構與闡釋》，武漢：武漢大學出版社，2005 年版。

175. 俞兆平：《現代性與五四文學思潮》，廈門：廈門大學出版社，2002 年版。

176. 袁健、鄭榮：《晚清小說研究概說》，天津：天津教育出版社，1989 年版。

177. 袁進：《近代文學的突圍》，上海：上海人民出版社，2001 年版。

178. 袁進：《中國小說的近代變革》，北京：中國社會科學出版社，1992 年版。

179. 張敏：《晚清文化》，上海：上海人民出版社，1999 年版。

180. 鄭方澤：《中國近代文學史事編年》，長春：吉林人民出版社，1983 年版。

181. 鄭家健：《中國文學現代性的起源語境》，上海：上海三聯書店，2002 年版。

182. 鄭振鐸：《晚清文選》，上海：上海生活書店，1937 年版。

183. 〔美〕張灝：《梁啟超與中國思想的過渡（1890～1907）》，崔志海、葛夫平譯，南京：江蘇人民出版社，1995 年版。

184. 張永芳：《詩界革命與文學轉型》，北京：中國社會科學出版社，2004 年版。

185. 張永芳：《晚清詩界革命論》，桂林：灕江出版社，1991 年版。

186. 張允侯編：《五四時期的社團》，北京：三聯書店，1979 年版。

187. 章培恒、陳思和編：《開端與終結：現代文學史分期論集》，上海：復旦大學出版社，2002 年版。

188. 中國社會科學院近代史所編：《五四運動回憶錄》，北京：中國社會科學出版社，1979 年版。

189. 〔日〕中野美代子：《從小說看中國人的思考樣式》，若竹譯，北京：北京十月文藝出版社，1989 年版。

190. 張頤武：《大轉型——後新時期文化研究》，哈爾濱：黑龍江教育出版社，1995 年版。

191. 周昌忠：《中國傳統文化的現代性轉變》，上海：上海三聯書店，2002 年版。

192. 周鈞韜主編：《中國通俗小説家評傳》，鄭州：中州古籍出版社，1993 年版。

193. 周武、吳桂龍：《晚清社會》，上海：上海人民出版社，1999 年版。

194. 周憲編：《文化現代性》，北京：中國人民大學出版社，2006 年版。

195. 周振鶴：《晚清營業書目》，上海：上海書店出版社，2005 年版。

196. 周作人：《中國新文學的源流》，上海：華東師範大學出版社，1995 年版。

197. 朱德發、賈振勇：《評判與建構——現代中國文學史學》，濟南：山東大學出版社，2002 年版。

198. 朱義祿：《逝去的啓蒙》，鄭州：河南人民出版社，1995 年版。

199. 〔日〕樽本照雄：《新編增補清末民初小説目錄》，賀偉譯，濟南：齊魯書社，2002 年版。

三、外文文獻

1. C. T. Hisa, *A History of Modern Chinese Fiction*, New Haven, Yale University Press, 1961.

2. David Wang Der-wei, *Fin-de-siecle Splendor: Repressed Modernities of Late Qing Fiction, 1849~1911*, Stanford, Stanford University Press, 1997.

3. Leo Lee Ou-fan, *The Romantic Generation of Modern Chinese Writers*, Cambridge, Mass: Harvard University Press, 1973.

後　記

　　本書系筆者攻讀博士學位期間的學位論文成果，尚有不成熟之處懇請同行不吝賜教。在此，筆者首先特別感謝博士導師李怡教授。攻讀博士學位期間，導師李怡教授殫精竭慮並為筆者選擇了中國現代文學起點與晚清文學史書寫這一頗具前瞻性的學術話題。由此引發了筆者對海外漢學領域內中國現代文學研究的關注，從而順利主持 2010 年度國家社科基金青年項目「美國漢學界的中國現代文學研究」。李怡教授的大師風範令人如沐春風，一直以來，他給予筆者的不僅是知識的簡單傳授，更以身示範教導我如何做人、做事、做學問。

　　此外，筆者還要感謝錢曉宇、傅學敏、周維東、張武軍、湯巧巧等各位同門在事業與生活上的熱情幫助；感謝親人的無私支持、關心與包容。多年來，愛人仲誠先生與父母雙親一如既往地支持、鼓勵我專注於學術，讓我能夠置身於各種生活瑣事之外，於從容、平和的心境之中追求理想。最後，再次衷心感謝關心、支持、陪伴我一路走來的師長、愛人、親人與朋友。

2017 年 3 月寫於成都

附　錄

美國漢學界的中國現代文學研究綜述

　　美國漢學界的中國現代文學研究始於 20 世紀 50 年代，至今已歷時半個多世紀。經過幾代學者的努力，美國漢學界的中國現代文學研究已經積累相當豐碩的成果，從最初屬於地區研究的邊緣研究，逐漸發展成為具有鮮明特色和獨立定位的專業學科。由於採取了和中國大陸現當代文學研究殊異的研究方法與理論視野，其在關注焦點、價值觀念、理論方法、評判尺度等方面皆與日本、歐洲和大陸的中國現代文學研究有一定差異，形成了自身的鮮明特徵，是海外現代中國文學研究的一個重要領地。

　　美國現代文學研究的主要特色體現在作家作品研究、現代性問題研究、新式批評方法的引進與運用等方面。具體而言，作家作品研究是美國學界最早的關注焦點。儘管在 20 世紀 50 年代之前，已有學者對中國現代文學和一些重要作家進行介紹和翻譯，如埃德加‧斯諾積極地將魯迅等左翼作家向西方世界進行介紹。然而，這些介紹並沒有展開對中國現代作家作品的系統學術研究，直到旅美華人學者夏志清的《中國現代小說史》問世。夏志清《中國現代小說史》中挖掘出了大量文學史中被遮蔽、被忽略的邊緣作家，對沈從文、張愛玲、錢鍾書、張天翼等現代作家進行了獨特解讀，向美國學界展示了中國現代文學的獨特魅力。由於這一時期大部分美國學者都無視中國現代文學的藝術價值而將其當做一種政治宣傳，夏志清《中國現代小說史》的問世為美國學者們打開了眼界。隨後，夏濟安發表了關於魯迅和左翼作家的研究論文，卒後《黑暗的閘門——關於中國左翼文學運動之研究》集結出版。現代作家作品的系統研究自夏志清、夏濟安始。研究之初，作家作品研究主要集中於小說方面，魯迅是其中的重點研究對象。威廉‧萊爾（*Willaim.A.Lyell*）

的《魯迅的現實觀》（1976 年伯克利加州大學出版社版）、哈雷特・密爾斯（*Harreit C. Mjlls*）的《魯迅：文學與革命——從摩羅到馬克思》、李歐梵的《一個天才作家的誕生：考察魯迅的教育經歷，1881～1909》，都是六七十年代魯迅研究的代表成果。﹝註 1﹞這些研究立足於作家本體，走入作家的創作世界從中體驗和感受其獨特的生命氣質，嘗試在中國現代歷史進程中還原活生生的作家生命本體。

實際上，傾向於作家作品研究也是因地制宜的一種學術選擇。上個世紀60～70 年代，美國漢學界的中國現代文學研究基礎薄弱、相關資料匱乏，加之中西方交流受阻，以具體的作家作品研究爲對象，便於利用有限的研究資料展開紮實深入的學術研究，既可有效控制研究範圍，也可以作家爲中心聯繫文學發展或社會政治環境變革而擴大研究範圍。除魯迅研究之外，比較具有代表性的作家作品研究還有：金介甫的沈從文研究、葛浩文的蕭紅研究、史華慈的嚴復研究、格里德的胡適研究、戴維・羅伊的郭沫若研究、梅儀慈的丁玲研究等等，都以新材料的搜集與發掘爲基礎，觀點新穎，視野開闊，學術水平較高。著名漢學家葛浩文以獨特的眼光「發現」了現代女作家蕭紅。在葛浩文看來，在上個世紀 30 年代如火如荼的革命文學潮流中，蕭紅的創作特立獨行。他對蕭紅的代表作《生死場》、《呼蘭河傳》進行了重評，其《蕭紅評傳》在豐富的史料中第一次對蕭紅的生平和創作作了系統詳細的評述，並且影響波及至國內學界；再如格里德的《胡適與中國的文藝復興——中國革命中的自由主義（1917～1937）》，以新文化運動主將胡適爲案例，剖析了胡適的人格悲劇的文化成因，指出啓蒙者推動現代化的努力往往以悲劇收場是因爲他們無法在人格和情感上徹底斬斷連接自我與封建傳統的精神臍帶。

作家作品研究主要還是以小說爲主，新詩、現代散文和現代戲劇研究相對比較少。新詩研究方面，較早開展研究工作的是學者許芥顯著，其所著《新詩的開路人——聞一多》以傳記的形式追索了聞一多的創作軌跡和精神脈絡，佔有資料豐富，研究細緻而深入；張錯對馮至詩歌的研究，將其詩作歸納爲「抒情的傳統」和「敘事的傳統」兩種類型，豐富了對馮至詩歌的理解。奚密在審視新詩作家作品的基礎上，對現代新詩的理論與創作進行了文學與歷史的定位，認爲現代新詩是對業已喪失活力的古代文學傳統的反抗；在戲

﹝註 1﹞相關論文參見 Merle Goldman, *Modern Chinese Literature in the May Fourth Era*, Harvard University Press, 1977.

劇研究方面，劉紹銘撰寫了關於曹禺戲劇的研究論文，探索了《雷雨》、《日出》、《原野》和《北京人》的藝術特點及其所接受的西方戲劇影響，並對曹禺戲劇創作的得失做出了評價。這些論文後來收編爲《曹禺論》（英文版）於1970 年由香港大學出版。

　　第二，現代性問題研究。自夏志清以「感時憂國」說來概括中國現代小說的核心特質後，李歐梵將現代性話語引入了現代文學研究視野。在美國學界，李歐梵第一次引入現代性理論，並系統地運用於中國現代文學研究。李歐梵受到了現代性大師馬泰・卡林內斯庫的啓發，提出中國現代性具有雙重內涵：將個人信念與一種狂熱的民族主義結合在一起的歷史現代性；向傳統發起挑戰，體現於作品之中的反抗意識是審美現代性。其論文《追求現代性》、《孤獨的旅行者——中國現代文學中自我的形象》、《漫談中國現代文學中的「頹廢」》、《中國現代小說中的先驅者——施蟄存、穆時英、劉吶鷗》、《「批評空間」的開創——從〈申報〉「自由談」談起》、《晚清文化、文學與現代性》、《當代中國文化的現代性和後現代性》均以現代性爲研究主題。通過研究李歐梵發現，現代中國文學中的浪漫因子、頹廢因子在過去的文學史未得到應有的重視，因此他則以頹廢美感爲基調對審美現代性進行了更爲深入的拓展，凸顯現代中國文學中浪漫性、個人性、私人欲望以及頹廢的呈現和表達。其學術著作《中國現代作家的浪漫一代》、《現代性的追求》、《上海摩登——一種新都市文化在中國 1930～1945》等對中國現代性的另一副面孔浪漫、頹廢面貌進行了挖掘，豐富了對中國文學現代性的理解。進而將現代性研究擴大至都市文化領域，探討都市文化之於中國現代文學的發生與發展的意義。李歐梵以審美現代性爲中國現代文學的內核與特質，將整個 20 世紀中國文學、文化納入其考察視野，展開了對中國文學現代性的全新敘事。在近四十年的學術生涯中，現代性是其學術研究的主線。在李歐梵的研究中，現代性是一種價值取向，也是中西方文學與文化在現代交匯、衝突的聯結點。繼此之後，王德威將現代性界定爲：「一種自覺的求新求變意識，一種貴今薄古的創造策略」〔註2〕，以求新求變、打破傳承作爲現代追求，並以此作爲立論基礎展開對中國文學現代性發生的探討，關注晚清文學中的新與變。王德威以晚清四種通俗小說爲場域，構建起了眾聲喧嘩的「晚清現代性」；大陸赴美學

〔註 2〕〔美〕王德威著，宋偉傑譯：《被壓抑的現代性・導論》，北京大學出版社，2005 年版，第 5 頁。

者劉禾提出了「被譯介的現代性」。「被譯介的現代性」是從跨文化交流的視角深入探查中國文學現代性發生、現代文學史的建構以及其中蘊含的多種文化權力，這又從另一個層面加深了對「現代性」問題的思考。由此可見，美漢學家們從各自的研究觀念出發循著不同的向度多元化地發展，使得現代性話語煥發出了強大的生命力。

第三，各種文學理論與批評方法的引進和運用。美漢學家們嘗試運用新的文學理論對中國現當代文學進行闡發，並輔以新的研究方法，從而推動文學研究的深入，越來越凸顯出中國現代文學學科的獨立價值。在中國現代文學研究形成的 50～60 年代，以新批評為代表的推崇純審美價值、注重純粹文本細讀的內部批評方法大行其事，夏志清等學者就明顯受到了這一批評方法的影響。他運用新批評文本細讀的方法，闡述了多位現代作家的小說作品的豐富內涵與敘事特點，將現代小說的獨特藝術魅力呈現出來。到 70～80 年代，美漢學界的研究思路日益豐富、活躍。在結構主義、解構主義、符號學、敘事學、女權主義、後殖民主義、新歷史主義等形形色色的文化思潮的衝擊之下，美國文化日益呈現出多元、擺脫中心的格局。在此文化語境之中，美漢學家採取全新的研究方式開啟了對現代中國文學的文體類型、文學現象與文學思潮的研究。如韓南在魯迅小說研究中，使用了結構主義、敘事學；林培瑞對鴛鴦蝴蝶派和民國時期通俗小說文化的研究中，運用了讀者反應批評的理論；安敏成將原型批評應用到了對中國現代寫實的現實主義的批判之中。進入 90 年代以後，美國的中國現代文學研究呈現出「理論熱」。漢學家們積極吸納人文領域流行的各種文學批評方法，所引進理論的深度和廣度都超越了以往任何時候。

90 年代的「理論熱」中，還出現了一股新趨勢：不再限於文學本體研究，而是走出文學文本越界到其他學術領域，討論諸如性別、族裔、日常生活、城市文化、視覺文化、霸權、帝國等等話題。周蕾的著作《婦女與中國現代性》、李歐梵的著作《上海摩登》都較早地嘗試了文化研究的方法與策略，是將文化研究引進現代文學領域的開拓性試驗。與此前新批評、形式主義、結構主義等具有一定內向性和封閉性的理論相比，90 年代出現的這一股新趨勢更關注文學和文化的外延關係。在文化研究潮流的啟發下，漢學家們嘗試綜合不同學科領域的知識與方法對近百年來的中國社會文化變遷進行觀照，尤其注重對中國社會現代轉型過程中出現的林林總總的文化現象進行解析。諸

如李歐梵、史書美的現代都市與都市文學研究，賀麥曉的文化生產研究，張英進、張眞等人的電影研究，張旭東的後社會主義研究，劉康、王斑的全球化語境下的文化與傳媒研究，等等，這些研究都明顯地跨越了文學研究的既有範疇。值得一提的是，80〜90 年代以後由大陸赴美留學、訪學的研究者們也開始嶄露頭角。作爲美漢學界中的新生力量，他們擁有親近中國現代、當代文學的生活經驗與文化經驗，加之對西方的理論形態嫻熟掌握，產生出富有特色的學術思考和研究成果，比如「再解讀」研究方法。「再解讀」研究方法是將文化研究方法與立足中國文學實際而產生的問題意識相結合，在新的理論觀點和方法的引領下突破了革命歷史小說的研究僵局。當前，學者們不斷研磨各式理論方法用於深入探討各種文學問題，使得許多文學問題的討論能夠在新的理論層面上得以展開，推翻了很多蓋棺定論的觀點使得學術研究不斷推陳出新。與此同時，整個美漢學研究狀態不斷出現分衍和擴散的趨勢，現代中國文學研究逐漸遠離傳統文學本體的範疇，發展爲一種具有發散性的多元、跨學科的研究模式。

　　在相當長一段時間裏，海外漢學家對中國現代文學的研究被阻隔在中國大陸以外，然而伴隨著改革開放和國內學術研究的深入，海外學者的研究狀況越來越受到國內學術界的重視。自夏志清《中國現代小說史》爲大陸學界展現了全新的理論框架，90 年代李歐梵的現代性研究、關於啓蒙現代性和審美現代性的關係的論述以及對現代主義和現代中國文學中「頹廢」的討論，在大陸學界的產生了重大影響。而後王德威以「中國中心觀」歷史闡釋模式發掘中國現代性的自源性，通過對晚清文學隱而未彰的審美特質的勘探建構起了晚清現代性文學史模式。上個世紀末的短短四五年間，美國漢學界的中國現當代文學研究論著有如雨後春筍般，紛紛在國內翻譯出版，掀起前所未有的熱潮。劉禾對跨語際文學、文化現象的探討，黃子平對革命、敘事與小說的討論，孟悅的「紅色經典」研究，陳建華對革命現代性的追尋，以及唐小兵對中國現代文學作品進行的再解讀等等，業已成爲中國現代文學界關注的熱點，並在不同的層面上引起持續地回響。無論是「20 世紀中國文學」概念的提出，還是「重寫文學史」、「重排文學大師」等批評實踐，「現代性與中國現代文學」、「晚清與被壓抑的現代性」等學界熱點，都與美國漢學界的研究有著密切的關聯。在某種意義上，1980 年代以來大陸現代文學研究的發展路向與美國漢學界有著千絲萬縷的聯繫。與此同時，作爲一種重要學術資源，

美國漢學界的中國現代文學研究也成爲了國內現代文學研究界的關注對象。
因此，展開對美現代文學研究的研究具備了充分的必要性。

二

美漢學界的相關中國現代文學研究成果，引起了國內學界的關注，目前
國內學界對於美漢學界的中國現代文學研究之研究，其成果主要集中在以下
方向：

一是對美現代文學研究重鎮的關注與突破。夏志清、李歐梵、王德威作
爲美現代文學研究的領軍人物，三人的研究成果受到了極大的關注。其一，
夏志清研究之中的洞見與偏見。《中國現代小說史》作爲一部美中國現代文學
研究的開山之作，展現出了著者夏志清深刻的「洞見」，但該文學史亦存在某
些偏見和「不見」。自該文學史傳入國內後，在國內學界引發了廣泛而持久的
討論，眾多研究者圍繞該文學史的洞見與偏見展開了探究。代表性論文有：
陳思和《假如中國現代小說也有「大傳統」》結合自身閱讀感受對夏志清的文
學史觀進行了評價，回顧了該文學史進入國內後所帶來的巨大震動；孫郁《文
學史的深與淺》分析了該文學史的敘事方法，肯定了夏志清的研究以歐美小
說史做爲參照具有開闊的眼光。儘管所佔有的材料有限，但其意義在於豐富
了現代文學史面貌；袁良駿《重評夏志清的〈中國現代小說史〉》指出，該文
學史是海內外第一本中國現代小說史專著。在海外資料相對匱乏的情況下，
夏志清能透過世界現代文學發展的潮流來評價作家作品並觀察中國現代文學
的發展變化是難能可貴的。但該文學史表現出了政治實用主義傾向，在具體
分析中亦有不少褒貶失宜；吳曉東《小說史的內在理念與視景──夏志清的
〈中國現代小說史〉》對小說史的內在視景、研究方法進行了探討，指出夏志
清在小說史中對現代小說家及其作品的評價和論述，以或隱或顯的方式進入
了中國學者重估現代文學的視野；古大勇《論夏志清對「神化魯迅」研究範
式突破的意義》認爲雖然夏志清對魯迅的評價有失偏頗，但如若把夏志清的
魯迅研究放到整個魯迅研究生態系統的格局中來考量，將會發現其意義在於
打破了同時期大陸一體化的魯迅研究生態，啓發了多元化乃至眾聲喧嘩的魯
迅研究生態格局的發展方向；胡希東《文本細讀‧文學經典與文學史──夏
志清文學史建構論》以夏志清與普實克的論爭爲切入點，圍繞夏志清建構文
學史的基本原則──文本細讀與文學經典的發掘進行探討，指出夏志清與漢

學家普實克之間的衝突既是意識形態的對立與偏見，也是兩種文學史建構譜系的對峙；王海龍《西方漢學與中國批評方式——夏志清現象的啓示》指出夏志清把深厚的西學根底同堅實的民族文化基礎相結合，建立了獨具特色的文學批評，從而改變了西方漢學界對中國文學的誤解；方習文《獨見與偏見——關於夏志清的魯迅研究》認爲夏志清的學術立場、學術個性、學術方法以及藝術精神都有一定的創見，富有啓示性。但是文學史中存在的偏見也是不容忽視的，尤其是魯迅研究中使用特殊標準判斷《狂人日記》等作品；張錦《夏志清「感時憂國」說對內地學界的影響》指出，「感時憂國」說自提出以來在海內外引起強烈反響並獲得廣泛認同，同時也對新時期以來中國內地現當代文學研究影響重大，在某種程度上加速了現當代文學研究觀念的更新和研究格局的轉變。但是，過份強調道義上的使命感遮蔽了現代文學的審美特質。相關碩博士論文有：湯振綱《夏志清文學批評研究》、張德強《論夏志清〈中國現代小說史〉的文學史建構方式、文學史觀和批評標準》、陳玉姍《論海外華人學者夏志清的中國小說研究》、賀思琪《論海外漢學家夏志清〈中國現代小說史〉中的文學批評》等。這些論文對展開了夏志清及其小說史進行了富有學理性的系統的辯證探討。

其二，李歐梵與現代性研究、都市文化研究。雖然李歐梵《鐵屋中的吶喊》曾對國內學界衝擊極大，但李歐梵研究主要集中在其現代性研究與都市文化研究。學者李鳳亮發表了多篇相關論文：《徘徊在現代與後現代之間：李歐梵文學批評的現代性視野》中指出，李歐梵的學術歷程中，「徘徊」作爲一種後現代性的學術策略是李歐梵的學術研究中的重要方法論，而文化取向上的相對性爲李歐梵的批評實踐帶來比較的眼界與靈動的氣象；《浪漫頹廢：都市文化的摩登漫遊——李歐梵的都市現代性批判》中指出，李歐梵重繪老上海文化地圖意在呈現現代性在現代中國的曲折之旅，從都市文化批判中考察審美現代性與啓蒙現代性的歷史性錯位與衝突；《民族話語的二元解讀：論李歐梵的文學現代性思想》指出，李歐梵文學現代性的思索由「民族國家」的想像及「公共空間」的開創等的重要內容構成；以現代性爲研究視角的碩博士論文有：盛中華的《論李歐梵的中國現代文學研究》、張靜嫻《現代性的追求——論李歐梵的中國現代文學研究》。近年來，李歐梵的都市文化研究也引起了學界的關注。如曠新年的《另一種「上海摩登」》、高慧《追尋現代性：李歐梵文學與文化理論研究》、徐志強《論李歐梵的上海現代性研究》、許江《文化研究與文學研究

的距離：重讀〈上海摩登〉》、袁亮《論李歐梵的都市文化研究》、練暑生《如何想像「上海」？——三部文本和一九九〇年代以來的「上海懷舊敘事」》、薛羽《「現代性」的上海悖論——讀〈上海摩登——一種新都市文化在中國 1930～1945〉》、朱崇科《重構與想像：上海的現代性——評李歐梵〈上海摩登——一種新都市文化在中國 1930～1945〉》、張長青《〈上海摩登〉之於文學史研究的意義——兼與趙園〈北京：城與人〉比較》等。這些論文都考察了李歐梵的文化研究在現代文學領域的運用以及這種新型的都市文化研究之於當前現代文學研究的意義。其中高慧博士論文《追尋現代性：李歐梵文學與文化理論研究》全面而深入地探討了李歐梵研究成果：印刷術與公開空間、浪漫主義作家群、頹廢現代性等，進而將李歐梵的文學與文化理論研究與夏志清、王德威進行了比較，指出李歐梵文學與文化理論研的意義在於以開拓性的研究樹立了研究典範，也展現了中國現代性的多種可能性。

其三，王德威與晚清文學研究。王德威是當前美中國現代文學研究的領軍人物，其研究成果新見迭出，學術風格獨具，同時也是一位高產學者，著述甚豐，從晚清到當代，從小說到詩歌皆有涉略。目前國內學界的王德威研究主要關注點是其晚清文學研究及「被壓抑的現代」命題。相關代表論文有：劉納《也談晚清和「五四」》認爲，「沒有晚清，何來『五四』」是一種具有誘導性的提問，意在質疑「五四」的開創性意義而凸顯晚清作爲文學階段的重要意義，透露出對「五四」的反思也肇於逆向觀照的運思邏輯。《五四能壓抑誰？》指出，海外學者關於五四壓抑了中國文學現代化追求的問責，可以從三個時間向度提出質疑：向前追溯，五四是否壓抑了晚清文學的現代化趨向？平行而論，通俗文學是否被文學史家壓抑？從後來歷史而論，五四之後中國文學的多種可能性是否被壓抑？通過論證答案都爲否定，因此海外學者關於五四壓抑了中國文學現代化追求的問責是不成立的。《新文學何以爲「新」——兼談新文學的開端》指出，沈尹默的《月夜》和魯迅的《狂人日記》是新式白話寫作的最早範例，起始於 1918 年的新式白話文寫作是中國新文學的起點標識；李楊《「沒有晚清，何來『五四』」的兩種讀法》認爲王德威「沒有晚清，何來『五四』」的觀點具有雙重涵義：一方面，通過批判五四文學的霸權而確立「晚清現代性」的文學史價值，可以將其理解爲一個「重寫文學史」的命題，是在啓蒙文學史和左翼文學史之外，創造了另一種文學史的敘事方式來書寫中國現代文學史。另一方面，該命題的意義不僅是挑戰了有關中國現代性的五四起源論，而且挑戰了「起

源論」本身，可將其理解爲一個「知識考古學」意義上的解構命題；冷露《評王德威「被壓抑的現代性」說》對王德威「被壓抑的現代性」的方法論給予了分析。雖然這一命題明確而有力地指出了重大的歷史性事實，但是由於根本史法的錯謬，使之無法眞實呈現晚清文學所蘊含的豐富的意義；張志雲《一個錯位的「晚清」想像——評王德威「被壓抑的現代性」說》指出，王德威在理解中國文學的現代性時，不可避免地帶有美國文化的預設，事實上造成了對晚清文學和「五四」文學的雙重誤讀；季桂起《晚清與「五四」小說變革之比較——兼評王德威的晚清小說觀》認爲，晚清小說變革與「五四」小說變革是性質不同的兩次變革。儘管晚清小說變革持續的時間、規模都超過「五四」，但是卻沒有實現中國小說由古典向現代的轉變。相比而言，「五四」小說變革作爲一場自覺的文學變革最終實現了中國小說由古典向現代的轉變；楊建兵《沒有「五四」，何來晚清——兼與王德威先生商榷》指出，王德威的命題貌似無懈可擊，實質上存在嚴重的理論誤區，忽視了「五四」相對於晚清文學的藝術創新而無限放大了晚清對中國現代文學的獨立價值和意義；王平《現代雅俗觀：中國現代文學闡釋的新視角——由王德威「被壓抑的現代性」論題談起》提出王德威「被壓抑的現代性」論題之所以對既有的文學研究範式提出挑戰，原因就在於其觸及了中國現代文學研究中長久被忽視的現代雅俗觀。然而，因受制於自己的理論預設，王德威對這一問題作出了頗爲悖謬的闡釋；周順新《「現代性」的迷思——李歐梵、王德威中國文學現代性研究述評》則對李歐梵、王德威現代性研究的傾向進行了解析，認爲儘管二人都選擇了以晚清文學作爲研究對象，並在客觀上突破了「五四起源說」。但是，李歐梵細緻地推衍了晚清現代性是印刷媒體所構建的現代民族國家想像、公共領域空間形成了對中國文化傳統一系列複雜的衝擊而興起的產物，其思路沿襲了「衝擊——回應」模式；而王德威並未沒討論晚清的現代性如何興起而一再強調在梁啓超倡導的「新小說」興起之前，中國小說創作已經醞釀了強大的創新能力，而西方的衝擊也不是開啓中國文學的現代化的動因，而是使中國文學因此展開了跨文化、跨語系的對話過程。王德威的研究是一種後後現代的思維方式，意在顛覆線性發展的歷史觀和具有前因後果的歷史本質主義；對於王德威的研究，學界的另一關注點是，研究王德威文學批評的特色、批評角度即批評方式等。相關論文有：李鳳亮《「華語語系文學」的概念及其操作——王德威教授訪談錄》、張曉婉《王德威的華語語系文學研究之研究》、牛學智《通觀視野與空間概念批評——由

王德威批評實踐說開去》、郜元寶《「重畫」世界話語文學版圖？評王德威〈當代小說二十家〉》、田宗媚《審美與批判：論王德威當代文學批評》。

二是審視美漢學家研究立場。新時期以來，現代文學史敘事的最重要的外部推動力量，就是美漢學家的研究成果。具體說來，夏志清《中國現代小說史》與 80 年代「啓蒙主義」文學史敘事之間有著千絲萬縷的聯繫。在李歐梵和王德威的影響之下，形成了 90 年代中期以來的學界熱點「晚清現代性」文學史敘事。而「新左派」文學史敘事則由於「啓蒙主義」文學史敘事和「晚清現代性」文學史敘事遮蔽破殼而出。國內學界的文學史觀紛繁複雜，那麼，美漢學家的研究成果爲何總能帶來巨大衝擊力？對此，國內學者進行了反思。研究中，三代漢學家常常被並置在一起進行整體考察與研究。鄭闖琦《從夏志清到李歐梵和王德威——一條 80 年代以來影響深遠的文學史敘事線索》從夏志清、李歐梵到王德威，儘管時間跨度達四十年，但是三人所堅持的觀念和立場卻始終如一；王麗麗、程光煒《從夏氏兄弟到李歐梵、王德威——美國「中國現代文學研究」與現當代文學》重審在 90 年代後中國現代文學自我更新的過程中，有兩股美國「中國現代文學研究」力量是不能忽視的，一股是夏濟安、李歐梵和王德威等寓居美國的中國臺灣學者的著作，另一股力量是中國大陸赴美研究者的「再解讀」思潮；萬芳《夏志清、李歐梵、王德威與中國現當代文學研究——以「重寫文學史」思潮爲中心》認爲，夏志清《中國現代小說史》推動了「重寫文學史」思潮的誕生，李歐梵的「頹廢」美學對文學史評價標準的豐富，王德威對線性文學史觀的顛覆等等，都從不同角度豐富著「重寫文學史」思潮的內涵。如張濤《理論與立場：海外中國現代文學研究「三家」論》、彭松《歐美現代中國文學研究的向度和張力》、余夏雲《作爲「方法」的海外漢學》、陳兵《海外張愛玲「三家」論》都試圖尋找夏志清、李歐梵、王德威三代華裔爲代表的美現代文學研究之間傳承與轉變。

三是對美現代文學其他研究特色的關注，比如研究方法。當下美國已成爲各種新理論、新學說的最大發源地，美國漢學界的「理論熱」對中國現代文學研究方法的革新影響甚大。由此國內學者展開了對美漢學家研究方法的解析。張傑《國外中國現代文學研究方法管窺》指出，國外的中國現代文學研究通過捷克學者普實克與美國學者夏志清之間的論戰，注重研究方法的意識在現代文學研究中已達成共識，歷史主義與非歷史主義等一系列研究方法的運用都取得了顯著的成果。其中，再解讀作爲最具特色的研究方法，關於

「再解讀」研究思路，國內學者賀桂梅等也進行了深入探討。賀桂梅《「再解讀」：文本分析和歷史解構》指出，「再解讀」這一研究思路大致是選擇特定的文學文本，通過解讀文本的修辭策略、敘事結構，呈現文本內在的文化邏輯、差異性的衝突內容或特定意識形態內涵；王彬彬《〈再解讀：大眾文藝與意識形態〉再解讀——以黃子平、賀桂梅、戴錦華、孟悅爲例》中對黃子平、賀桂梅、戴錦華、孟悅的研究特色進行了剖析；曾令存、李楊《「再解讀」與「反現代的現代性」》指出，「再解讀」方法深受後結構主義思潮與文化研究的影響，是文化研究的一次實踐，其整體歷史觀、解讀方式都對深化現代文學研究產生了積極影響。

　　四是探討如何看待影響越來越大美漢學研究的成果。面對源源不斷輸入的美漢學研究成果，國內學者的態度大體表現出三種傾向：第一種，積極評價美漢學家研究成果及其對國內學界研究產生的影響，並客觀地分析其產生學術語境。季進的一系列論文《美國的中國現代文學研究管窺》、《海外中國現代文學研究的再反思》、《認知與建構——論海外中國現代文學史的書寫》、《論海外漢學與學術共同體的建構——以海外中國現代文學研究爲例》、《回轉與呈現——海外中國現代文學研究一瞥》都以美國漢學家的研究成果爲研究對象，認爲海外漢學研究成果還原了多面而豐富的中國現代文學景觀；程光煒、孟遠等《海外學者衝擊波——關於海外學者中國現當代文學研究的討論》圍繞海外學者熱興起的原因、海外學者內部的差異、研究路數等話題展開了討論，美現代文學研究已構成了對國內研究的強烈衝擊；趙學勇、田文兵的《「漢學熱」與中國現當代文學研究》指出，產生於西方文化背景下的漢學，顛覆了傳統文學觀，打撈了一批被主流遮蔽的重要作家和文學現象，拓寬了學術空間，並帶來了全新的研究視野和研究理念，促進了現代文學學科研究方法和格局的變化；畢紅霞《我們爲何批評王德威——兼論面對「海外漢學」的複雜心態》指出，面對海外漢學應少些意氣之爭，而多關注其批評方法和學術視野對中國現當代文學研究的啓發。在質疑海外漢學的話語霸權與意識形態同時，也應該警惕自身的大中華心態。第二種，對輸入的美國漢學研究成果保持了較高的警惕性，堅持啓蒙主義的文學立場，主張在反思中進行自我重構。溫儒敏在《談談困擾現代文學研究的幾個問題》中提出，目前現代文學學科領域出現的某些困擾和發展存在的問題之一是學科的「邊緣化」與「漢學心態」。「漢學心態」指未經任何過濾與選擇而盲目的逐新。

繼而在《文學研究中的「漢學心態」》中，進一步論述了「漢學心態」：海外漢學著作大批翻譯，改變了現代文學的學科研究格局。但是，對海外漢學經驗的生吞活剝，盲目地模仿漢學尤其是美國漢學研究的思路，將導致現代文學研究失去自身的學術根基，因而須克服「漢學心態」；李繼凱《直面「漢學」的文化偏執》指出海外漢學存在著明顯的偏執：動機之偏、理解之偏和心態之偏，並呼籲正確面對以及消解漢學給國內研究帶來的文化偏執；閻嘉《錯位的尷尬——美國漢學與中國現代文學研究的「漢學心態」》指出，美國漢學發展出了注重文本解讀、資料和理論闡發的特點，但在學術中立、如何對待傳統、現代性等一系列問題上出現了錯位，這需要進行認眞的反思；張麗華《我所認識的「海外漢學」》指出海外漢學最終仍是植根於「海外」的漢學，在一個學術全球化的時代裏，現代文學研究須建立自身主體性，才能與「海外漢學」建立眞正的「對話」關係。第三種，質疑、批判美國漢學家的研究觀點和策略。王彬彬《胡攪蠻纏的比較：批王德威的〈從「頭」說起〉》、《花拳繡腿的實踐——評劉禾〈跨語際實踐——文學，民族與被譯介的現代性（中國，1900～1937）〉的語言問題》等文對王德威的觀點、劉禾的「國民性」話語理論進行了批判。還有汪衛東、楊曾憲、張鑫、王學鈞等學者的論文，也對劉禾的「國民性」話語理論有所質疑。

　　五是積極掌握美漢學家的研究動態。呂周聚《美國現代中國文學研究的現狀與展望——王德威教授訪談》、李鳳亮編著的《彼岸的現代性》都以訪談的形式就目前美國現代中國文學研究狀況同王德威等漢學家進行了交流。此外，國內各大期刊也極爲關注美研究者的最新研究動態，如李歐梵《美國中國現代文學研究的現狀與方法》、王德威《英語世界的現代文學研究之報告》、王曉平《文學性、歷史性和現代性——北美中國現代文學和文化研究的三種趨勢》、王斑《美國現代中國文學、文化研究中的幾個新課題》，這些論文都對美國學界的研究現狀進行了及時描述和分析。

三

　　通過以上五個方面的梳理，不難發現，當前國內學者對美現代文學研究成果展開了積極的研究工作，研究成果較爲豐富。可是，雖然研究成果眾多，但目前國內尚未有將美現代文學研究作爲整體研究對象的研究專著面世。復旦大學彭松博士的學位論文《歐美現代中國文學研究的向度和張力》集中考

察了歐美學界的漢學研究，不僅對夏志清、李歐梵、王德威、葉維廉和奚密等美國漢學家的研究成果進行剖析，還把前蘇聯和東歐國家的謝曼諾夫、普實克和高利克的中國現代文學研究也納入了其中，視野開闊，但是其研究視角主要側重於從學理層面探討歐美漢學家的理論觀點和學術思路，未對背後的深層要素進行解析。而歐美學界的漢學研究之於國內學界的交流、影響也被懸置。

　　事實上，美國的中國現代文學研究所形成的刺激性的思想聚焦和一系列連續性的學術熱點一方面「在很大程度上改變了過去中國文學研究的封閉單一視角，將跨文化、跨學科、跨語際的研究觀念投射到國內，形成了 20 世紀中國文學研究的『多元邊界』、『雙重彼岸』、『多維比較』；其直接參與及影響所及，在某種意義上改變了 20 世紀中國文學研究的總體格局，且目前已從某種邊緣狀態向大陸 20 世紀中國文學研究的中心地帶滑動」。〔註 3〕它對新時期以來內地中國現代文學研究的轉型起到了極大的刺激、推動與催化作用。另一方面，面對「中國現代文學」同一研究客體，海外學者從異質的西方文學語境來反觀中國現代文學，其解讀與闡釋與大陸學者之間形成了有趣的對照與互補。其研究對此前國內學界慣常的價值評判體系提出了挑戰，並由此激發和促進了多個話語場的建構。那麼，當我們將海外學者的研究成果植入本土時，是否意識到了海外漢學作為西方學術的產物，雖然在西學中處於邊緣位置，但它在學術思想上是一直追隨西方，與之處於同構？是否注意到了在美國的學術體制下，這批中國現代文學研究者們獨特的文化身份？而當我們汲取美國「現代中國文學研究」的研究成果中的養分對「五四」新文化運動進行重新解讀，是否對世紀末諸多複雜的歷史文化語境中，當代各種文化勢力所持的立場以及各種文化勢力相互間的膠著、鬥爭和妥協有過理性而深入地判斷與思考？基於這一研究目標，如若從思想史的角度切入對不同時期裏不同向度的美國現代文學研究進行探討。在過去的研究中，我們比較注重從學術邏輯層面上探討海外學者關於現代作家、作品與文學思潮的發掘和研究力度，事實上，這種研究難以深入呈現美國現代文學研究的全貌及內在理路，如若從思想文化的角度切入將對美國現代文學研究所包蘊的思想觀念、價值取向、社會立場、審美意識等深層因素有全方位的體認，從而進一步把握我

〔註 3〕李鳳亮：《海外華人學者批評理論研究的幾個問題》，《文學評論》2006 年第 3 期。

們對海外學者文學史敘事的深層動機和隱含立場，進而對美國漢學界的中國
現代文學研究參與當下中國文學研究的建構進行辨析。而這種研究的難度在
於需要我們真正進入到美國漢學的文化語境下進行有效地對話與溝通。沐浴
著中西雙重文化的洗禮，穿越不同文化的邊界，遊走於現實的美國學界與中
國學界之間的邊緣地帶，在面對著作爲中國文化彼岸的「西方」的同時，也
面對著中國本土這一文化中心，是包括夏志清、李歐梵、王德威在內的美國
現代文學研究者的真實境遇。我們的研究將在對此雙重邊緣身份的體認中展
開。

認同：現代文學史書寫的轉型——
以「重寫文學史」思潮爲例

較早輸入國內的是夏志清的《中國現代小說史》。早在 20 世紀 70 年代末期，夏志清的《中國現代小說史》便以複印本的形式被一些到香港訪學的學者引入大陸學界，開啓了美國漢學的研究成果與中國現代文學批評話語之間的互動交流和碰撞。以《中國現代小說史》爲開端，樂黛雲等翻譯了包括美漢學界研究成果在內的眾多魯迅研究論文。隨後金介甫、李歐梵、韓南等海外漢學家的研究成果也在 20 世紀 80 年代被翻譯和介紹，這些研究成果以迥異於國內學術研究的批評視角、獨特的話語方式與嶄新的美學尺度等異質性特徵，深刻地參與到新時期文學批評的知識學重建中。溫儒敏在《從學科史回顧八十年代的現代文學研究》中曾談到：「這時一些海外漢學家的現代文學研究成果也漸次介紹進來，他們不同的文學史觀和研究角度，讓封閉已久的國內學者感到新鮮，即使不會完全贊同，也可能有所啓迪。」〔註 1〕本小節擬從美國漢學與中國現當代文學批評話語之間的對話和互動影響爲切入點，梳理和反思新時期以來美國漢學以怎樣的方式參與到了現代文學史的書寫之中，促成了以「重寫文學史」思潮爲標誌的文學史書寫轉型。

一

文學史作爲研究文學的歷史現象及其發展規律的科學，其研究內容包括了作家作品、文學思潮、文學流派產生、發展和演化的歷史，尋求其傳承、

〔註 1〕 溫儒敏：《從學科史回顧八十年代的現代文學研究》，《北京大學學報》（哲社版）2004 年第 5 期。

嬗變的原因與規律，最終目標是總結文學發展的規律。因此，文學史研究應以文學性爲研究的基本尺度。然而，建構以文學性爲基本尺度的歷史敘事在現代文學史的發展歷程中異常艱難。一段時間裏，由於處於左傾思潮挾持下的偏窄視角，中國現代文學史的編纂深受政治因素的影響。遵循文藝從屬於政治，導致了現代文學史的研究圍繞著政治這一中心軸，出現了把現代文學史演變爲政治運動與階級鬥爭附屬品的怪象。在新中國成立後的半個多世紀裏，出版的中國現代文學史著作多達數百種，僅 1951 至 1957 年，王瑤的《中國新文學史稿》、蔡儀的《中國新文學史講話》、張畢來的《新文學史綱》、劉綬松的《中國新文學史初稿》、丁易的《中國現代文學史略》，孫中田、何善周等的《中國現代文學史》接連付印。如果時間再往後順延一下，還有復旦大學中文系的《中國現代文學史》（1959 年）、北京大學中文系的《中國現代文學史》（1960 年）、中國人民大學中文系的《中國現代文學史講義》（1961 年）等集體編寫的文學史著作面世。如此眾多的文學史著作高度同一，千史一面：不僅體現在現代文學的性質界定上高度的一致性，而且在對具體的作家作品的評價上也高度的統一。這些文學史著作幾乎無一例外地從政治視角出發、堅持政治大於文學的態度進行編寫、出版，而遠離文學本體。這種特殊的現代文學史面貌一直延續至文革結束。1979 年，誕生了三部《中國現代文學史》著作，分別由唐弢、林誌浩與田仲濟主編。此三部《中國現代文學史》從文學史分期到作家評論再到文學史觀都此前的現代文學史並無二致。

　　新時期之前，在中國現當代文學史著作編纂過程當中，政治因素一直如影隨行，文學研究被捆綁在了政治的車輪上，以政治正確性作爲單純的評價標準而遠離文學本體。這就要溯源至中國現代文學學科的創立。中國現代文學作爲一門學科，產生於 1949 年之後。然而，自中國現當代文學作爲一門獨立學科誕生的那一天起，它就被實用與功利主義裏挾。1949 年 7 月於北平召開的第一次中華全國文學藝術工作者代表大會是歷史的界碑，它明確了新文學作爲一門學科的歷史形態，並以大會文件形式確立了毛澤東新民主主義理論爲新文學研究的指導思想，以新民主主義理論對新文學進行了歷史總結。1956 年高教部在《中國文學史教學大綱》中，又明確地對「從鴉片戰爭至五四運動的文學」和「新民主主義革命時代的文學（1919～1949）」的性質進行了區分：前者「出現過一些帶有反帝反封建傾向的富有民主主義精神的作品，

也有過一些帶有改良主義色彩的文體改革運動」；後者是「一直在無產階級思想領導下發展著的，它的主流是革命民主主義與社會主義的文學」。〔註2〕從中國現當代文學史編寫歷史來看，一系列中國現代文學史著作都出現於 1949年新中國成立以後，由於這種理論框架與政治權威話語相契合，因而得到強有力的權力支持。中國現代文學作爲一門新興的學科從傳統的古典文學研究中眞正脫離出來成爲一門獨立的學科，與此同時，也導致了文學研究中的眾多弊端：以文學現象去印證歷史規律，從而把文學作品的思想意義與作者的政治態度聯繫起來，甚至等同於作者的政治態度，而忽視文學超然於政治之外的主體性品格，漠視藝術性、審美性之於文學作品的價值。譬如傾向於進步的作家、體現出革命精神的作家，如魯迅、郭沫若、茅盾等作家及其作品備受肯定。反之，疏離、悖逆正統意識形態規範的作家作品被貶斥爲逆流，即使實際上在思想、藝術有可取之處，往往也要用各種理由去否認它或盡量降低。在這種文化背景下，一部文學作品能否進入文學史視野取決於政治、階級鬥爭等非文學的因素，取決於是否具有思想的人民性。因此，學者們反思「1990 年代以前國內中國現代文學史的書寫經驗，這個『文學社會學工程』最令人矚目的不是歷史與文學之間未曾或已增益關係，而是文學史書寫對國家意志的簡單服從。文學趣味搬演黨政路線，重要作家代言國家形象，字裏行間都由指導思想敷衍成文，以至於五十年如一日，文學史成了千篇一律的教科書。」〔註3〕

　　隨著 20 世紀 80 年代中國社會歷史語境的巨大變化，政治話語敘事迅速得到了學術界新一代學人的積極反思與清理，原有的文學史研究範式已經面臨著深刻的危機，引發對於自身超越的強烈渴求，學界產生建構更加符合現代文學自身的書寫範式的強烈訴求。然而，文學研究要想掙脫政治強權的桎梏，獲得一個相對自由呼吸和自我發展的空間，重啓回歸文學自身的旅程不可能在彈指之間發生，要求時間上的緩衝，更需要學術上的積累。70 年代末期，夏志清《中國現代小說史》的英文版和中譯本（香港友聯版和臺灣傳記版）恰逢其時地傳入了大陸。《中國現代小說史》展示了一種與大陸「特殊」

〔註2〕 中華人民共和國高等教育部：《中國文學史教學大綱》，高等教育出版社，1957年版，第 284 頁。

〔註3〕 季進：《認知與建構──論海外中國現代文學史的書寫》，《文藝理論研究》2011 年第 5 期。

的現代文學史迥異的研究思路：通過文本細讀去發掘作家作品以建構文學
史，遵循「由內向外」的文學史建構原則，即透過細膩的文本解讀，首先剖
析文本的外在表層，而後進入文本的深層結構探索文本背後的象徵內涵，由
此探尋作家的內心世界，最後爲作家作品的文學價值和文學史地位、意義進
行準確地定位。其文學史關注的重點是文學語言、藝術手法、文體形式等文
學自身的要素，而非文學產生的政治、歷史等外圍因素，以作品的審美特徵
作爲一部作品能否進入文學史的先決條件。夏志清秉持「身爲文學史家，我
的首要工作是『優美作品之發現和評審』」〔註4〕，「我所用的批評標準，全以
作品的文學價值爲準則」〔註5〕，將文學性置於構建文學史的首要準則。這顯
然不同於當時國內學界因時代局限而採用的由外向內的文學史建構原則，傾
向於「衡量一種文學，並不根據他的意圖，而是在於他的實際表現，它的思
想、智慧、感性和風格。」〔註6〕再看文學史分期。以現代文學研究領域的開
山之作《新文學史稿》爲參照。在歷史分期的問題上，《新文學史稿》將現代
文學三十年的發展歷程分爲「四個時期」：「偉大的開始及發展」（1917～1927
年）、「左聯十年」（1928～1937年）、「抗戰前期」（1937～1942年）、「延安文
藝座談會以後」（1942～1949年）。《中國現代小說史》劃分爲三個階段，即現
代小說發展的「初期」、「成長的十年」、「抗戰期間及勝利以後」，分別論述了
1917年到1927年、1928年到1937年、1937年到1957年間現代小說的創作
狀況。從文學史分期的命名中可以看到，《新文學史稿》的命名有較強的政治
色彩，突出了中國共產黨對新文化運動的領導，而夏志清的命名則相對中性。
從1937年到1949年，爲了貫徹毛澤東的《新民主主義論》和《在延安文藝
座談會上的講話》對《中國新文學史稿》的指導，王瑤《新文學史稿》劃分
爲了兩階段。而夏志清在《中國現代小說史》中，第三個時期從1937年到1957
年，涵蓋了部分的「當代文學」，凸顯的是從抗戰到新政權建立現代小說的發
展直至消亡的延續性。

　　1983年5月，《文藝報》編輯部召開座談會，對夏志清的《中國現代小說

〔註4〕 〔美〕夏志清著，劉紹銘等譯：《中國現代小說史·中譯本序》，復旦大學出
　　　　版社，2005年版，第15頁。
〔註5〕 〔美〕夏志清著，劉紹銘等譯：《中國現代小說史》，復旦大學出版社，2005
　　　　年版，第327頁。
〔註6〕 〔美〕夏志清著，劉紹銘等譯：《中國現代小說史》，復旦大學出版社，2005
　　　　年版，第331頁。

史》的不良的政治傾向進行批判。對夏志清《小說史》的批判從側面印證了夏志清《小說史》對其時大陸中國現代文學研究所帶來的巨大震動。以《中國現代小說史》爲代表的美國漢學研究成果作爲外部動力，爲中國現當代文學史重寫的提供了學術資源和理論支持。新時期以來的文學史研究嘗試掙脫政治強權的桎梏，由最初對一大批遭受不公正對待的作家的「平反式」重評，到以「文學現代化」爲核心的「二十世紀中國」文學史觀的提出，進而對先代文學研究學科性質的深入認識。經過了近十年的醞釀和積累，終於在 80 年代末「重返自身的文學」以「重寫文學史」運動達到巔峰。1988 年，《上海文論》開設「重寫文學史」同名專欄，在「開欄」宣言中，主持人陳思和、王曉明開宗明義地提出開設這個專欄，是「爲了衝擊那些似乎已成定論的文學史結論，目的在於探討文學史研究多元化的可能。」爲建構出一種不同於 50～70 年代的文學史圖景，「重寫」的矛頭直接指向了左翼文學、解放區文學以及建國後的「十七年」文學等，顛覆以往文學史「主流」敘事。「重寫文學史」運動倡導從文學的審美特性來衡量作品，堅信只要回到文學，回歸審美，回到個體，文學研究就將進入新的層次，別有一番新天地。「『重寫文學史』首先要解決的，不是要在現有的現代文學史著作行列裏再多出幾種新的文學史，也不是在現有的文學史基礎上再加幾個作家的專論，而是要改變這門學科原有的性質，使之從從屬於整個革命史傳統教育的狀態下擺脫出來，成爲一門獨立的、審美的文學史學科。」〔註7〕

二

　　對經典作家作品的遴選、欣賞、闡釋，顯示了某種文學傳統的獨特品格，而確立文學經典的重要環節之一就是文學史的編撰。文學的經典化是一個極其複雜的動態過程，受到來自文學外部要素和文學自身內部要素的共同影響。一段時間裏，現代文學的經典建構受到了來自外部要素的強力制約。相對於 1949 年前對作家作品評價標準的多元化，現代文學學科創立後，文學經典的確立往往帶有強烈的官方色彩和不容置疑的權威性。三十年間作家及作品經典化的速成機構是「全國文代會」。「全國文代會」於 1949 年 7 月第一次召開，提前對與會代表的參會資格進行審查，而參加「文代會」並在會上受到肯定與褒獎作家的作品就意味著是進入經典的序列。「全國文代會」因此成

〔註 7〕陳思和：《關於「重寫文學史」》，《文學評論家》1989 年第 2 期。

爲了作家經典化的風向標。王瑤《中國新文學史稿》作爲第一部完整的現代
文學史專著,論及作家300多位,作品近千部篇,唯有魯迅一位列專節討論。
其他文學大師雖然沒有出現在目錄,但是對郭沫若、茅盾、巴金等作家作品
進行了詳細地闡釋,第一次明確了「魯郭茅巴老曹」的經典秩序。而後丁易
《中國現代文學史略》則更進了一步,以魯迅等作家命名文學史中的專章:
第五、第六章爲「中華民族新文化的旗手共產主義者──魯迅(上、下)」,
第七章爲「郭沫若和『五四』前後的作家」、第九章爲「茅盾和『左聯』時期
的革命文學作家」,老舍、巴金和曹禺也被列爲進步作家收入專節之中。〔註8〕
丁易把「專節」提升到「專章」,由此,現代文學的經典秩序──「魯郭茅巴
老曹」的作家排名被確立了下來並在此後的幾十年間從未被動搖過。反之,
胡適、周作人、沈從文、梁實秋、林語堂、徐志摩等自由主義作家的作品則
被邊緣化。「魯郭茅巴老曹」的作家排名反映了其時主流文化對確立新的文學
秩序的「政治化」。

　　忽略文學作品的內在審美特質而以政治標準建構文學經典,導致了當經
典作品越出了其建構的原初歷史語境,進入到另一種歷史語境時,由於缺乏
藝術上的穿透力和缺乏展示人性的底蘊而不再「經典」,造成了曾經經典作家
作品在新的歷史語境的文化價值系統中面臨嚴重的認同危機。回歸文學性對
一些長期被忽視的優秀作家進行發掘、打撈,使被遮蔽的作家重新進入大陸
現代文學研究的視野是「重寫文學史」的重要目標。美國漢學家特色鮮明的
作家作品評論逐漸爲更多的國內學者所認同並發生著影響。唐弢曾指出:「最
近看到一些外國的材料,他們很重視抗日戰爭勝利前後那一段的文學。他們
認爲現在中國人寫的文學史,包括我主編的那一部,二十年代、三十年代都
講了,講得很多,他們現在就要看我們沒有講過的。有個夏志清寫了部《中
國現代小說史》,發掘出一個錢鍾書。……香港說夏志清發掘出了中國文學史
家、文學批評家沒有注意的作家,一個是錢鍾書,一個是張愛玲。我們歡迎
有人發掘,過去我們這方面工作做得太少了」。〔註9〕細讀《中國現代小說史》,
其中獨立成章的作家共有10位,分別是:第二章魯迅;第六章茅盾;第七章
老舍;第八章沈從文;第九章張天翼;第十章巴金;第十二章吳組緗;第十
五章張愛玲;第十六章錢鍾書;第十七章師陀。以夏志清爲代表的美國漢學

〔註8〕 丁易:《中國現代文學史略》,作家出版社,1955年版。
〔註9〕 唐弢:《唐弢文論選》,人民出版社,2009年版,第243~244頁。

家發掘了眾多在政治視野中被遮蔽的作家：張愛玲、沈從文、錢鍾書、張天翼、郁達夫、蘇曼殊、施蟄存、劉吶鷗、葉靈鳳、邵洵美，等等。在同時期大陸編寫的現代文學史中，這些作家或被忽視或被扭曲。通過美國漢學家的研究推介，他們才逐漸進入大陸現代文學界的視野。對於郭沫若、茅盾、丁玲、趙樹理等在政治標準之下深受大陸文學史家尊崇的左翼作家，則持保留甚至批判的態度。雖然夏志清試圖建構以文學本體的純文學爲本位的文學史模式同樣受到社會、歷史、文化等諸多因素的干擾，但他所追求的純文學本體的文學史模式和通過純文學本體的文學史模式以對峙當時中國大陸新文學史建構的實踐震動並啓示了當時國內學界。

　　以美國漢學研究成果爲參照，1997 年以《文藝報》爲中心，《作家報》、《光明日報》、《中華讀書報》、《大家》等報刊圍繞文學經典問題展開了廣泛討論，陳思和、溫儒敏、黃曼君、童慶炳、朱立元、陶東風、王寧、南帆等眾多學者發表了系列論文。經過討論達成了以下共識：文學經典是具有豐富的意蘊、崇高的典範性和超越時空的永恒性等核心特質的作品；文學經典的形成和建構受到了文學環境、文藝政策、出版機制、文學觀等等因素的影響與制約。最爲重要的是，進一步明確了建構經典的機制。在重排作家位次的口號下，倡導作家的經典化從文學作品入手，衡量標尺是文學作品是否具有獨到的審美品格與獨創的藝術價值。確立文學的審美性衡量經典性作品的首要標尺，要求經典性的文學作品應該以其鮮明的審美性顯現出與一般文學作品的與眾不同，能體現思想性與審美性的有機交融。此爲其一。其二，突出原創性。原創性是文學經典性中的個性化標尺。文學的原創性是指一部文學作品所具有的首創性特徵，既有與同時代作品相比的獨特性，又往往以其首創的藝術範型影響後來。關於大師級的文本確認，「我們認爲至少它應具備下述四種品質：首先，語言上的獨特創造。其次，文體上的卓越建樹。再次，表現上的傑出成就。最後，形而上意味的獨特建構。」〔註 10〕「經典是那些能夠產生持久影響力的偉大作品，它具有原創性、典範性和歷史穿透性，並且包含著巨大的闡釋空間」，已是學界所達成的共識。〔註 11〕

〔註10〕王一川等編：《二十世紀中國文學大師文庫・總序》，海南出版社 1994 年版，
　　　　第 3～4 頁。
〔註11〕黃曼君：《中國現代文學經典的誕生和延轉》，《中國社會科學》2004 年 3 期。

三

　　因現代文學史敘事長期屈從於政治因素的規範，文學史的書寫受社會歷史批評思潮影響較深，漠視現代文學自身特徵的演變和內在軌跡，對於文學性、審美性的訴求越發強烈。意識形態干預鬆動之後文學史內在機制不斷反思、檢討與海外漢學文學觀念的輸入與衝擊，強化現代文學研究學術本位的內在需求應運而生，最終促成了現代文學史書寫的重大轉型。從這個角度來看，「重寫文學史」最終回歸文學本體並非偶然的選擇，而是某種歷史的必然結果。回歸文學本體，以文學性為基石重寫中國現代文學史保證了文學研究的學術本體原則，從根本上使學術研究回歸到具有學理意義的學術化道路上。

　　1994年，由海南出版社編纂的《二十世紀中國文學大師文庫》首開先聲。按照文體分類，分別推選出了二十世紀的中國文學大師。小說卷中排名前九位的分別為：魯迅、沈從文、巴金、金庸、老舍、郁達夫、王蒙、張愛玲、賈平凹。沈從文位列第二，武俠小說作家金庸被安排在魯迅、沈從文、巴金之後，位列第四，茅盾落選。詩歌卷大大提升了穆旦的文學史地位，排在榜首，而北島名列第二，還選出了馮至、徐志摩、戴望舒等詩人。散文卷出現了梁實秋的身影，緊隨位列第一的魯迅之後，還選出了周作人、豐子愷、許地山、毛澤東等作家，戲劇卷則選出了曹禺、田漢、夏衍、郭沫若、老舍等作家。這和傳統的經典秩序大相徑庭，對二十世紀的中國文學大師進行了大膽地重排座次，該《文庫》總序明確指出：「20世紀中國經歷了從政治制度、經濟組織到文化價值體系的全方位革命性震盪，文學常常成為各種力量糾結爭奪的對象。於是，關於文學的評判也來自於各種不同的勢力與向度：政治的、戰爭的、民族的、哲學的乃至於病學研究，而最易為人忽略的是從審美標準看文學。誤解與偏見掩蓋了文學的本來面目。」〔註12〕1996年，謝冕、錢理群主編《百年中國文學經典》（1～8卷），謝冕、孟繁華主編《中國百年文學經典文庫》（1～4冊）出版，這兩本著作站在20世紀中國文學和歷史的高度，以開放多元的眼光觀照具有不同文學觀念、創作傾向與創作風格的作家。進入研究視野的文學作品本身都是具有較高的藝術價值的，打破了以階級鬥爭為重大題材，打破了「魯郭茅巴老曹」的經典秩序，把審美價值為核

〔註12〕王一川等編：《二十世紀中國文學大師文庫‧總序》，海南出版社1994年版，第2頁。

心重建經典文學史實踐落實到了具體作品之上。

　　進入上個世紀九十年代末，現當代文學史的寫作蔚爲壯觀，出現了錢理群、溫儒敏、吳福輝《中國現代文學三十年》、郭志剛《中國現代文學史》、洪子誠《中國當代文學史》、陳思和《中國當代文學史教程》、朱棟霖《中國現當代文學史》等文學史著作。這些文學史著作從文學外部研究轉向內部研究，立足於文學本體審視十九世紀末至二十世紀初期中國文學的內在關係與嬗變，以開掘文學作品的審美價值和豐富內涵爲基礎，考察現代文學現象內部存在的繁複性、多元性以及衝突性和矛盾性，尊重文學自身的規律和獨立性。回歸到文學本體來研究文學和書寫文學史，意味著中國現代文學史書寫轉型的實現，蔚爲壯觀的現當代文學史寫作初步勾勒出了前輩學者們所憧憬的文學史理想狀態：「有的可以編年，有的可以依類；有的可以博采眾長，總結成果，反映學術研究上公認的已有的論點；有的可以獨出己見，成一家之言，說出某些別人尚未想到的新意，或論藝術創造，或重作品影響；至於發現新的作品和新的作家，更是所有文學史家應當共同負起的任務」〔註 13〕由此觀之，現代文學史敘事實現了從政治範式到審美範式的歷史轉型。

〔註13〕唐弢：《唐弢文論選》，人民出版社 2009 年版，第 418 頁。

論雙重「邊緣」身份與王德威晚清文學書寫

　　王德威所提出的「被壓抑的現代性」論題一問世，便引起了廣泛關注。該論題認爲晚清文學就像眾聲喧嘩的嘉年華，而五四文學壓抑了晚清文學的多重現代性可能。這與大陸學界認同與尊崇五四文學的傳統迥然不同，開啓了對晚清文學的重新認識和評價，對新時期以來內地中國現代文學研究的轉型起到了極大的刺激、推動與催化作用。然而，在震驚於「被壓抑的現代性」論題的大膽與新異，驚歎於海外漢學帶來的衝擊、震憾並成服於輪番登場的各種新式理論之時，我們是不是也須反問：王德威選擇了晚清文學作爲話語載體，是否具有其特定的立場和初衷？是否注意到了在美國的學術體制下，這批中國現代文學研究者們獨特的文化身份？

一

　　20 世紀 50 年代，美國學界開始了對中國現代文學的系統研究。就研究群體作而言，大體上歷經了三代學者的傳承：第一代作爲海外中國文學研究的拓荒者，以夏濟安、夏志清兄弟二人爲代表；第二代由李歐梵、王德威領銜，大約於六七十年代赴美，是目前美國中國現代文學研究界的中流砥柱；其後一批大約於 80 年代出國留學具有敏銳問題意識的中青年學者，如劉禾、孟悅、陳建華、黃子平、唐小兵、張旭東、張英進等則可以被認爲是第三代。經過三代學者近半個世紀的發展和努力，中國現代文學研究在西方學院中取得了其合法性地位。劉若愚曾在《中國文學研究在西方的新發展、趨向與前景》中指出，在 60 至 70 年代的西方，尤其在美國，以中國文學作爲研究專長的

學者日愈增加，使中國文學研究在 1970 年代中期已成爲一門獨立的學科，而不再是漢學的附屬組成。〔註1〕這首先表現在，一批有關中國現代文學研究刊物的創辦，諸如《中國現代文學通訊》（Modern Chinese Literature Newsletter，美國加州大學伯克利分校主辦）、《現代中國文學和文化研究》（Modern Chinese Literature and Culture，美國俄亥俄州立大學主辦）、《中國文學》（Chinese Literature，美國威斯康辛大學與印地安那大學合辦）、《哈佛亞洲研究》（Harvard Journal of Asiatic Studies，哈佛大學主辦）等等。與此同時，哈佛大學、耶魯大學東亞研究中心、加州大學柏克萊分校中國研究中心和東亞語文系、普林斯頓大學比較文學系、印地安那大學遠東語言文化系、斯丹佛大學亞洲語文系、哥倫比亞大學等美國高等教育和科研機構中都設有中國現代文學的研究中心。近年來，美國各研究機構東亞文學的研究人員構成發生了重大變化，華裔教授所佔比例越來越大。傑出的中國年輕學者在獲得美國「漢學」的博士學位之後，常成爲美國各大高校爭相應聘的對象。這是因爲，近年在美申請攻讀中國現代與當代文學的學生人數急劇地增多，許多大學的東亞系都出現了供不應求的現象〔註2〕。儘管取得了一定的合法地位，但是中國現代文學研究在美國的境遇並不樂觀，在美國龐大的學科系統中，仍舊處於邊緣地位。這表現在，中國現代文學研究所需的經費往往得不到校方或有關機構的支持，相關研究常被推至邊緣之邊緣。究其根源，在美國學界一直存有一種根深蒂固的觀念：古典文學才是中國文學的精華，而中國現代文學是「一個已經被西化、被現代化了的中國──換言之，那是被認爲喪失了『純粹中國性』、被西方霸權『肢解』了的複雜主體」〔註3〕。因此，對「過去」的中國充滿了獵奇色彩強烈的求知興趣，許多漢學家便更傾心於中國傳統文化與文學，而缺乏對中國現代文學的熱情。其次，與古典文學相比，在美國學界中國現代文學作品大多尚未進入「經典」作品行列，這也從很大程度上制約了海外學者對中國現代文學的研究。由此可見，在美國的學術體制下，這批中國現代文學研究者們是一群游離於主流文化「邊緣」的學人。

〔註1〕 James Hu, "The Study of Chinese Literature in the west: Recent Developments, Current Trends, Future Prospect" The Journal of Asian Studies, Vol. XXXV, No.1 (Nov. 1975), PP.21~30.

〔註2〕 〔美〕孫康宜：《談談美國漢學的新方向》，《書屋》2007 年第 12 期刊。

〔註3〕 〔美〕孫康宜：《「古典」或者「現代」：漢學家如何看中國文學》，《讀書》1996 年第 7 期。

　　如再進一步探析，對於第二代華人學者王德威來說，這種「邊緣」境遇是具有雙重意義的，並不單是相對於美國文化而言，同時也是針對大陸而言的。王德威畢業於國立臺灣大學外文系，繼而負笈西遊前往美國威斯康辛大學繼續攻讀比較文學博士學位。如果從進入美國學界之前的地域分佈上考察，王德威屬於美國現代文學研究界中的「臺灣學術群體」。在對五四新文化運動的評價問題上，五四新文化運動在中國思想與文化發展上的重大意義和歷史地位受到大陸文化界與思想界的認同與積極肯定，並沿著陳獨秀、李大釗、魯迅到左翼文學再到延安文藝這條線索建立起了中國現代文學這一學科。但是，國民黨退居臺灣以後，以胡適為代表的五四時期的自由派，已被擠出歷史的潮流，在臺灣學界發生重大影響的是以「五四後期人物」殷海光領導下的自由主義及以牟宗三、徐復觀為代表的新儒學，他們都對五四新文化運動持有保留態度。殷海光認為，五四運動是中國歷史上的一場沒有「站穩腳跟」的啓蒙運動，是一種接近於意氣用事的反偶像主義〔註4〕。徐復觀、牟宗三等始終旗幟鮮明地反對「五四」新文化運動，並對五四進行省思。他們認為，五四以來的反傳統根本上是顚倒了學術思想與政治之間的關係，反對五四以來人為地割裂傳統，應該恢復儒家思想的本來面目〔註5〕。在兩岸的對峙狀態之中，臺灣的政治壓力甚大，臺灣學者是在與大陸迥異的嚴峻局勢中開始了相關研究。直到1987年臺灣解除戒嚴令之前，臺灣國民黨當局對中國現代文學，特別是對30年代的革命文學實行禁錮封鎖的政策，提倡反共的「戰鬥文學」，割斷了五四以來的中國新文學傳統。特別在五、六十年代，在提倡「戡亂救國」、「反攻大陸」的狀況下，臺灣的中國現代文學研究幾乎是一片空白。作為現代文學的代表作家魯迅受到了最為嚴厲的批判，而眾多在中國現代文學史上具有深遠影響的作家作品無法得到出版，研究更無從談起。僅有胡適、徐志摩、梁實秋等留學英美的知識分子的相關作品能夠問世，魯迅及30年代作家，甚至包括沈從文的作品在島內一律成了禁書。對於中國現代文學，特別是對於在大陸佔據主導地位的革命文學史觀和啓

〔註4〕　殷海光：《自由人的反省與再建》，《殷海光文集》第一卷，湖北人民出版社2001年版，63～65頁。

〔註5〕　本觀點參考了《三十年來中國的文化思想問題》與《中國文化的現代意義》二文，見徐復觀：《學術與政治之間》，華東師範大學出版社2009年版，第210～213頁；牟宗三：《牟宗三學術文化隨筆》，中國鐵道出版社1996年版，第90～93頁。

蒙主義文學史觀，以王德威爲代表的「臺灣學術群體」是感到相當陌生與隔膜的。

二

　　浸潤於中西雙重文化，穿越不同文化的邊界，遊走於美國學界與中國學界之間的邊緣地帶，在面對著中國文化的彼岸「西方」的同時，也面對著中國本土這一文化中心：「我在西方的邊緣，我也在東方的邊緣，是地理和文化的邊緣」，〔註6〕是包括王德威在內的美國現代文學研究者的眞實境遇。從某種意義上說，思想文化上的邊緣境遇，恰好又是一種優勢條件。雙重「邊緣」的境遇爲文學研究帶來了更爲開闊的雙重「視野」：一是站在中國文化立場上重新審視西方文化。身爲中國文化學者遊走於中外之間，王德威得以廣泛地吸收西方的理論觀念與學術方法，從而形成並造就了其多元文化因素及複雜理論相交融的學術背景，爲王德威的研究帶來了寬闊的學術視野。面對「中國現代文學」同一研究客體，其所運用的研究方法與大陸學者迥然不同；另一重意義則是，站在西方文化立場上返觀與重構「中國」。擺脫政治約束的臺灣學者在美國較爲寬鬆的人文環境中，能夠站在更貼近中國現代文學實際狀態的立場上重審和詮釋中國文學。其次，雙重「邊緣」身份也形成了王德威學術研究中的空間張力，「地理和文化的邊緣」使他對中、西文化傳統的思考和觀照，都獲得了必要的距離。在邊緣的境遇中，既可以保持文人型知識分子自身的獨立性，又可以專心於自己的學術建構和文化批判，能夠對異域批評理論作近距離移植，面對中國文學問題採取遠觀姿態。在主流與非主流之間，邊緣與中心之間，作爲研究者的王德威可以在中西兩種文化的差異和交疊中檢視中國文學的現代起點，這種距離也有助於其更客觀的審視。正所謂，「身在海外的中國文學學者既然更多一層內與外、東與西的比較視野，尤其可以跳脫政治地理的限制。只有在這樣的視野下，才能激蕩出現代性的眾聲喧嘩，也才能重畫現代中國文學繁複多姿的版圖。」〔註7〕

　　置身於美國學界，王德威首先要面對的是美國的「中國學」傳統的規訓，分享美國中國學研究現有成果的同時，也要參與其範式轉換和更新。「晚清現代性」命題的提出便與美國的中國學研究密切相關。在美國，以第二次

〔註6〕李歐梵、季進：《李歐梵季進對話錄》，蘇州大學出版社2003年版，第181頁。
〔註7〕〔美〕王德威：《海外中國現代文學研究的歷史、現狀與未來——「海外中國現代文學譯叢」總序》，《當代作家評論》2006年第4期。

世界大戰爲契機，爲了適應戰時國際形勢的需要，維護美國的國家利益，美
國的漢學研究發生了一次重大的轉向：以費正清爲代表的一批歷史學家創建
了新興的現代中國學。它有別於傳統漢學對研究現實問題的冷漠，是一門以
近現代中國爲基本研究對象，把對近現代中國作爲東亞研究的主體，以歷史
學爲主體的跨學科研究。「總體而論，中國研究變成了美國全球化總體戰略支
配下的『地區研究』（The Regional Studies）的一個組成部分，帶有相當強烈
的對策性和政治意識形態色彩。」〔註8〕由於創建現代中國學的目的主要在於
美國自身戰略發展的需要，因此，現代中國學研究打破了傳統漢學狹隘的學
科界限，融入了社會科學研究的各種理論、方法、手段，廣泛涉獵於中國
社會、文化、歷史的各個領域，從而大大開闊了研究者的研究視野。基於鴉
片戰爭前的明清時期與近現代中國在歷史連續性上有著緊密的聯繫，爲數眾
多的美國學者將明清時期視爲中國近代史的萌芽階段，所以，美國漢學家一
向重視對這一歷史時期的研究，有關明清時期的研究已成爲了現代中國學中
的學術傳統之一，涉及到近現代中國政治、經濟、人口、思想文化、法律、
教育、文學藝術、外交等各個相關領域。而關於明清社會歷史的研究，更是
美國漢學界的熱點問題。例如，明清時期的社會精英和地方社會控制就是美
國漢學界長期關注的課題。正是在這樣的學術背景中，包括晚清在內的中國
近現代社會的歷史與文化成爲了學術前沿和研究熱點，甚至於在美國的中國
現代文學研究領域內，晚清研究也成爲了熱點。所以，王德威以晚清文學作
爲研究對象既是受到了美國學界大氣候的影響，也是對美國學術界脈動的準
確把握。

　　如果要實現與主流文化之間的平等「對話」，就需要緊隨主流文化的律
動，而更重要的是，在迎合了主流文化的同時，展現出中國文學的獨特性和
在西方文化語境中確立起與之相比照的特異性。王德威標舉晚清現代性，主
張立足於中國現代文學本身來發掘那些紛繁蕪雜的文學現象，認爲現代性是
一種文學內部、生生不息的創造力，他通過對狎邪、公案俠義、譴責、科幻
四大晚清通俗小說的研究來「說明彼時文人豐沛的創造力，已使他們在西潮
湧至之前，大有斬獲」，在他看來，「西方的衝擊並未『開啓』了中國文學的
現代化，而是使其間轉折更爲複雜，並因此展開了跨文化、跨語系的對話過

〔註8〕 楊念群：《美國中國學研究的範式轉變與中國史研究的現實處境》，《清史研
　　　究》2000 年第 4 期。

程」〔註9〕，也就是說中國文學即使沒有外國文學思潮爲助力，也同樣會走上現代化之路，這是中國社會推進的內在要求和中國文學運行的必然趨勢。進一步探析，晚清現代性研究是以美國的中國近代史研究的主流觀點——「中國中心觀」作爲理論原型。「中國中心觀」是由美歷史學家保羅·柯文提出的，其最核心的特徵在於，強調「內部取向」，努力嘗試從中國的立場出發——密切注意中國歷史的軌跡和中國人對自身問題的看法——而不是僅從西方歷史的期望的觀點出發，去理解中國歷史。作爲現代中國學的創立者，費正清此前提出了中國文化的演進模式爲「西方衝擊——中國回應」型，他認爲中國和西方的關係是「西方挑戰——中國響應」。換而言之，中國缺乏自身發展動力、基本上處於停滯狀態的靜態傳統社會，認爲中國只有經過西方的衝擊後，才可能發生巨變、擺脫困境，中國近代化的推進、社會結構的變化的動力來自西方。「西方衝擊——中國反應」模式暗含著中國被動、西方主動，中國落後、西方先進等價值判斷在內。柯文則認爲，中國現代歷史「有一種從18世紀和更早時期發展過來的內在的結構和趨向，……儘管中國的情境日益受到西方影響，這個社會的內在歷史自始至終依然是中國的」，他反對把西方的介入「作爲一把足以打開中國百年來全部歷史的總鑰匙」，而倡導把它「看成是各種各樣具體的歷史環境中發生作用的各種力量之一」〔註10〕。對海外學人來說，「中國中心觀」無疑是有力的理論武器，它正契合了王德威將現代中國自身的知識與文化從西方的「遮蔽」下解放出來從而探求中國歷史發展的內在理路的迫切需要。王德威對晚清文學進行重新定位，從中國文學內部的嬗變來探尋中國文學自身現代性之路，挑戰了流行已久的「西方衝擊——中國回應」的模式，宣告中國的現代性是自我生成的，是一種自我改革，與西方文明一樣同是一種內發原生型現代化。以「中國中心觀」歷史闡釋模式發掘中國文學創作現代性的自源性，這一觀點既是受到了柯文「中國中心觀」的啓發，更是王德威在西方主流學術觀念影響下的對中國文學和文化的一次積極返觀和重審。

就國內學界而言，時至上世紀90年代初期，國內晚清文學的研究力度偏弱。對晚清小說的研究仍主要聚焦於李伯元、吳趼人、劉鶚、曾樸四大小說

〔註9〕 〔美〕王德威：《被壓抑的現代性·導論》，北京大學出版社2005年版，第55、4頁。
〔註10〕 〔美〕柯文：《在中國發現歷史》，中華書局1989年版，第78、128頁。

家，圍繞少數重要作家作品展開而數以千計的其他小說作品和文學作家則少有問津。針對晚清小說的研究方法也較爲單一，以社會學批評模式爲主導，著重從外部社會歷史環境來考察晚清小說的興盛原因、主題特徵和思想意義，而晚清小說的藝術結構尤其是背後豐富的文化內涵則被忽略了。因此，王德威以晚清文學作爲研究對象的選擇也可與國內研究形成一種「比照」關係，在爲國內研究輸入異域新聲的同時，樹立起了全新的學術姿態。更爲關鍵的是，國內學界關於中國文學現代性的論述基本上都是從五四模式發展、衍化而來的。而晚清文學本身作爲一個充滿了內在矛盾和張力的場域，它既維繫著中國古代文學與現代文學的承接和延伸，兼具「現代性」和「古代性」雙重品格，和「現代性」一樣，「古代性」也具有它內在的邏輯性和過程線索。晚清文學這一兼具雙重品格的特質，蘊藏著豐富的思想能量，爲現代性研究和探討提供了深厚的文學土壤和思想資源。再者，這一時期的文學資源豐富，僅就晚清小說作品來看，1937 年阿英最初發掘整理 478 種，到 1988 年日本學者樽本照雄出版《清末民初小說目錄》發掘整理出了創作小說 7466 種、翻譯小說 2545 種。國內學界這樣一個巨大的「空白」提供了足夠廣闊的學術空間，有利於王德威以解構主義的利刃對晚清小說進行知識考古，也由此可見王德威返觀與重審中國文學融入了自身的積極思考，而非單純追隨美國主流文化。

　　綜上所述，在如何化解、協調與主流文化之間的矛盾、衝突，在如何實現對國內學界的返觀的雙重追求之中，王德威找到了晚清文學這一合適的話語載體，選擇了晚清這一研究薄弱而內在豐富、識別度極高的研究對象。面對晚清文學這一相同研究客體，王德威從異質文化語境返觀，其解讀與闡釋與國內學者之間構成了對比。從某種程度上而言，他解構、顛覆了大半個世紀以來國內晚清新小說的研究成果。同時，王德威的研究也向我們昭示，海外華人學者的批評理論不應僅被看作當代西方批評理論的一個「傳聲筒」或「實踐場」，更應該看到，他們返觀與重構中國文學有著自身的積極立場，並從創造者角度考察海外華人學者對西方文化的接受。

（發表於《四川大學學報》(哲社版) 2013 年第 1 期）

從衝擊到激活——論海外漢學與晚清通俗小說研究熱

　　海外漢學所形成的刺激性的思想聚焦和一系列連續性的學術熱點一方面「在很大程度上改變了過去中國文學研究的封閉單一視角，將跨文化、跨學科、跨語際的研究觀念投射到國內，形成了 20 世紀中國文學研究的『多元邊界』、『雙重彼岸』、『多維比較』；其直接參與及影響所及，在某種意義上改變了 20 世紀中國文學研究的總體格局，且目前已從某種邊緣狀態向大陸 20 世紀中國文學研究的中心地帶滑動」。〔註 1〕海外漢學對新時期以來內地中國現代文學研究的轉型起到了極大的刺激、推動與催化作用。另一方面，面對同一研究客體，海外學者從異質的西方文學語境進行反觀，其解讀與闡釋與大陸學者之間形成了有趣的對照與互補。本書以當前學界的研究熱點晚清通俗小說研究為切入點，聯繫海外漢學研究對當下本土晚清通俗小說的現代性研究進行比較和辨析，進而透析晚清通俗小說研究背後的複雜性及其隱含的立場。

一

　　晚清通俗小說的研究價值在二十世紀的五十年代便已引起海外漢學家的注意。二十世紀的五十年代初，捷克學者奧德里奇·卡拉爾在其所撰寫的《亞洲現代文學的興起與發展研究論集》（第三卷）中發現了晚清文學中隱含的變化並將其作為過渡現象加以研究；蘇聯漢學家謝曼諾夫以李寶嘉、吳沃堯為

〔註 1〕 李鳳亮：《海外華人學者批評理論研究的幾個問題》，《文學評論》2006 年第 3
　　　　期。

例探討了晚清小說與此前文學作品之間的聯繫與差異，進而論證晚清小說對於魯迅文學創作的重要性，由此把晚清小說納入一個更爲廣闊的前現代和現代文學發展的框架；在美國漢學界，夏志清通過評論《老殘遊記》、《玉梨魂》，嘗試推動晚清小說研究。七十年代初，李歐梵應費正清之邀爲《劍橋中國近代史》撰寫有關中國文學的章節——「文學潮流現代性探索，1895～1927」，研究中將中國現代文學的源頭追溯到了 1907 年。李歐梵是最早將中國現代文學的上限推至晚清時期的研究者，他把中國文學現代轉型的「起點」定位於晚清。近年來在王德威「被壓抑的現代性」觀點的推動下，美國漢學界更是形成了一股晚清研究熱潮；在資料整理方面，當推日本學者樽本照雄。樽本照雄編纂的《新編清末民初小說目錄》收錄了翻譯小說、通俗小說、文言小說、單行本和報紙所載單篇共 16，046 目，約爲阿英《晚清小說目》（1957 年版增補本）中所收錄作品數量的 2.4 倍，是迄今最完備可靠的清末民初小說目錄專書。包括臺灣地區在內，晚清小說的研究基礎十分雄厚，湧現了李瑞騰、康來新、林明德、王孝廉等一大批專業學者。此外，還有西馬諾夫、米列娜、林培瑞、柳存仁以及韓南等海外漢學家都聚焦於晚清文學，以期開創晚清文學研究的新局面。

晚清通俗小說進入國內現代文學界的研究視野始於二十世紀八十年代末，國內晚清通俗小說的研究發展大致經歷了以下三個階段：首先，重評鴛鴦蝴蝶派小說。通過爲鴛鴦蝴蝶派小說正名，找到晚清通俗小說進入文學史的合法性依據。借助重寫文學史的動力，衝破鴛鴦蝴蝶派小說研究中的思想禁錮，以具體的文學分析研究替代簡單的政治批判，還原晚清通俗小說的歷史真實面貌；第二階段：納入現代文學史的研究框架。陳平原、錢理群、黃子平共同提出的「二十世紀中國文學」整體構想打通了二十世紀中國文學，衝破原有的研究格局，不僅將 1898～1911 年清季民初文學納入了研究視域，而且從學理上肯定了晚清文學的研究價值。1998 年，錢理群、吳福輝、溫儒敏合著的《中國現代文學三十年》分出了三章來專門論述通俗小說從清末民初直至四十年代的流變歷程，特別詮釋了晚清通俗小說被界定爲舊文學的原因和時代背景。這標誌著晚清通俗小說在文學史上的價值獲得了肯定，其文學史地位得以確立；第三階段：晚清通俗小說「現代性」的發掘與建構。主要研究路徑爲「打通」晚清與五四，探尋中國文學現代性的起源：徐德明的《20 世紀中國文學的雅俗流變》、范伯群的《中國近現代通俗文學史》從雅俗

的對立與轉換梳理晚清通俗小說的流變歷程；逄增玉的《現代性與中國現代
文學》、陳方競的《多重對話：中國新文學的發生》從宏觀層面入手探討 20
世紀中國文學充滿矛盾的現代性追求；王一川的《中國現代性生存體驗的發
生》、李怡《日本體驗與中國現文學的發生》從生存體驗層面開掘中國文學現
代性的生成，把現代性進程落實到個體體驗的現代性進程。這一階段注重尋
找晚清小說迥異於傳統小說的變化，審視中國現代小說的生成因素，釐清「晚
清——五四」這一歷史時期文學的現代性特徵。

二

　　長久以來，晚清通俗小說被認為是腐朽落後的文學而備受詬病。這種研
究僵局直到二十世紀八十年代末為之一變，這其間海外學者與國內學界之間
進行著曲折而有益的對話，海外漢學特別是美國漢學界的研究成果是國內晚
清通俗小說研究重要的助力。1971 年出版的《中國現代小說史》（第二版）中，
夏志清把五四敘事傳統的核心觀念明確地表述為「感時憂國」精神，從文學
性的角度挖掘出錢鍾書、張愛玲等，以見證不同於主流話語機制的另一種聲
音，開闢了一種全新的文學史研究格局。其研究思路對當時以社會歷史批評
與政治批評模式占主導國內學界產生了巨大的震動。在國內外雙重合力的作
用之下，引發了「重寫文學史」運動。學者們開始突破以往的文學史研究模
式，尋找新的研究生長點，重新解讀現當代文學。一大批以前受到傳統左翼
敘事和啟蒙主義敘事壓抑的作家作品被紛紛挖掘出來，在這樣的思維理念之
下，晚清通俗小說首先得以被發掘。「重寫文學史」專欄首開對鴛鴦蝴蝶派小
說的重評，為鴛鴦蝴蝶派小說平反，達到了為晚清通俗小說研究張目的成效。
美國漢學第二代華人學者李歐梵在研究中首先將晚清與現代性聯繫起來。在
《中國現代作家浪漫主義的一代》中，李歐梵將林紓、蘇曼殊視為中國現代
浪漫主義文學的發起者，以全新的審美觀念來考察 20 世紀中國文學中的現代
性，梳理了一條從近代林紓與蘇曼殊，到創造社的郭沫若、郁達夫，以及徐
志摩、蔣光慈，再到左翼的蕭軍的「頹廢」文學史線索。在李歐梵相關研究
的啟發下，國內學界積極地重審「現代性」的內質，並加以區分「現代性」
的內部差異，特別是啟蒙現代性和審美現代性的辯證關係。而後王德威提出
了「沒有晚清，何來五四」，論證晚清通俗小說中「被壓抑的現代性」，他嘗
試從理論上顛覆五四敘事傳統，建構起了晚清現代性文學史敘事，震驚之餘

更引發了海內外學者對於「晚清與中國文學現代性」的大討論。首先引起了積極地響應，肯定晚清被忽略的現代性維度，甚至認為晚清通俗小說由於體現出的特質「太過『現代』而難於被理解」。〔註2〕同時，本土研究者嘗試從多個維度闡釋晚清文學與五四文學之間的內在邏輯，從最初關注現代文學的起點是起於五四還是起於晚清，到後來逐漸聚焦於「晚清～五四」這一歷史鏈條中作家創作和文化思潮的現代性嬗變。通過這些深入而透徹的研究發現，從晚清到五四中國文學完成了從古典形態到現代形態的飛躍，晚清時期是中國現代文學的發生期，晚清文學是中國現代文學的先導。短短數年間，晚清通俗小說研究一躍而成為當代顯學，呈現「眾聲喧嘩」的景象。

那麼，作為國內外學界共同的研究熱點，國內晚清研究與海外漢學研究之間又有何區別呢？在此將以國內學界的重要觀點即「晚清時期是中國現代文學的發生期，晚清文學是中國現代文學的先導」與最具代表性、反響甚大的王德威「被壓抑的現代性」論題作一深入比較。首先，對於中國文學現代轉型的動力，二者持不同觀點。對於中國文學現代性發生的動力，國內研究把東西方文化的撞擊與交融、域外小說的刺激與啟迪作為中國現代小說產生、發展的文化背景，西方文化與文學的輸入是二十世紀中國文學現代化誕生並發展的主要動力之一。西方科學技術改變了近代大眾傳播方式，而西方文學因素對傳統文學形式不斷滲透，同時西方文化思潮衝擊下也誕生了渴求新文學的一代讀者。在東西方文明的撞擊之中，晚清文學才開始走上了現代化之路。以「林譯小說」為代表的晚清翻譯小說就反映了中國文學如何以西方文學思潮為助力開啟了中國文學的現代化進程。與此截然不同，「被壓抑的現代性」論題通過對狎邪、公案俠義、譴責、科幻四大晚清通俗小說的研究從中國文學內部的嬗變來探尋中國文學自身現代性之路，「說明彼時文人豐沛的創造力，已使他們在西潮湧至之前，大有斬獲」。「被壓抑的現代性」首先指向的是「一個文學傳統內生生不息的創造力」〔註3〕，強調擺脫西方中心主義的束縛，力證中國的現代性是自我生成的，而不是舶來品或西方衝擊下的產物。換而言之，晚清文學的現代性是一種自我改革，與西方文明同屬為內發原生型現代化。

二者最大的差異在於，對於五四文學革命的歷史原點地位的價值評判指

〔註2〕 張頤武：《晚清「現代性」：欲望的發現》，《江蘇社會科學》2003年第2期。
〔註3〕 〔美〕王德威：《被壓抑的現代性》，北京大學出版社2005年版，第25頁。

向迴異。在國內研究界，「1898 年」被確立爲百年來中國文學的研究界標、敘
述的起點，視 1898 年以來的晚清文學爲中國文學從古典向現代轉型的一部
分，1898 年以來的晚清文學便與五四文學一同完成了現代中國文學與傳統文
學的「斷裂」，一起演繹了一個從古典形態向現代形態飛躍的過程，共同「走
向世界」。1898 年以後的中國文學發展軌跡，是晚清文學的邏輯發展之結果，
晚清文學與五四新文學共同構成了一個不可分割的同一進程。因此，晚清通
俗小說的文學史地位獲得了極大的提升，並與五四文學構成一個整體而被置
於同五四新文學的一同邏輯序列之上，破除了由於政治因素而導致研究中對
晚清文學的偏見，從而肯定了晚清文學在中國文學現代轉型中發揮的作用與
影響；「被壓抑的現代性」論題則是通過對這四個被壓抑的現代性層面的逐一
探討，從中看到了狎邪小說等晚清通俗小說其實包含著比五四文學更具有活
力、更爲多彩多姿的諸多因素。晚清通俗小說已然孕育了「由即將失去活力
的中國文學傳統之內所產生的一種旺盛的創造力」〔註 4〕。因此，晚清文學就
「並不只是中國『現代』文學的前奏，它其實是之前最爲活躍的一個階段」
〔註 5〕。「被壓抑的現代性」理論體系中，晚清文學所代表的這種眾聲喧嘩的
現代性卻被五四新文學給壓抑了，五四文學所代表的是一種日趨窄化的文學
路向。當五四作家們試圖通過論戰將所有的現代性價值欲求和路徑「整合」
到自己的現代性「標準」時，那些不符合這一現代性「標準」的文類，就被
界定爲「非現代性」或「反現代性」的了。現代中國文學對現代性的追求最
終變成了在嚴重的文類偏見中滋生、壯大起來的文類畸形單一化，體現出越
來越「窄化」的趨勢，只能以不斷滲透、挪移及變形的方式延續至今。由此
可見，「被壓抑的現代性」理論體系中，從晚清到五四逐步演進的環節被打斷，
而聳立起了一個與「五四」相抗衡的「晚清」，五四不再超越於晚清而是遠不
及晚清，是晚清文學的倒退，二者之間的價值評判完全逆轉了。

　　因此，這是兩種性質截然不同的「現代性」：國內學界所建構的晚清現代
性以五四文學革命作爲中國現代文學的歷史原點，晚清文學是五四文學現代
性的發生期，其對五四文學「現代性」起到了先導作用，但是晚清文學的價
值要通過五四新文學的成就才能得到充分體現。然而，「被壓抑的現代性」所
發掘的晚清現代性更注重發掘其日常生活的屬性與內涵，否定五四文學革命

〔註 4〕〔美〕王德威：《被壓抑的現代性》，北京大學出版社 2005 年版，第 25 頁。
〔註 5〕同上，第 23 頁。

對於中國現代文學的歷史原點意義，中國文學中多種現代性的可能恰恰被五四文學單一化了。

三

　　國內晚清通俗小說研究的發展路向與海外漢學界特別美國漢學界之間有著千絲萬縷的聯繫，特別是「被壓抑的現代性」、「沒有晚清，何來五四？」等觀點的輸入在國內學界掀起了前所未有的強烈反響。那麼，究竟是「被壓抑的現代性」、「沒有晚清，何來五四？」等學術觀點察人之所未察、言人之所懼言從而引起了眾多跟風與強烈響應？又或是本土學者主動的學術選擇和策略？

　　回答這個問題則須返回九十年代的中國社會文化語境：從對現代性的頂禮膜拜轉向了對現代性的深入思考，更傾向於將現代性作為一種闡釋方式，一種向度或價值視野來看待。現代性問題是九十年代中國學術思想界的焦點之一。圍繞現代性問題，出現了多股學術思潮，可大致歸納為：文化保守主義、後現代主義與自由主義。當代文化保守主義表現出回歸傳統的傾向，主張漸進改良而反對激進主義，由反思八十年代「文化熱」中的激進主義進而擴展至對五四以來整個近代思想史中的激進主義的否定；後現代主義則是通過移植西方後現代理論，從文化的角度剖析各種社會現象和文學現象；自由主義則較多地延續了八十年代的啟蒙主義思潮，認為中國社會還未走出啟蒙階段，中國的現代化尚待實現。「在 80 年代的新啟蒙運動之中，中國的公共知識分子在文化立場和改革取向上，以『態度的同一性』形成了共同的啟蒙陣營。但這一啟蒙陣營到 90 年代，在其內部發生了嚴重的分化。圍繞著中國現代性和改革的重大核心問題，知識分子們從尋找共識開始，引發了一系列論戰，並以此產生了深刻的思想、知識和人脈上的分歧，因此形成了當代中國思想界的不同斷層和價值取向。就中國思想文化界而言，90 年代同 80 年代的一個最重要的區別，就是從『同一』走向了『分化』」〔註 6〕。三大思潮主宰下的中國思想文化界，出現了嚴重的分化現象。然而，文化保守主義、後現代主義、自由主義並不完全對立，有時它們互相抗衡，有時又相互支持。圍繞現代性，反思中國現代化的發展歷程，內化為九十年代知識分子的一種心理需求，其中最主要的爭論焦點則是五四新文化運動和啟蒙話語的歷史定

〔註 6〕許紀霖：《另一種啟蒙》，花城出版社 1999 年版，第 250 頁。

位。啓蒙主義是以啓蒙理性爲主導，它從歷史進步的信念出發，相信科學民主可以解放人類。它將個體價值的維繫寄託於社會的變革，以社會進步代替個體自由的實現。在巨大的政治轉折中，啓蒙主義在中國思想文化界取得了主導地位。作爲一種信仰，八十年代中國思想界以重建啓蒙文學爲指向，重塑五四啓蒙精神，追求西方現代化爲時代主題。然而，時至九十年代，曾經的思想激進者也以「告別革命」的姿態挺進新的歷史時期，啓蒙者的話語空間受到了巨大地擠壓而收縮。文化保守主義將五四新文化運動視爲「斷裂傳統」的罪惡淵藪，對五四啓蒙主義、激進主義以及以後的革命文學全盤否定；後現代主義在反對西方文化霸權的旗幟下反對五四新文化運動，而魯迅、陳獨秀到 80 年代的知識精英都爲西方話語霸權所殖民。兩者殊途同歸，都將矛頭指向了五四新文化運動和五四知識分子的啓蒙精神。文化保守主義、後現代主義又與同樣主張五四運動割裂傳統的海外新儒學遙相呼應。疏離啓蒙，反思五四，是九十年代最醒目的一道文化風景。

　　「當代中國正經歷艱巨而痛苦的歷史嬗變和社會轉型，而且也爲學術思想的突破性發展提供了充分的歷史可能和堅定的經驗基礎。」〔註7〕同樣，文學資源和學術研究也反過來成爲了文化反思的話語與載體。特別是，後現代主義的基本研究方法是借助一個文學現象評論進行獨特的文化批評，並主要局限於在學術層面展現其理論主張。對現代性的認識，在八十年代「啓蒙與救亡雙重變奏」的話語形式下，是通過屛蔽與排斥包括俗文化與大眾消費文化等在內的其他異質性文化而得以實現的。清季民初時期萌芽的現代都市消費文化等與啓蒙革命話語形式格格不入的異質性文化形態，在高舉啓蒙大旗的八十年代都被「啓蒙與救亡」話語的強制力量所壓制了。當啓蒙主義遭到了前所未有的挑戰和質疑，以晚清通俗小說爲代表的非主流文學傳統便得以凸顯。如果將晚清通俗小說與文學現代性聯繫起來探測中國文學現代性的多種形態，就能實現對八十年代啓蒙現代性宏大敘事的反撥，從而達到向啓蒙現代性復權的目的。聯繫九十年代複雜的社會文化思潮會發現，晚清文學史敘事對傳統與現代性的重新認識，對「五四」文學的重新解讀，很多時候是以重評五四和反思五四爲潛臺詞。爲了消解啓蒙主義的權威，將其逼退至邊緣，否定啓蒙而無限放大晚清通俗小說中所蘊含的欲望因子，建構起全新的晚清現代性。換而言之，不少學者將晚清通俗小說研究視作一場對啓蒙現代

〔註 7〕許紀霖：《另一種啓蒙》，花城出版社 1999 年版，第 260 頁。

性的抗爭。可見,海外漢學的研究成果適時地傳播介紹到了國內,契合了中
國學界的需要,因此,與其說是「被壓抑的現代性」論題驚世駭俗,不如說
是,這一命題契合了國內文化語境的當下需要。陳思和在《九十年代文化思
潮片論》中曾明確指出:「時間一跨入 90 年代,海外突然有人唱起了指責五
四激進主義的調調,國內也立刻回響起來,竟成一時之風氣。」〔註8〕國內、
海外質疑五四新文化運動的呼聲此起彼伏,五四新文化運動遭遇了來自各個
方面的聲討,新儒學、後學、文化保守主義者都從各自的立場對五四作出了
反省、檢討,乃至於徹底否定。因此,晚清通俗小說研究早已超越了單純的
學術研究,當前的「晚清熱」與當代各種社會文化思潮直接地、密切地相關,
是對五四新文化運動所持的立場以及各種文化勢力相互間的膠著、鬥爭的重
要話語場域。作為當代最重要的思想文化載體,在晚清文學這一話語場域中
涉及了現代性的起源與發生、傳統與現代的關係、雅文學與俗文學的關係、
舊文學和新文學之間是否存在本質的斷裂、個人認同與民族國家認同之間存
在著本質的斷裂等一系列基本命題。晚清通俗小說研究不僅直接影響著現代
文學史的時間起點與邏輯起點問題,更關乎現代文學史觀的確立問題,也關
係著對一種文化與文學獨特性的認識,進而影響和決定了當代文化話語權的
歸屬。由此可見,海外漢學之於國內學界的影響不是單純地學術衝擊與挑戰,
而是適時地激活了國內各種相互角力的文化思潮的興奮點而成為了話語場
域。尤其是後學、文化保守主義者通過借助晚清話語這一載體展開了一場對
五四的反思,而現代文學界積極回應二者的夾擊返回歷史現場還原五四的複
雜面貌。再加之,晚清文學本就處於新舊交替、風雲變幻的歷史轉折時期,
處在不斷變更之中。晚清文學不同於以往任何一個時期文學,其狀態是革新
與守舊、啟蒙與蒙昧、開放與封閉、進步與落後等多重意識、多重形式相交
織相混合,是新舊共處、文白並存的獨特「中間狀態」。正是晚清民初文學不
同於以往任何一個時期文學的獨特性之所在。面對同一研究客體,當代紛繁
複雜的各種社會思潮之間的思想交鋒與晚清文學無以復加獨特性相疊加,使
得當代晚清文學史敘事變得詭譎微妙、撲朔迷離。

綜上所述,從表層上看,當前的晚清熱有追隨西方學術熱點、受制流行
理論之嫌,而實質上是我們的思想文化領域正悄然興起一場以晚清文學為話
語載體的反思五四新文化運動的思潮。文學史寫作作為一個由多因素、多層

〔註 8〕陳思和:《九十年代文化思潮片論》,《華東師範大學學報》1998 年第 5 期。

次、多維度構成的複雜的系統，晚清通俗小說研究熱折射出了當代各種思想傾向在晚清文學這一話語場域中碰撞、交鋒和對話。海外漢學的輸入適時地激活了本土主要思想傾向之間話語權力的角力，當前的晚清通俗小說研究熱是本土知識分子自身思想的豐富性、複雜性、變異性和矛盾性的表徵，其背後顯現了中國思想文化界內部在文化策略、價值取向上的不同需求。

（發表於《西南民族大學學報》（社科版）2013 年第 9 期）